EN FRANCE

ET

EN TURQUIE

NOUVELLES

PAR JULES DE LAPRADE

GUILLAUME LE SONGEUR
JANTZO L'HAYDOUK — HADGI-MOUSTAPHA

PARIS

LIBRAIRIE DE L. HACHETTE ET Cⁱᵉ

BOULEVARD SAINT-GERMAIN, Nᵒ 77

1863

PRIX : 2 FRANCS

EN FRANCE

ET

EN TURQUIE

PARIS. — IMPRIMERIE DE CH. LAHURE
Rue de Fleurus, 9

EN FRANCE

ET

EN TURQUIE

NOUVELLES

PAR JULES DE LAPRADE

GUILLAUME LE SONGEUR

JANTZO L'HAYDOUK — HADGI MOUSTAPHA

PARIS

LIBRAIRIE DE L. HACHETTE ET Cᵉ

BOULEVARD SAINT-GERMAIN, Nº 77

1863

A MA FEMME,

À celle qui en donnant la première un but à mon existence, m'a enseigné à en connaître le prix ; à celle dont le cœur est devenu le trésor commun où je mêle mes souvenirs à ses espérances ; dont la main toujours liée à la mienne dans le plaisir comme dans l'affliction, m'a fait sentir que je n'étais plus seul à être heureux ou à souffrir ; à celle enfin qui a tant de titres à mon affection, que je lui dois compte de tous mes sentiments et de toutes mes pensées, — je dédie ce petit livre comme une part oubliée de moi-même, un reste de ma vie passée longtemps laissé dans l'ombre. Puissent ces histoires, où l'imagination ne m'a servi qu'à donner plus d'intérêt à la vérité, lui rappeler la mienne et faire également hommage à son amour de ce que j'ai été et de ce que je suis.

JULES DE LAPRADE.

1

GUILLAUME LE SONGEUR

ou

LA MANIE DU THÉATRE

HISTOIRE PHILOSOPHIQUE

GUILLAUME LE SONGEUR

ou

LA MANIE DU THÉATRE.

Un soir d'hiver, je ne sais quand, qu'il gelait à
pierre fendre, et qu'une bise aiguë, soufflant sur
Paris par froides rafales, chassait çà et là les rares
passants attardés le long des quais, il arriva que
deux hommes se rencontrèrent nez à nez au beau
milieu du pont des Arts, un moment avant le coup
de minuit. L'un de ces hommes était enveloppé d'un
grand manteau, dont il disputait les pans à la malice
de l'aquilon. Il marchait à pas pressés, faisant cré-
piter le givre sous ses pieds, et fredonnait joyeuse-
ment quelque refrain d'opéra-comique. Quant à
l'individu qu'il heurta par mégarde en passant,
c'était un pauvre hère, strictement vêtu d'un habit
noir boutonné jusqu'au menton, sous lequel il faisait la plus piteuse mine du monde. Planté comme

un Terme auprès du garde-fou, les deux mains fourrées dans ses poches, il regardait couler en grelottant la Seine couverte de glaçons, et maugréait entre ses dents contre la rigueur de sa destinée. Il en était au plus noir de ses réflexions quand l'homme au manteau vint étourdiment donner de la tête contre lui. Dans le mouvement qu'ils firent tous les deux pour esquiver le choc, leurs chapeaux tombèrent. Ils se baissèrent à la fois pour les ramasser, et le hasard voulut qu'en se redressant ils se trouvassent face à face sous une lanterne et se reconnussent. « Albert ! — Guillaume ! » s'écrièrent-ils presque en même temps. « Par quel bonheur ? — N'ai-je point la berlue ? » et ils s'embrassèrent comme doivent le faire deux anciens amis en pareille occasion.

Or il ne saurait échapper aux moralistes que Paris est la ville du monde où cette occasion se présente le plus souvent. Ce n'est pas qu'on y ait plus d'amis qu'ailleurs; mais c'est surtout là qu'on les rencontre, parmi cette foule d'individus que le hasard, le plaisir ou la fortune y rassemblent de tous les côtés pour se voir, frayer un moment ensemble et se quitter avec des promesses de liaison éternelle qu'on oublie de part et d'autre dès qu'on s'est tourné le dos. C'est ce qui explique les démonstrations auxquelles se livrèrent nos deux amis à une heure aussi indue et dans un lieu que beaucoup de lecteurs

trouveront peu propre à favoriser une tendre reconnaissance.

« O jour trois fois heureux ! dit l'homme à l'habit
noir, en serrant son compagnon dans ses bras, *ter
quaterque beata*, comme nous disions au collége :
je songeais à toi il n'y a qu'un moment; c'est le ciel
qui t'envoie.

— Pour moi, je ne songeais à rien moins, je l'a-
voue, répondit l'autre en l'entraînant à grand pas
vers les arcades de l'Institut. Mais par quelle aventure te rencontré-je à cette heure sur mon chemin
et dans ce costume.... de bal. Hé ! que fais-tu à Paris?
Comment y mènes-tu tes affaires? Y as-tu trouvé
quelque emploi? Travailles-tu toujours pour le
théâtre? Tu vas me conter tout cela.... »

En parlant ainsi, ils atteignirent la rue de l'An-
cienne-Comédie. Le café Procope, ce classique rendez-vous des beaux esprits du dix-huitième siècle,
devenu de nos jours un estaminet, était encore
ouvert et retentissait des chants et des éclats de
rire de ses nouveaux habitués, les étudiants du
quartier de l'Odéon. Ils y entrèrent, et là, assis
devant une table où flambait un bol de punch, ils
purent continuer à loisir leur conversation. Guillaume — c'était le nom de l'homme à l'habit noir —
ouvrit le premier la bouche :

« Je vais, mon cher Albert, dit-il, avec un long
soupir, satisfaire ta curiosité en répondant de point

en point à toutes tes questions. Tu m'as demandé
ce que je faisais sur le pont des Arts au moment où
tu m'y as rencontré : je m'y promenais, ne t'en
déplaise. Tu veux savoir ce que je fais à Paris : j'y
vis en philosophe. Comment j'y mène mes affaires :
il y a longtemps que je les laisse aller à vau-l'eau.
Si j'y ai actuellement un emploi : assurément, et je
te donne en cent à deviner lequel. Enfin si je tra-
vaille toujours pour le théâtre : plus que jamais,
car on n'y fait rien sans moi. Mais je vois à ton air
étonné que mes réponses te paraissent autant d'é-
nigmes. Pour mieux t'expliquer tout cela, permets-
moi de reprendre les choses de plus loin. »

Il y a une quinzaine d'années, s'il t'en souvient,
que nous passâmes ainsi la soirée en tête-à-tête dans
une auberge de la petite ville de X, faisant à l'envi
de beaux projets pour la carrière que chacun de
nous comptait s'ouvrir dans le monde. Prêt à partir
pour Toulouse, où tes parents t'envoyaient étudier
le droit, tu te voyais déjà inscrit sur le tableau des
avocats d'une cour royale, cité comme une des lumières du barreau, élu par quelque collége pour
représenter à la chambre des députés les intérêts
de ton pays, et en bon chemin pour devenir minis-
tre. Mes vœux n'étaient guère plus modestes, quoiqu'ils me parussent alors plus faciles à réaliser que
les tiens. N'ayant à attendre de ma famille que des
secours précaires, je comptais voler de mes propres

ailes et me faire un nom dans les lettres à l'aide de
ma plume. Tu n'as pas oublié mes succès en rhéto-
rique, et l'églantine d'or qui me fut décernée la
même année jusque sur les bancs de l'école par la
docte académie des jeux Floraux. Mes triomphes de
classe avaient déjà changé mon émulation en vanité;
mais ce dernier prix, si supérieur aux autres,
acheva de me tourner la tête. A partir de ce moment
je me crus un homme, et, qui pis est, un homme
de génie appelé à la célébrité. Je pris en pitié les
études scolaires qui ne me semblaient plus faites
pour moi, et, tout infatué de mon talent naissant,
je m'évertuai à lui donner l'essor vers un plus
grand théâtre. Tous mes griffonages furent mis au
net sur des cahiers ornés de faveurs roses, et portant
les titres de *Miscellanées*, *Essais*, *Poésies légères*,
Théâtre. Cette dernière partie de mes œuvres surtout fut transcrite avec un tel soin que rien n'y
manquait. Il n'y n'avait plus qu'à tirer les rôles et
à les distribuer aux acteurs. Il est vrai que c'était
celle sur laquelle je comptais le plus et pour ainsi
dire le gage de ma célébrité future. Elle consistait
en trois drames, dont j'ai oublié le nom, et une tragédie en cinq actes et en vers, dont le sujet, *Vercingétorix*, était tiré, je crois, de la *Gaule poétique* de
M. de Marchangy. Dans la mention honorable qu'une
de mes poésies avait reçue aux jeux Floraux, on
avait vanté mes dispositions pour la forme dramati-

que. Un tel éloge ne pouvait me paraître suspect.
Aussi m'étais-je mis avec ardeur à nouer des intrigues, à composer des scènes et à inventer des péripéties. Ces essais m'avaient coûté, il faut le dire,
moins de frais d'imagination que d'efforts de mémoire. Je ne parle pas des vers, tâche, hélas! trop
facile à cet âge, et dont j'entrelaçais les rimes avec
l'insouciance et la célérité de l'ouvrier qui fait passer sa navette dans les fils de la chaîne.

S'il me fallait t'expliquer l'idée que je me faisais
alors du théâtre, j'y serais sans doute aussi embarrassé qu'un vieillard à rendre compte du plaisir que
lui a donné son premier hochet. Il me semble que
j'en jugeais à la fois sur les réminiscences de mes
lectures et mes propres impressions; mais cela
n'explique rien, car c'est ainsi que l'on en juge à
tout âge. Il faudrait que mon esprit redevînt ce qu'il
était alors, pour connaître l'effet produit sur lui par
la lecture de nos poëtes, ou les premiers mouvements de la sensibilité. Or ma manière de voir, de
comprendre et de sentir a changé avec les années.
Autant qu'il m'en souvient, j'admirais sur la foi de
mes maîtres Corneille et Racine, mais Crébillon et
Ducis étaient mes auteurs favoris. Je me plaisais aux
grandes catastrophes et aux passions surhumaines.
Il n'y avait rien d'assez noir pour mon imagination.
Mes héros étaient, selon l'usage, des modèles de
vertu ou des monstres. N'ayant d'autre connaissance

du cœur humain que celle que j'avais puisée dans
mes livres, je me le figurais toujours balancé entre le
crime et la vertu, et ne voyais pas de milieu entre
l'héroïsme et la perversité. Ce n'est pas que je me
fisse une idée bien nette de l'un ni de l'autre; mais
j'étais à l'âge où l'on imite en croyant inventer, et
cette naïveté, qui n'est au fond que de l'ignorance,
caractérise l'art de l'enfance ainsi que l'enfance
de l'art.

Le théâtre me paraissait donc la lutte du bien et
du mal personnifiés pour servir d'exemples aux
hommes; mais je ne poussais pas plus loin ma théo-
rie, et le but moral était ce dont je me préoccupais
le moins. Je m'intéressais indifféremment à tous
mes héros bons ou méchants, ou plutôt ces caractères n'étaient pour moi que des occasions de donner
carrière à mon goût pour les grands sentiments et
les vers alexandrins, et, dans le rôle que je leur
faisais jouer, je ne voyais guère que le texte ou le
prétexte de tirades encore plus longues et plus par-
faites à mon gré que celles des maîtres qui me ser-
vaient de modèles.

En les relisant, il me semblait les entendre déclamer sur la scène par quelque grand acteur, et je
tressaillais d'aise à l'idée de l'effet qu'elles devaient
y produire. J'ai à peine besoin de te dire que mes
pièces étaient composées suivant toutes les règles de
l'art. Rien de plus embrouillé que l'intrigue de mes

drames ; c'était à s'y rompre la tête. Le terrible et
l'horrible n'y étaient pas épargnés, et je me flattais
d'y avoir observé le costume et la couleur locale.
Quant à ma tragédie, j'en avais scrupuleusement
jeté le plan dans le moule des trois unités et calqué
les alexandrins sur la forme la plus classique. Rien
ne manquait à l'exposition. Le nœud en était saisissant et l'intérêt s'y redoublait de scène en scène
jusqu'à la catastrophe finale. Aussi étais-je enchanté de mon œuvre et en augurais-je le plus
grand succès.

Ce fut avec ce bagage littéraire et des trésors d'espérance que je m'embarquai un beau jour pour
Paris, au grand désespoir de ma famille, qui s'était
flattée de faire de moi un notaire de village et à qui
toute autre manière de tirer profit de sa plume paraissait un projet en l'air. J'y arrivai la bourse assez
légère, mais muni de nombreuses recommandations
pour nos gens de lettres les plus en vogue. Je ne
comptais d'ailleurs sur eux que pour m'ouvrir un
accès auprès des directeurs de théâtre, persuadé que
mon mérite ferait le reste. J'en fus bien accueilli et
traité avec cette politesse obligeante qui est le premier panneau dans lequel les gens infatués d'eux-
mêmes donnent tête baissée. Rien ne semble en
effet plus naturel que de trouver chez autrui la
bonne opinion qu'on a de son talent, et la vanité
prend à bon compte les avances qu'on lui fait,

croyant qu'on est toujours en reste envers elle. Les gens de Paris ont l'abord facile et la langue dorée. L'expérience leur a appris qu'il ne faut rebuter personne, et cet art du savoir-vivre, que la plupart ont acquis à leurs dépens, rend leur société fort agréable. Mais enfin c'est un art comme celui du théâtre et dont il ne faut pas davantage être la dupe. Dans ma simplicité, touché de l'intérêt qu'on paraissait prendre à moi, je voulus le justifier en me faisant connaître et je pensai gâter les choses en offrant modestement de lire ma tragédie de *Vercingétorix* en petit comité avant de la produire sur la scène. On me donna jour pour l'entendre; mais je ne pus jamais réunir mes juges, et, à la fin, on se débarrassa officieusement de moi en me procurant une lecture devant le comité d'un théâtre. Ce théâtre était l'Odéon, nom classique s'il en fut, et de bon augure pour une tragédie de collége. Au jour fixé et à l'heure dite, je me présentai chez le directeur dans le costume de rigueur et mon manuscrit sous le bras. On entra en séance. L'aréopage se composait, s'il m'en souvient, de quatre ou cinq barbons, dont l'air et les discours, appartenant à un autre âge, ne déparaient pas l'antiquité de l'art tragique, d'un Aristarque en habit râpé, faisant les fonctions de critique dans quelque journal libéral, et du directeur lui-même, petit homme frisé, musqué et fort content de sa personne. Je n'ai pas besoin de te dé-

peindre mon émotion quand je commençai la lecture de mon manuscrit. Elle fut telle que je faillis
m'évanouir avant la fin du premier acte. Tout mon
sang semblait s'être retiré de mon cœur pour re-
fluer à mon cerveau. J'avais la tête en feu, la langue
desséchée et mes paroles s'arrêtaient dans ma
gorge. Mes oreilles bourdonnaient comme celles
d'un homme qui se noie, et tous les objets papillo-
taient devant mes yeux. Je n'entendais plus rien
que le ron-ron monotone de mes alexandrins. Je ne
voyais plus rien que leurs tirades sans fin se dé-
roulant sur le papier, comme les ondulations d'un
bassin où l'eau tombe goutte à goutte. Cette espèce
de supplice, car c'en était un pour moi, dura près
d'une heure. Enfin j'arrivai tout essoufflé à la catastrophe finale, et ma voix s'éteignit avec la dernière
syllabe du dernier vers. Je ne sais si mes auditeurs
n'avaient pas subi, à leur insu, une impression du
même genre, car, quand je levai les yeux, ils me
parurent presque aussi accablés que moi. La plupart avaient la tête appuyée dans leurs mains, et
tous restaient muets, comme s'ils n'eussent plus eu
la force de prononcer une parole. Le directeur rompit seul ce silence. Après quelques mots d'éloges que
je trouvai bien secs, il reçut le manuscrit de mes
mains, le feuilleta un moment comme pour en sup-
puter les pages, et m'annonça que le comité allait
délibérer séance tenante sur le sort de ma tragédie.

Comprenant qu'on me donnait congé, je pris mon chapeau et m'esquivai, inquiet, mais en même temps assez satisfait de mon début dans une carrière où je m'imaginais qu'il n'y a, comme dans toutes les autres, que le premier pas qui coûte.

Le surlendemain je reçus un billet court, mais flatteur, dans lequel on m'annonçait que la décision du comité m'avait été favorable. Ma tragédie était reçue. On se réservait seulement de m'indiquer certaines corrections de détails et quelques coupures indispensables à faire pour ne pas gêner la marche de l'action. Juge de ma joie et de mon orgueil. J'allais enfin être compté parmi les gens de lettres; mon nom allait sortir de l'obscurité, paraître au grand jour, figurer sur la scène, dans les journaux, dans les revues et devenir familier au public. La gloire, la célébrité, la fortune, tous les biens de ce monde m'arrivaient à la fois. Le présent s'offrait à moi sous l'aspect le plus flatteur; l'avenir m'ouvrait ses plus riantes perspectives. Mon premier soin fut d'écrire à ma famille une longue lettre, dans laquelle, sous les calculs d'une prudence simulée, perçait à chaque mot la vanité de mon triomphe.

Néanmoins le sort de mon œuvre, comme je l'appris de la bouche du directeur lui-même, avait été tenu un moment en suspens parmi les têtes branlantes du comité. Une seule voix de pluralité en avait décidé en ma faveur; c'était celle de l'aristarque râpé qui était chargé d'y soutenir, contre la routine de l'art classique, la cause des innovations. Ma tragédie de *Vercingétorix*, quoique irréprochable sous le rapport des règles, était en effet exécutée selon l'esprit de cette poétique *pseudo-classique* qui a fleuri un moment sous la Restauration, et que quelques prétendants au fauteuil académique s'efforcent aujourd'hui de rajeunir encore pour la mettre à l'unisson du goût moderne. Or celui de presque tous mes juges datait de l'Empire et même de beaucoup plus loin. Les uns, fidèles aux préceptes de Boileau, trouvèrent mauvais que parmi tant de héros j'eusse été choisir Vercingétorix, nom peu propre à figurer dans un hémistiche. D'autres blâmèrent l'affectation de couleur locale, dont on fait de nos jours un si grand abus, tandis qu'on savait s'en passer dans le bon temps; quelques puristes critiquèrent les négligences de ma versification et la recherche des rimes riches qu'on ne trouve, le plus souvent, qu'au dépens du bon sens. La pièce fut en un mot très-sévèrement jugée dans ses détails, et néanmoins reçue comme un essai qu'il fallait encourager à une époque où toutes les bonnes traditions se perdent. Je n'en demandais pas davantage, et comptais bien sur la représentation pour en appeler de cet arrêt au jugement du public.

Cependant quelques mois se passèrent sans qu'il en fût autrement question. J'avais eu le temps de

remettre vingt fois mon œuvre sur le métier, d'y
faire toutes les corrections indiquées, d'en tirer deux
ou trois copies et de les remettre au net, quand arriva l'époque où l'Odéon chôme, quelquefois pendant l'été, comme un moulin qui n'a plus d'eau.
Ce terme fatal, qu'on appelle emphatiquement la
clôture de l'année théâtrale, ressemble trop souvent à
ceux où le fermier d'une maison à bail met la clef
sous la porte faute de locataires. Je ne tardai pas à
apprendre que les affaires de l'administration se
trouvaient en effet dans l'état le plus fâcheux. Le
directeur avait fait un trou à la lune, et s'était retiré laissant des comptes fort embrouillés. Le comité appelait à grands cris la manne de la subven-
tion ; mais il criait dans le désert, et l'on menaçait
de le dissoudre. Les acteurs s'étaient dispersés de
tous les côtés ; en un mot c'était une déroute générale dans laquelle les intérêts de ma tragédie semblaient fort compromis. Le théâtre seul restait à sa
place, comme un monument destiné à rappeler à la
population lettrée du quartier de l'Université les
souvenirs de l'art classique. Cela seul eût dû suffire
pour me rassurer sur son avenir, car c'est à son
nom d'Odéon et au caractère monumental que lui
donne son fronton grec qu'il doit sans doute toute
son existence.

Malgré un augure aussi rassurant, j'étais fort inquiet, et j'avais suivi le débat engagé à ce sujet dans·

les feuilles publiques et même en plus haut lieu avec l'anxiété d'un homme qui place sur le gain d'un procès ses plus chères espérances. Il y allait en effet de ma gloire et de ma fortune par surcroît; car ces deux divinités planent toujours ensemble dans nos rêves d'écoliers, plaçant à l'envi sur notre tête une couronne d'immortelles, comme dans les tableaux allégoriques. Je ne me sentis pas de joie quand j'appris que le théâtre allait se rouvrir sous de meilleurs auspices. Tout y était changé et remis à neuf, depuis l'administration jusqu'aux banquettes du parterre. On avait placé à la tête de la direction un homme du métier, ce qu'on nomme, dans le langage des bureaux, un *enfant de la balle*, auteur lui-même de quelques pièces fort goûtées au boulevard, et expert *in utroque jure*. La réouverture eut lieu avec fracas, et fut d'abord consacrée, selon l'usage, à acquitter envers Corneille et Molière un tribut dont malheureusement l'art dramatique paye aujourd'hui les frais plus sûrement que le public. Je m'empressai de rendre ma visite au nouveau directeur. J'en fus reçu comme on l'est toujours à Paris la première fois qu'on se présente, et me hasardai timidement à lui remettre en mémoire ma tragédie de *Vercingétorix*. Ce titre lui fit dresser l'oreille comme si je lui eusse parlé une langue étrangère. Il m'avoua qu'il n'avait pas encore ouvert ses cartons, et me fit au sujet de ma pièce quelques questions qui me prouvèrent

combien il avait peu présents à l'esprit les souvenirs du collége. Peu soucieux de voir derechef traîner en longueur cette affaire, je revins le visiter à
plusieurs reprises; mais ce fut à grand'peine que
j'en obtins deux ou trois audiences, dans lesquelles
le nom de Vercingétorix ne paraissait pas lui causer
moins d'étonnement que la première fois. Il m'as-
surait néanmoins qu'il s'occupait de mettre à jour
la liquidation des manuscrits en souffrance, ajoutant, avec plus de franchise que de politesse, que la
direction précédente lui avait laissé dans cet arriéré
une lourde charge, et que le public, s'il était consulté, ne serait probablement point d'avis qu'on
l'acquittât ainsi à ses dépens. Ces plaintes me tou-
chaient peu, et ne pensant pas que l'épigramme pût
aller à mon adresse, j'insistais pour qu'on donnât à
ma tragédie un tour de rôle qui me permît de prendre patience. On me promettait toujours une réponse, qui arriva enfin, mais non telle que je l'espérais. C'était une invitation en termes très-brefs
et très-convenables d'avoir à reprendre mon manuscrit déposé chez le concierge du théâtre, la direction regrettant de ne pouvoir tenir tous les engagements contractés par l'ancien comité, vu la nécessité
que lui imposaient ses nouveaux règlements de
satisfaire le goût du public par des essais d'un genre
plus varié. Comme tu dois le penser, cet avis inattendu fut un coup de foudre pour moi. Je me sen-

tais en effet frappé dans ce que j'avais de plus cher
au monde, dans l'œuvre qui avait fait jusque-là
l'occupation, le soutien, l'espoir de mon existence.
J'étais anéanti. Toutefois, dès que mon désespoir
me permit de réfléchir, un tel arrêté pris aussi cavalièrement à mon insu et contre des obligations
formelles, me parut une fausse ouverture tentée
pour m'éconduire, et je me promis bien de n'y sous-
crire qu'à bonnes enseignes. J'allai sur-le-champ
consulter un célèbre avocat, qui m'avoua n'avoir
qu'une très-faible idée de la législation des théâtres,
et me demanda quelques pièces pour le guider dans
cette affaire. N'ayant passé aucun traité avec l'an-
cienne administration, je ne pouvais invoquer d'autres preuves écrites que les registres où se trouvaient probablement couchées la mention de ma
tragédie de *Vercingétorix* et la date de sa réception.
L'avocat m'adressa alors à un praticien que je char-
geai de relever ces renseignements. Vérification
faite, il se trouva que ces prétendus registres n'é-
taient que des griffonnages d'agenda n'ayant ni tête
ni queue, et jetés pour la plupart sur des feuilles
volantes, où le nom de ma tragédie figurait, à la
vérité, quoiqu'un peu estropié, mais sans note
ni indication d'aucune espèce. J'étais fort embarrassé, et mon affaire menaçait d'en rester là, quand
un incident favorable me vint en aide. J'appris que
deux ou trois demandes du même genre avaient

été formées devant le tribunal civil de la Seine, par des auteurs éconduits comme moi, afin d'obtenir juridiquement du directeur la représentation de leurs œuvres. J'attendis pour ma gouverne l'issue de ce procès; il fut interminable : mais je te ferai grâce des détails. Il te suffira de savoir que l'arrêt, comme tous les arrêts possibles, trancha la question sans la résoudre, et ménagea les intérêts des deux parties sans donner gain de cause à aucune.

Le tribunal, considérant que les conventions dont excipaient les demandeurs étaient de deux sortes, et n'obligeaient pas également le défendeur, condamna ce dernier à représenter sous le plus bref délai et par numéro d'ordre les pièces admises sans condition, et à payer, sauf nouveaux arrangements, aux auteurs de celles qui n'avaient été reçues qu'à correction, une somme de 500 francs pour dommages et intérêts. J'étais dans ce dernier cas ; mais, ne pouvant consentir à voir évaluer si bas l'œuvre sur laquelle j'avais placé toutes mes espérances, j'écrivis au directeur pour lui proposer de soumettre ma pièce aux corrections du nouveau comité. Il y consentit très-volontiers, et m'adressa successivement à quelques-uns de ses experts en matière dramatique, lesquels me payèrent de belles paroles, mais dont aucun n'eut le temps ou la patience d'écouter jusqu'au bout la lecture de mon manuscrit. Enfin, las d'être renvoyé de Caïphe à Pilate, je prétendis avoir une réponse décisive de la part du directeur lui-même. Il fut imperturbable. Il me dit qu'en soumettant mon manuscrit à l'examen d'un nouveau comité, je perdais naturellement le bénéfice de l'indemnité qui résultait des anciens engagements, et me conseilla froidement de retirer mon manuscrit ou d'attendre. Je fus outré ; mais renoncer à ma tragédie était un sacrifice au-dessus de mes forces. J'attendis donc, comptant sur un retour de fortune, sur un remords du directeur, sur une nouvelle vicissitude du théâtre. J'attends encore, mais je ne compte plus sur rien. Voilà quel fut le sort de mon *Vercingétorix*. J'avais été le seul *joué*. Je commençais à comprendre à quelle sorte de gens un pauvre auteur a affaire ; mais il me restait tant de confiance en moi-même que je ne tardai pas à aspirer à une autre scène sans me douter que j'allais me prendre aux mêmes gluaux.

Tu sais que nulle part on ne subsiste à moins de frais qu'à Paris, quand on a peu de besoin, point de liaisons et aucun goût pour les plaisirs. Que de gens jetés là par le naufrage de leur fortune y vivent dans leur taudis comme Robinson dans son île, n'ayant à compter qu'avec eux-mêmes, et par conséquent débarrassés du plus grand souci de la pauvreté. Il faut savoir au juste ce que vaut l'opinion pour se faire une idée de ce qu'elle coûte. C'est un monstre qui ne nous flatte que pour se nourrir à nos dépens. Je passai les deux ou trois années qui suivirent dans un état assez voisin de la misère, et cependant je pourrais dire que je ne manquais de rien, parce que j'étais seul et uniquement occupé de mes chimères. Un goût m'était resté qui semblait d'ailleurs exclure tous les autres : celui-là tenait de plus près à mon existence et semblait y avoir pris racine à cet âge où, n'étant pas encore capable de s'isoler des objets pour les juger par lui-même, notre esprit semble ne faire qu'un avec tout ce qui le frappe. C'était la passion, peut-être devrais-je dire la folie du théâtre. Après avoir leurré mon enfance, elle a fait mon tourment étant homme. Mais elle n'a pas cessé de m'obséder jusqu'au milieu de ma plus grande détresse. Elle me possède encore au moment où je te parle; car je sortais du théâtre quand tu m'as rencontré, jurant d'en finir, de ne plus y mettre les pieds, et j'y retournerai demain.

Comment t'expliquer une telle manie? Car je ne puis disconvenir qu'elle ne choque le bon sens, et j'en ris moi-même tout le premier, mais sans pouvoir rompre le lien de fer que l'habitude a rivé à mon existence. Je n'ai conservé aucune des illusions de ma jeunesse. A peine m'en reste-t-il le souvenir. Je n'écris plus ni vers ni prose. A force de se consumer en rêves de gloire, mon esprit s'est éteint comme une lampe qui n'a plus d'huile, et il

y a de longues années que je ne songe plus à rallu-
mer ce flambeau trompeur qui brûle là main, des
uns et s'en va le plus souvent en fumée dans celle
des autres. Néanmoins la malignité de mon étoile,
après m'avoir voué au théâtre dès mon enfance, a
voulu que j'en demeurasse toujours la victime. Oui !
la victime ; car au lieu d'y porter, comme tout le
monde, cet intérêt que la raison justifie, qui naît
d'un libre retour sur soi-même ou de la satisfaction
d'honnêtes loisirs, j'y traîne aujourd'hui les chaînes
de la passion dont je suis possédé. Art, gloire, fortune, goût des lettres, société des honnêtes gens,
j'ai tout abandonné, tout oublié, tout sacrifié, jusqu'au respect de moi-même, à cette passion funeste.
Oh ! vivre chaque soir, ne fût-ce qu'une heure, un
moment, de cette existence factice qu'éclaire un
prestige supérieur à la lumière du jour ; jouir sans
effort, sans soucis, sans contrainte, de cette espèce
d'enchantement qui éblouit les yeux, charme les
oreilles, fait battre le cœur, enivre à la fois tous les
sens d'éclat, de beauté, de grâce, d'harmonie ; se
rendre maître par sa propre imagination de la fantaisie du poëte, y choisir le rôle qui flatte le plus
notre vanité, nos goûts, nos passions ; disposer au
gré de ses illusions des sentiments dont notre âme
est avide ; devenir en un mot, par la magie de l'art,
tout ce qu'on a si souvent et si vainement souhaité
d'être ; n'est-ce pas là cesser d'être homme et de

souffrir? N'est-ce pas là donner un corps à toutes les chimères de l'existence?

Misérable que je suis! Depuis que j'ai livré mon âme à ce démon subtil qui n'a pas de nom, mais qui nous tente sans relâche, à cette volupté de l'imagination si séduisante pour notre paresse, dont l'habitude émousse notre intelligence, amollit notre volonté, nous enlève jusqu'au désir et au besoin de vivre en nous présentant comme appât le songe de la vie; depuis ce moment, j'ai cessé de m'appartenir. Je suis devenu le jouet d'une illusion que je déteste et dont chaque soir ramène l'irrésistible fascination. Je m'abreuve à contre cœur du poison qui m'enivre et qui me tue. Mais puis-je y renoncer sans renoncer à moi-même? Seul remède du mal qu'il cause, s'il l'aggrave insensiblement, il nous aide du moins à le supporter en nous préservant du désespoir par l'ardeur qu'il rend de temps en temps à notre âme épuisée; semblable au narcotique où l'aveugle et sensuelle dévotion des Orientaux se consume à chercher chaque jour un avant-goût des joies du paradis.

Par la raison que le théâtre est le plus raffiné de tous nos goûts, il en est aussi le plus dangereux. Ses effets sont exactement semblables à ceux de l'opium, qui ne met les sens hors d'eux-mêmes qu'en émoussant peu à peu leur vivacité. Plaisir au début, de jour en jour l'esprit s'y énerve et finit

par n'avoir plus d'autre remède contre la langueur
de l'ennui. Mais ce remède est un poison qui le tue.
Jeune, on cherche dans la comédie cet intérêt factice
qui naît du jeu des passions. Avant de les avoir
éprouvées soi-même, on se plaît déjà à en voir l'i-
mage. Qui oserait dire qu'un tel plaisir tire à con-
séquence? Il n'est pris que sur nos loisirs; on en
jouit à peu de frais, loin du commerce des sots, des
médisants et des fripons, en un mot sans qu'il en
coûte rien aux mœurs, et cela ne suffit-il pas quand
on s'amuse? Belles raisons dont se paye notre frivolité, mais que nos passions démentent à l'envi. Autant peut en dire le désœuvré qui hasarde, sur une
carte, son premier écu; l'imbécile qui se pique, par
pure bravade, de tenir tête aux fumées du vin : l'é-
tourdi qui s'essaye, pour tuer le temps, à des amou-
rettes de passage. C'est en s'amusant ainsi qu'on
se ruine, qu'on s'abrutit, qu'on se déshonore, qu'on
devient, sans s'en douter, joueur, ivrogne, libertin.
Tu souris; mais n'imagine pas que la passion du
théâtre, pour être moins grossière, offre moins de
dangers. L'esprit lui-même doit se défier de son
goût pour le plaisir. Plus la pente est douce, moins
il s'aperçoit qu'il s'abaisse. Distraction, penchant,
habitude, besoin, fureur; degrés insensibles qui le
mènent à sa perte. C'est en se jouant qu'il s'y engage
et qu'il va de l'un à l'autre, jusqu'au moment où il
s'aperçoit qu'il n'a plus la force de les remonter.

Hélas! j'ai commencé, moi aussi, par aimer le
théâtre pour lui-même, comme le plus noble délas-
sement que l'art de plaire puisse offrir à un esprit
cultivé, et peu à peu, séduit, entraîné à mon insu
par la faculté d'en jouir, de le faire renaître chaque
jour au gré de ma paresse, j'ai fini par le rechercher
pour moi-même, avec l'avidité d'un de ces besoins
aisément satisfaits, mais toujours insatiables, dont
on prend l'habitude, sans s'apercevoir qu'on en subit
de plus en plus la nécessité. Le mal qu'il cause, tu
en jugeras par mon exemple. Né avec trop peu de
génie pour réussir dans les arts, j'étais malheureusement fait pour en sentir les beautés, j'ose même
dire pour les comprendre. Celui du théâtre me ravit
de bonne heure par sa perfection. Il me sembla le
comble de puissance où l'esprit humain puisse s'élever par ses propres forces. Tirer de soi-même un
monde nouveau, supérieur quoique semblable à celui qui nous entoure; le peupler de personnages de
son choix qu'on fait penser, parler, agir à son gré
en les inspirant du souffle de la poésie; agiter dans
l'espace idéal que la scène ouvre à l'imagination
les intérêts, les passions, les intrigues de la société
où l'on vit; tenir dans ses mains tous les fils qui
font mouvoir à leur image les événements dont on
dispose; être, en un mot le *deus ex machina* de toutes
ces fictions que le théâtre emprunte à la vie réelle,
et qui, en la peignant comme elle est, ont néan-

moins le privilége de la faire oublier elle-même :
voilà quelle fut mon ambition, voilà le but que je
me croyais capable d'atteindre.

Mes premiers mécomptes, sans m'ôter toutes mes
illusions, m'avaient fait faire un retour sur moi-
même. Forcé d'être le seul juge de mon talent, je
commençais à le comparer à celui des autres. Je
crus voir alors tout ce qui me manquait pour réussir
au théâtre. C'était, en premier lieu, l'expérience,
l'art de conduire l'intérêt, de le redoubler de scène
en scène, de le faire naître d'événements imprévus,
quoique naturels, en un mot, de tenir sans cesse en
haleine la sensibilité, la gaieté ou la curiosité des
spectateurs. Je n'ignorais pas que cette qualité suffit
seule pour faire vivre des œuvres médiocres; mais
je me trompais en la croyant facile à acquérir,
tandis qu'elle manque souvent au génie lui-même.
Avant de reprendre la plume, je résolus donc de
fréquenter assidûment le théâtre, afin d'y surprendre sur le fait les secrets de l'art. Jusqu'à ce moment, je m'étais, pour ainsi dire, tenu renfermé
dans mes propres œuvres, peu soucieux d'un autre
mérite que le mien, et dédaignant un spectacle
dont mon nom ne faisait pas tout le prix. L'envie de
voir par mes yeux comment s'y prenaient les auteurs aimés du public pour réussir vint m'y offrir
dès lors un objet, lequel me touchant de plus près,
m'intéressait bien davantage, et, à force de m'en

occuper à bon compte, je ne tardai pas à y prendre goût et à trouver ce genre d'étude fort agréable. Avec le but sérieux que j'avais en vue, tu juges bien que je donnais ma préférence aux deux théâtres qui ont seuls conservé la tradition classique, savoir, le Théâtre-Français et sa succursale de l'Odéon. Tous les autres, si j'en excepte pourtant le Gymnase, où la comédie a toujours disputé la place aux flons flons du vaudeville, me parurent indignes de mon attention. Il faut en faire ici l'aveu, le Théâtre-Français lui-même soutient assez mal sa vieille réputation. Peut-être ne serait-ce point abuser de l'épigramme que de dire qu'il n'est guère plus soutenu que par elle. Il est vrai que depuis quelques années, grâce à une actrice unique dans son genre, la tragédie y a eu de beaux moments. Mais enfin ce sont les chefs-d'œuvre d'un autre temps, ceux que tout le monde sait par cœur, que son talent a fait revivre sur la scène. Quant au genre lui-même, il n'existe plus que pour mémoire, et l'on convient généralement, tout en applaudissant avec respect Corneille et Racine, qu'il n'y a plus de tragédie.

Des critiques moroses veulent même qu'on en dise autant de la comédie, mais c'est là un arrêt qu'il serait peut-être moins juste de lui appliquer; car on ne sait guère plus ce que c'est que la comédie. Dialogue en vers ou en prose, proverbe, saynète, imbroglio, moralité, drame historique ou romanesque,

ce nom s'étend aujourd'hui à une foule de pièces
écrites tantôt selon les règles et tantôt sans aucune
règle. Il y en a qui sont la quintessence du plus fade
marivaudage et du *germanisme* le plus outré, fon-
dus ensemble dans une sorte de *phébus* fait pour
donner des vapeurs ; d'autres d'une trivialité à faire
vomir, où, non content de mettre de bons bourgeois
sur la scène, on les fait parler comme Turcaret ou
M. Jourdain, et cela sans rire ; quelques-unes où,
d'un bout à l'autre, l'auteur bat la campagne et
baye aux corneilles, sous prétexte d'imiter les fantaisies de Shakespeare ; d'autres enfin, et ce ne sont
pas les moins courues, qui sont des espèces de casse-
têtes dramatiques où la fable et l'histoire, unies en
dépit du bon sens par les fils de l'intrigue la plus
embrouillée, vivent entre elles en fort mauvaise
intelligence. Comment faire la part de la comédie
au milieu de tout cela ? De plus habiles que moi y
ont jeté leur bonnet. Dans l'embarras de me choisir
un genre, je m'attachai donc à choisir dans les
pièces le plus en vogue l'intérêt qui en fait à peu
près tout le mérite. C'est là une qualité qu'on ne
saurait refuser au théâtre moderne, mais qui tient
autant au goût du public pour les intrigues de roman
qu'à l'habileté des auteurs. Quoi qu'il en soit, son
attrait est réel, et il n'est presque personne qui ne
s'y laisse prendre. Je ne parle pas de l'esprit, dont
ce genre peut très-bien se passer ; aussi n'y paraît-il

qu'à peine, seulement dans la bouche de personnages auxquels on ne s'intéresse point, et qui, par
déférence pour un vieil usage, sont encore chargés
de faire rire les spectateurs. Il est d'ailleurs malaisé
de dire ce que c'est que ces prétendus bons mots qui
égayent le dialogue en passant, et comme pour la
forme. Coq-à-l'âne ou calembour, il n'importe
guère. Le principal est de tenir l'attention en éveil
et en suspens par des surprises, des alertes, de
fausses confidences, des retours de fortune inopi-
nés, et tous ces coups de théâtre que la langue
classique appelait des *péripéties*. Voilà tout le secret
du métier. Ne l'eussé-je point appris à mes dépens !

Élevé en province, loin de ce brillant foyer d'in-
crédulité où l'esprit parisien se polit, se raffine,
se retrempe de bonne heure pour lutter de résistance ou de souplesse avec les piéges de la civilisation ;
nourri de poésie et d'illusions, aveuglé par une
sotte vanité, j'avais trop peu de sang-froid pour
voir les choses en philosophe, et trop de naïveté
pour les juger comme un critique de profession.
Sitôt que j'eus goûté le plaisir d'admirer et d'applaudir chez les autres un art que je ne me flattais plus
d'acquérir par mes propres forces, je revins peu à
peu sur mes premières impressions. La première
fois que j'avais vu jouer la comédie, j'y avais pris
fort peu de plaisir. Rien de ce que je voyais ni de ce
que j'entendais ne m'y semblait fait pour moi. Mon

imagination était allée bien au delà. Cette scène ouverte d'un côté comme un théâtre de marionnettes,
ces châssis de toile n'offrant la moitié des objets
qu'en peinture, l'imitation puérile et souvent risible
des effets naturels, cent autres disparates crevant les
yeux des spectateurs les plus prévenus, me faisaient
hausser les épaules de pitié. Ce n'est pas que l'art
de tromper les yeux n'y ait fait bien des progrès
depuis un siècle. La main du décorateur et celle du
machiniste y sont sans doute beaucoup moins visibles; on y attrape mieux les perspectives, et l'on
y renchérit de jour en jour sur la réalité des accessoires. Mais, le dirai-je, le défaut d'illusion tient
tellement à la scène, qu'il semble s'y multiplier en
raison des objets. C'est où l'on veut le cacher qu'il
se montre le plus, et l'effet qu'on croit obtenir sur
l'ensemble, on le perd en détail. L'œil, attiré par
une toile de fond habilement peinte, remarque tout
de suite combien elle est faussement éclairée, et ce
qu'il y a de choquant à voir se mouvoir des figures
en pleine lumière sur la partie que le peintre a re-
présentée dans l'ombre. Une bande d'air, pour être
découpée en festons, n'en simule pas mieux le ciel
et les nuages. On s'aperçoit seulement qu'elle n'en
a ni la légèreté, ni la mobilité, ni la transparence.
Enfin le feuillage artificiel de ces châssis de coulisse
imite d'autant moins celui des arbres, qu'on y cherche avec plus de complaisance le mouvement et les

couleurs de la nature. Parlerai-je de tant d'accessoires dont un faux goût encombre aujourd'hui le
théâtre; de ces meubles, de ces tentures dont l'élégance trop palpable, au lieu de flatter l'œil du spectateur, fixe son attention sur le contraste offert tout
à côté par des murs et des plafonds de toile peinte?
Je n'en finirais pas si je voulais passer en revue
toutes les lacunes et toutes les bévues que notre
manie d'imitation a multipliées comme à plaisir sur
la scène, et où elle nous force en quelque sorte à
mettre le doigt. Ne voit-on pas que c'est gâter un
plaisir de convention que de se donner tant de peine
pour en déguiser l'artifice, et qu'on ne réussit par
là qu'à le mettre maladroitement en évidence? Tous
nos arts ont des formes convenues qui ne sont ni
vraies, ni naturelles par elles-mêmes, et qui servent néanmoins à nous représenter la nature et la
vérité. Le théâtre doit en avoir plus que nul autre,
puisqu'il emprunte à la poésie son langage mesuré,
à la musique son accent et ses sons, enfin la plupart
de ses effets visibles, à la mimique, à la peinture,
à la sculpture même, et à tous les arts d'imitation.
N'en résulte-t-il pas que, hors l'action dramatique
qui en est le fond, sa propre imitation doit être
elle-même fort défectueuse? Loin d'augmenter l'illusion par le soin et l'exactitude, ou même ce qu'on
nomme le *naturel* des détails, elle ne fait que montrer partout ce qui lui manque. C'est une manie

trop commune aujourd'hui sur le théâtre de vouloir cacher l'art, et en quelque sorte le faire oublier par le naturel. Comme si les conventions, qu'on prétend en bannir, n'étaient pas sa propre forme. Que gagne-t-on à parler au lieu de déclamer, quand ce sont des vers qu'on récite, sinon de choquer l'oreille par de fausses césures et des rimes sous-entendues? Est-ce un grand profit pour la poésie de l'entrecouper à tout moment de sanglots, d'interjections, de hoquets tragiques qui en dénaturent le rhythme, ou de ces pauses mimées appelées des *temps*, qui font perdre aux auditeurs le sens et l'harmonie du discours? Le prétexte d'imiter en cela la nature n'est-il pas contraire au simple bon sens? Le véritable art dramatique doit-il être, en un mot, sacrifié au jeu des acteurs et à l'effet produit par de vains accessoires?

Tels furent à peu près les jugements qui résultèrent de mes premières impressions; mais peu à peu l'appareil théâtral, dont la mesquinerie m'avait d'abord choqué, me sembla plus vrai, plus naturel, mieux à sa place, à mesure que les pièces auxquelles il servait de cadre m'intéressaient davantage. Au lieu de songer à critiquer le jeu des acteurs, j'en vins à mon insu à louer, à applaudir en eux les mouvements qu'ils me faisaient sentir. Telle pièce qu'un an auparavant je n'aurais écoutée qu'avec dédain donnait à mon esprit, désormais moins oc-

cupé de lui-même, une jouissance toule nouvelle.
Avide de saisir la pensée de l'auteur, d'en apprécier
le sens ou la finesse, de voir se développer de scène
en scène, et marcher sans s'égarer vers le dénoûment un dessein habilement conçu, je lui faisais
honneur de cette jouissance ; j'embellissais en un
mot le spectacle de l'attrait inopiné qu'il m'offrait
ou que je lui prêtais à mon insu. T'expliquer d'où
peut naître un pareil attrait et en quoi il consiste,
cela est difficile à faire entendre à un homme qui
en juge de sang-froid. Imagine le plaisir que prend
un enfant à bâtir un château de cartes et à l'élever
jusqu'au sommet sur ses fragiles fondements. Ce
n'est qu'un jeu pour lui, il le sait bien, et néanmoins
quelle attention il y porte ! quelle sollicitude à prévenir le souffle ou la chute du fétu qui pourrait
renverser son édifice! Comme il se complaît dans
son œuvre! Quelle joie et surtout quel triomphe
quand il l'a menée à fin ! Ce château de cartes n'est-
il pas l'image des illusions qu'on se fait à tout âge?
Enfantillage aux yeux de la raison, jouissances pour
nous ; qu'importe que son souffle les détruise? N'en
recommençons-nous pas sans cesse l'échafaudage?

En y réfléchissant, j'ai vu pourquoi le théâtre était
sinon le plus vif, du moins le plus flatteur, le plus
séduisant, le plus parfait de tous nos plaisirs : c'est
qu'il met en scène et revêt du prestige de l'art les
qualités que nous croyons avoir et les sentiments

que nous imaginons chez nos semblables. Il nous
trompe, en un mot, mais agréablement et dans la
mesure où nous nous plaisons à être trompés. Peinture des mœurs, voilà comme il le faut prendre,
c'est-à-dire des passions, des habitudes et des préjugés du moment, non école des mœurs, comme le
définissent les pédants. S'il représente la nature humaine, c'est toujours selon les temps et selon les
lieux, et en donnant à chaque peuple la plus belle
idée de lui-même; aussi a-t-il eu ses époques, sa suite
et ses changements comme l'histoire des mœurs. Si
j'étais savant, je te montrerais comment il est né à
la fois chez les Grecs des rites figurés qu'on obser-
vait dans les mystères, et de la licence des baccha-
nales. Mais que ce soit Thespis ou un autre bouffon
qui ait promené le premier dans les bourgs ses tréteaux ambulants, et que la lie des vendanges ait été
le premier masque de Thalie, cela ne nous importe
guère. Ce qu'il y a de sûr, c'est qu'en Grèce, comme
partout, le théâtre a été d'abord religieux et héroï-
que, parce que ces deux sentiments étaient alors
familiers aux spectateurs, que chacun se piquait
d'être plus dévôt aux mystères ou de mieux servir
qu'un autre sa patrie par la parole et par les armes.
Les Athéniens étaient flattés de voir dans Eschyle
les terribles Euménides comparaître devant leur
aréopage, et la sagesse personnifiée sous les traits
de Minerve y plaider la cause du parricide. Les la-

mentations du grand roi retentissaient agréablement
à leurs oreilles comme le témoignage le plus élo-
quent de leur patriotisme et de leur courage. Plus
tard, la scène change, et des mœurs plus douces et
plus cultivées se plaisent mieux à des chefs-d'œuvre d'un autre genre. A la terreur causée par les
sentences des dieux, à la rigueur de la sagesse primitive, vient se joindre la pitié pour les illustres
victimes de la tragédie. La fierté des armes, l'orgueil du sol natal, règnent encore dans toute leur
force ; mais l'esprit religieux s'éteint dans les âmes,
et des sentiments plus humains viennent y tempérer
l'austérité des anciennes vertus. On commence à
pleurer sur la lamentable histoire des infortunes
d'OEdipe ; on suit avec anxiété la marche des événements que la fatalité fait peser sur sa tête ; on s'attendrit sur la piété filiale d'Antigone, et son modeste
héroïsme en face du tyran Créon arrache à la foule
des cris d'admiration. Pourquoi la tragédie ne sau-
rait-elle aller plus loin ? C'est que la société athé-
nienne elle-même atteignait alors sa perfection, et
que ce peuple si magnanime, si spirituel, si brave,
si élégant dans ses mœurs, et fait presque en tout
pour servir de modèle aux autres, se retrouvait tout
entier dans l'art accompli de Sophocle lui peignant
sous des traits idéals les qualités dont il était avide.
Cette perfection disparaît bientôt avec Euripide pour
faire place à l'intérêt factice qui naît de la compli-

cation des événements, à de grands sentiments rarement pris dans la nature, à des déclamations outrées, à des hors-d'œuvre de morale ou de philosophie, qui plaisaient davantage à l'oisiveté raffinée,
sensuelle et sceptique des Athéniens de la déca-
dence.

Est-il maintenant besoin de prouver qu'à Paris
comme à Athènes, l'histoire du théâtre suit pas à
pas celle des mœurs? Notre grand siècle, malgré ce
qu'il a d'imposant pour nous qui ne sommes pas
des Grecs, conserve, il faut l'avouer, dans ses plus
beaux chefs-d'œuvre, quelque chose de lourd, d'em-
pesé, de scolastique, qui sent l'étude et l'imitation.
L'art y est admirable, mais il n'y coule pas de
source. C'est la remarque de Fénelon, le plus Athé-
nien des Français de cette époque; et il n'en excepte pas même le génie de Molière qui, tout original qu'il est, s'exprime quelquefois péniblement
dans son langage un peu gothique; mais, quoi qu'il
en soit, il est aisé de reconnaître dans les personnages de Corneille l'enflure de sentiments qui se
faisait voir dans nos mœurs alors à demi espagnoles.
Ceux de Racine parlent la langue d'une société plus
polie, où l'esprit et le cœur se montrent jusque dans
l'art avec un naturel parfait. Les héros de Corneille,
comme ceux de la Fronde, se font des idées outrées
de l'honneur, du courage, de l'amour; mais, comme
eux, ils ont peu de vertus. On avait encore à son

époque un certain goût de bravoure et de galanterie chevaleresques puisé dans la lecture des vieux
romans, et les souvenirs de la Ligue conservaient à
la noblesse celui de l'indépendance et des aventures. Tous ces grands sentiments brillaient dans les
tragédies de Corneille, et ses beaux vers, en frappant l'imagination et en se gravant aisément dans
la mémoire, leur donnaient encore plus de prix aux
yeux de ses contemporains. Mais que dirai-je du *tendre* Racine, comparé à la fois à Sophocle et à Euripide par ses admirateurs, quoiqu'il n'ait fait qu'imiter heureusement l'un et l'autre ; de ce Racine,
bel-esprit autant que poëte, qui a porté sur la scène
le naturel, et même le sublime de la passion aussi
loin que l'art puisse atteindre ? Qu'il serait sans
doute, dans son genre, le modèle et le plus pur interprète des esprits cultivés de tous les temps, sans le
tribut qu'il a payé aux faiblesses du sien en rabais-
sant l'amour de ses héros à de petites intrigues, et
en leur faisant tenir trop souvent le langage de la
galanterie. Mais, dans tout le reste, il a su tellement
ennoblir la nature humaine, peindre ses divers mouvements avec tant de force, de majesté ou de grâce ;
prêter tant de poésie à ses moindres accents, que
son génie, s'il n'efface pas celui de Corneille, laisse
bien loin derrière lui tous ceux qui ont marché sur
ses traces, et qu'à côté de ses chefs-d'œuvre, nos
meilleurs tragiques ont l'air d'amplificateurs de col-

lége. Voltaire lui-même, malgré son prodigieux esprit qui le rendait propre à tout concevoir et à tout
imiter, ne lui ressemble, a-t-on dit avec justice, que
comme le plus habile hypocrite ressemble à un
saint. Écrivant à une époque déjà bouleversée et
pour un public sceptique et frondeur, il fit ce qu'a-
vait fait Euripide, et réussit comme lui en l'intéres-
sant par des coups de théâtre, en flattant, à l'aide de
tirades et de maximes philosophiques, sa manie de
raisonner. Malheureusement, avec ces goûts nouveaux, c'en était fait de l'art, de celui du moins qui
consiste à offrir en spectacle aux hommes le modèle
idéal de leurs plus nobles passions, et qui seul mérite véritablement ce nom. La tragédie allait céder
la place au drame, c'est-à-dire à la peinture sans
règle et sans choix des intrigues, des intérêts et des
sentiments vulgaires. C'en était fait de la comédie
elle-même, réduite depuis Molière à attirer la malignité du public sur les ridicules de la mode, ou à
l'égayer par des bouffonneries. Les Français ne su-
rent plus rire. On commença dès lors à confondre
toutes les règles et tous les genres, à faire des tragédies bourgeoises et des comédies larmoyantes.
C'est de ce chaos qu'est sorti l'espèce de monstre
qu'on appelle le *Drame*. Le prétexte était d'imiter
en cela la nature, qui mêle partout la joie et la tristesse, et fait succéder le rire aux larmes : mais la
raison, c'est que le public commençait à s'ennuyer

également de la tragédie et de la comédie, plaisirs trop sensés pour sa frivolité et à fermer l'oreille à la poésie, qu'il appelait de la *déclamation*. Pour lui plaire, il fallut mettre en jeu sa manie de philosopher et de moraliser à propos de tout, invoquer à chaque instant sur la scène la conscience et la vertu, se déchaîner contre les abus de la société, flatter en un mot l'envie de parvenir, qui était à peu près la seule passion de l'époque. Quant au drame lui-même, il fut ce qu'il devait être pour intéresser la foule et lui rendre ces lieux communs supportables, tantôt un roman sentimental, tantôt une intrigue extravagante.

Si je ne me trompe, c'est seulement alors que la tragédie et la comédie devinrent *classiques*, c'est-à-dire furent reléguées comme des exercices littéraires dans les colléges et les académies; et vainement essayerait-on de les en faire sortir. Le goût du public n'est plus là. J'avoue que le talent d'un Talma, d'une Rachel, peut l'y rappeler un moment. Mais c'est un succès qui intéresse l'artiste beaucoup plus que l'art. Quant aux essais tentés dans ces deux genres, ce n'est plus qu'à titre d'études qu'on les tolère sur la scène, qu'on les applaudit, qu'on les encourage même quelquefois comme des degrés vers le fauteuil académique. Que nous reste-t-il donc aujourd'hui? Il est malaisé de le dire : une sorte de mélange dramatique, assez semblable, prétendent les mauvais plaisants, à une sauce qu'on nous ferait manger sous des noms différents, mais qui serait toujours la même sauce. Qu'on nomme ce mélange drame, comédie ou vaudeville, vers ou prose, il n'importe; c'est toujours une intrigue romanesque qui en fait le fond, et, à l'exception du dialogue, toutes les conditions du théâtre ont tellement changé, qu'on peut y voir à la rigueur un récit plutôt qu'une représentation de la vie humaine. Tu vas m'accuser de paradoxe, mais crois-en ma vieille expérience. Le théâtre prenait autrefois ses sujets dans la nature de l'homme. Il avait principalement pour but de la montrer à elle-même telle qu'elle est, en lui faisant parler son propre langage. Il l'embellissait à la vérité, et c'est par là qu'il était réellement un art ; mais il lui suffisait, pour émouvoir notre pitié ou exciter notre ironie, de nous offrir en spectacle ce qui nous intéresse le plus, nos passions, nos préjugés, nos faiblesses même. Il n'avait pas besoin, pour séduire notre attention, de l'attirer sur des objets secondaires. Presque rien n'était donné au plaisir des yeux. La poésie dramatique s'adressait surtout à l'oreille, qui est le vrai chemin du cœur. Au lieu de tout cela, que voyons-nous aujourd'hui? Des romans à aventures mis en dialogue sous le nom de drames, de comédies, de vaudevilles, où les personnages sont des espèces de mannequins de théâtre qui ne diffèrent que par le costume, où l'intérêt n'est plus dans les caractères, mais dans les faits, dans les situations, en un mot dans ce qu'on nomme l'intrigue. Ce n'est pas qu'il ne faille beaucoup d'habileté pour assembler et faire mouvoir à propos tous les ressorts que comporte aujourd'hui une action dramatique. Ne l'acquiert pas qui veut, même avec du talent. Mais cette habileté ressemble en quelque sorte à l'esprit du jeu qui est le seul esprit que certaines gens possèdent, et qui suffit pour leur faire gagner la partie.

Néanmoins, il faut l'avouer, le drame romanesque et la comédie à imbroglio avaient encore, à tout prendre, un mérite intrinsèque, celui d'intéresser ou d'amuser les spectateurs. C'était peut-être la dernière règle qu'on observât au théâtre, et la seule dont il parût impossible de se passer. Croirais-tu qu'on est allé plus loin ? D'un côté, on a dépouillé le drame de son dialogue au point de réduire ce qui en reste à sa plus simple expression, c'est-à-dire à des cris, des exclamations, des interlocutions tout à fait élémentaires, afin de laisser le plus de place possible au *spectacle* proprement dit ; de l'autre, on a transformé la comédie en une pantomime perpétuelle, dont l'auteur ne fournit tout au plus que le canevas, mais où les acteurs ont beau jeu pour pousser jusqu'aux dernières limites de l'art, et quelquefois beaucoup plus loin l'imitation du *naturel ;* car ils parlent, se lèvent, s'assoient, se promènent, réfléchissent même sur la scène comme dans leur chambre, et, dans les moments d'émotion, simulent si bien le saisissement, l'accablement, le désespoir muet qu'on y entendrait une mouche voler. C'est un art tout nouveau, dans lequel le public toujours équitable leur attribue avec raison la meilleure part. Aussi ne dit-on plus d'eux qu'ils *jouent* leur rôle, mais qu'ils le *créent ;* mot fort juste, puisqu'il signifie faire quelque chose de rien.

L'amour et l'ambition sont toujours les deux pivots sur lesquels roule l'intérêt moral de notre théâtre ; mais cette ambition est celle de notre temps, c'est-à-dire l'envie de parvenir beaucoup plus que celle de faire de grandes choses. On est enchanté de voir un homme de rien se pousser dans le monde et arriver aux premières places par son mérite, parce qu'on espère y arriver de la même manière. Un peu d'intrigue n'y gâte rien, car on n'ignore pas qu'elle est dans notre société un moyen de succès non moins sûr qu'à la comédie. Quant à l'amour, c'est une autre espèce d'ambition, savoir, celle de trouver une riche dot qu'on se plaît à voir réussir chez autrui, pourvu qu'il n'en coûte que quelques frais d'imagination pour se procurer ce plaisir. Nos auteurs d'ailleurs ne comptent pas quand il s'agit de le satisfaire, et ce n'est point assez que tous les vœux d'un héros de comédie soient comblés à la fin de la pièce, s'il n'épouse en même temps cent mille

livres de rente. Ils auraient bien à faire pour choquer en ce point les vraisemblances ; car leur imagination est toujours au-dessous de celle du public,
surtout quand ce public est pauvre. Avec les gens
riches, il y faut plus de façon, et l'on a à flatter en
eux des manies plus délicates, telles que l'ambition
de briller par la noblesse, l'esprit, l'élégance et
toutes les espèces de vanité. C'est là tout le mérite
de ces *riens* en forme de dialogue qu'on nomme des
proverbes, genre fort insipide par lui-même, mais
où la frivolité des gens du bel air aime à retrouver
le caquet et le ridicule des salons. Rien de plus ennuyeux d'ailleurs que ces fades personnages qui se
nomment toujours le *marquis*, le *vicomte*, etc., comme
si ces titres avaient la même valeur qu'autrefois ;
rien de plus affecté que ces coquettes de boudoir
qui marivaudent en brodant sur le coin d'un ca-
napé. Rien de plus insupportable que leur jargon
alambiqué, leurs prétendus bons mots, leurs miè-
vreries sentimentales, leurs petites ripostes. Passe
encore dans une scène des *Précieuses ridicules*. Molière a mis aussi des marquis sur le théâtre, quelquefois même des marquises, mais c'était pour s'en
moquer. Les personnages auxquels il voulait intéresser portaient des noms empruntés à la comédie
italienne, tels qu'*Isabelle*, *Valère*, etc. Il leur suffisait de plaire, et l'on ne songeait pas à leur demander leurs titres. Parlerai-je de ces comédies fondées

sur des contes en l'air, qu'on appelle des fantaisies,
et dont les héros ont en effet l'air d'être tombés de
la lune ? Quoi ! parce qu'il a plu au bonhomme Shakespeare de prendre dans les vieux romans de che-
valerie le sujet d'une pièce extravagante, et de l'in-
tituler *Comme il vous plaira*, on se croira autorisé à
bercer toujours le public de semblables fadaises !
Mais, pour l'imiter, il faudrait avoir sa naïveté, son
imagination intarissable, et surtout s'adresser à des
Anglais du temps d'Élisabeth. Sans compter qu'il y
a bien autant de fatras que de traits de génie dans
ce divin Shakespeare, si admiré de nos jours, sur
la foi du peu de gens qui l'ont lu.

Ce n'est pas en revanche par la recherche ou la
fantaisie que pèchent nos auteurs de *moralités*, soit
en vers, soit en prose. Rien de plus naïf, et, s'il
faut le dire, de plus niais que ces petites comédies
en deux ou trois actes, faites pour égayer la jeunesse et lui inspirer en même temps de bons principes. Une femme arrachée par la prudence de son
époux aux piéges d'un séducteur ; un père ramené
à ses devoirs par sa fille ; un oncle d'Amérique arrivant à point pour rendre à la vertu son coquin de
neveu, le marier et payer ses dettes : tout cela,
assaisonné de vulgaires lazzi et de maximes suran-
nées, ne brille ni par la gaieté ni par le style, mais
amuse honnêtement le gros du public, qui n'en
demande pas davantage. Dans un genre tout opposé,

la comédie satirique n'a pas moins de succès et est beaucoup plus à la mode. C'est celle qui peint les vices du jour par pur amour du scandale, et pervertit les mœurs en riant. Les personnages qu'elle se plaît à mettre en scène sont surtout des courtisanes, des fils de famille ruinés et des espèces de Turcarets libertins qui font vivre tout ce monde-là dans le luxe et l'abondance. Les noms supposés, les dettes de jeu et les lettres de change sont les ressorts qui font mouvoir ses intrigues. Les coups de bourse y tiennent la place des coups du sort, et le pistolet y exécute leurs arrêts comme le poignard de l'antique tragédie par le duel ou le suicide. Avec de pareils éléments ces pièces ne peuvent pas être fort gaies, et, quand leurs personnages rient, c'est en montrant les dents; mais elles captivent l'intérêt, comme ces histoires trop vraisemblables qu'on lit dans les gazettes et qu'on va voir quelquefois se dénouer devant les tribunaux.

Cette longue diatribe t'étonne. Je vais parier que tu me crois bien dégoûté du théâtre, puisque je le juge avec tant de rigueur. Tu te trompes; mais ton erreur est celle des gens sans passions, qui ne peuvent concevoir qu'on agisse autrement qu'on ne pense, jusqu'à ce qu'une passion quelconque les pousse dans la même inconséquence. En te parlant selon la raison, je ne prétends point pallier ce qu'il y a de déraisonnable dans ma faiblesse, mais au contraire te le faire mieux sentir, afin que tu apprennes jusqu'où l'on tombe quand on ne sait pas s'arrêter à temps dans un pareil penchant.

Tout ce que j'ai dit de notre théâtre est vrai au point de vue de la critique, et c'est ainsi qu'en pensent les bons juges. Malheureusement la critique ne peut nous empêcher d'y prendre plaisir. On ne disconvient pas que cet art, qui fut si longtemps la gloire des lettres françaises, ne soit aujourd'hui bien déchu, et pour ainsi dire retombé en enfance; mais c'est peut-être pour cela qu'il amuse notre puérilité. Il n'y a plus ni règles, ni poésie, ni véritable talent : qui oserait se faire illusion là-dessus? Qu'importe, après tout, pour un public qui se moque des règles, n'a plus d'oreille pour la poésie, et croit que le véritable talent consiste à le distraire pour son argent? Tous les genres sont confondus, je l'avoue; tant mieux si les pièces doivent en être plus intéressantes. On imite beaucoup plus qu'on n'invente; cela est visible; j'accorderai même à la critique que la tragédie n'est plus qu'un centon d'hémistiches pris dans Corneille et dans Racine, et liés ensemble par quelques traits de fausse érudition; que la plupart de nos comédies ne sont que des drames terminés par un dénoûment de vaudeville; que nos drames eux-mêmes sont devenus des parades indignes d'un peuple policé, et nos vaudevilles des farces bonnes pour les tréteaux de la foire.

Tout cela ne nous empêchera pas de courir avidement au théâtre; et pourquoi? Parce que ce genre
de spectacle, quelque faux, puéril et détestable qu'il
soit, est, à tout prendre, beaucoup moins ennuyeux
que ce qui nous entoure. Les uns vont y dissiper le
souci des affaires, les autres la langueur de l'oisiveté. Il n'y a point de plaisir qui laisse moins à faire
à l'esprit, et qui le prenne plus subtilement par les
yeux et les oreilles. Mais c'est surtout à l'imagination qu'il offre des ressources. Est-elle paresseuse,
elle y trouve sans aucuns frais les fictions dont elle
a besoin pour s'émouvoir. Est-elle supérieure à ces
fictions, il lui est aisé de s'en emparer et de les
corriger, ou de les refaire au gré de ses fantaisies.
Ainsi, non-seulement cette jouissance nous prévient
et s'offre à nous d'elle-même, mais elle trouve, pour
ainsi parler, toutes les portes de nos sens ouvertes
à la séduction. C'est le soir, à l'heure où le relâchement du corps nous dispose à la mollesse, où l'esprit,
las d'agir, semble céder la place aux vagues instincts
de la vie animale, qu'introduits tout à coup dans
une sorte de palais enchanté où la volupté circule
dans l'air avec les sons des instruments, l'éclat des
lumières, les parfums et les murmures flatteurs de
la beauté, nous voyons s'ouvrir devant nous une
nouvelle existence, semblable et supérieure à la fois
à la nôtre, assujettie aux mêmes vraisemblances,
mais plus brillante, plus animée, plus riche en

impressions agréables, en un mot arrangée comme
à souhait pour satisfaire nos goûts et nos passions.
Je le demande, est-il un piége plus dangereux pour
la raison? Et faut-il s'étonner qu'elle y tombe si
souvent? On se croit maître de soi-même, parce
qu'on est sûr de ses idées, de ses jugements, de la
vérité de ses opinions. On entre au théâtre par oisiveté, pour passer le temps, avec les préventions du
critique ou le sang-froid de l'indifférent. La pièce
est mauvaise, on trouve les acteurs guindés, le
spectacle puéril ou dégoûtant. On se récrie d'abord,
on s'indigne contre l'auteur, contre le public et
contre soi-même. Mais, isolé au milieu de l'attention
et du silence de la foule, bientôt, malgré soi, on
regarde, on écoute; on veut suivre jusqu'au bout le
fil de l'intrigue, en voir les complications et le dénoûment. A mesure qu'elle se développe, l'intérêt
gagne insensiblement sur la curiosité. Ce qui se
joue est peu de chose ; qu'importe? Une fois éveillée,
l'imagination s'en empare, s'approprie le plan et la
pensée de l'auteur, les corrige, les embellit, leur
prête la force et la vraisemblance qu'elles n'ont pas
en effet. On s'associe aux équipées de ce hardi jeune
homme qui brusque les faveurs de la fortune; on
épouse les intérêts de cet homme de mérite trahi
par elle; on s'attendrit sur les infortunes d'un fils
injustement déshérité, d'une mère privée de ses
enfants d'une famille aux abois, d'une orpheline

persécutée; on s'indigne contre la méchanceté de tel
personnage, la fourberie de tel autre ; on accueille
avec joie l'arrivée de celui qui vient réparer tout le
mal ; enfin on ne se sent pas d'aise au dénoûment
imprévu, inespéré, qui remet tout à coup chacun à
sa place, venge la vertu opprimée, récompense le
mérite et livre le crime en exemple à la juste rigueur du sort, ainsi qu'à l'animadversion des loges
et du parterre. Comédie ou mélodrame, l'effet en
est infaillible, irrésistible pour tous, parce que
tous les hommes, quels que soient leur âge, leur
caractère, leurs mœurs, que dis-je! les critiques de
profession eux-mêmes, ont dans une certaine mesure de l'imagination et de la sensibilité, que le
théâtre s'adresse surtout à ces deux facultés, qu'il
réunit tous les moyens de séduire l'une et d'émouvoir l'autre, en réduisant au silence le jugement
auquel, de nos jours, il ne laisse, s'il faut l'a-
vouer, presque rien à faire. Il en est de ce plaisir comme de tant d'autres, où la partie raisonnable de notre âme n'a aucune part. Aussi est-il
peu de gens assez sages pour ne s'y point laisser
prendre, et il est moins rare qu'on ne pense de
voir ceux qui peuvent à bon droit se dire blasés
sur ce genre d'émotion, des piliers de théâtre
comme nous ou nos confrères les aristarques du
feuilleton, métamorphosés, à la fin du spectacle le
plus plat, le plus saugrenu, le plus dénué d'esprit,

d'intérêt et de vraisemblance, en spectateurs attentifs et charmés.

Pendant quelques années, il est vrai, le goût des lettres, le désir de m'y faire un nom, l'espoir de m'ouvrir au théâtre la carrière la plus propre à atteindre ce but, balancèrent en moi les funestes effets de ce relâchement de la volonté et de l'intelligence. Mais, par une erreur trop ordinaire aux gens qui manquent de génie, en m'opiniâtrant à démêler et à étudier sur la scène même les procédés dramatiques dont l'imitation devait, selon moi, me mener au succès, je donnais prise au mal qui a terminé si misérablement mes rêves d'ambition.

Je t'ai conté quelle avait été l'issue de mes premières démarches. Ma tragédie reçue à l'Odéon, où elle est encore, n'a jamais été jouée. Je ne fus pas plus heureux pour mes drames. Sans renoncer à l'art classique, je sentais déjà la nécessité (qu'on ne tarde guère à éprouver à Paris) de gagner du temps sur le travail de trop longue haleine qu'il exige, et de m'essayer à moins de frais dans un genre plus propre à me payer de mes peines. J'avais justement en poche un drame des plus noirs et d'une intrigue suffisamment compliquée, intitulé *Eulogius Schneider*, que je jugeai digne de figurer sur un théâtre de boulevard. Quoique écrit en prose, le style en était si relevé et si conforme au goût moderne, qu'on l'eût dit traduit de l'allemand. J'obtins une audience du directeur d'un de ces théâtres, lequel eut la politesse d'en écouter la lecture jusque vers la fin du second acte. Me prenant alors le manuscrit des mains, il me dit d'un air enchanté que mon sujet était original, mon plan nouveau, mon intrigue bien conduite, et qu'il lui semblait voir dans tout cela les éléments d'un vrai succès; qu'il regrettait de n'avoir pas le temps d'en entendre davantage, mais qu'il gardait mon manuscrit pour le relire à loisir.

En me congédiant de la manière la plus affable, mon protecteur me serra la main, prit mon adresse, et m'assura qu'avant la fin du mois j'aurais de ses nouvelles. Libre de tout souci sur le sort de ma pièce, la voyant déjà jouée et applaudie en espérance, ce mois ne me parut pas trop long, et j'en attendis patiemment le terme. Mais il passa comme les autres, et de nouveaux jours s'écoulèrent sans que mon aimable Mécène me donnât signe de vie. N'y tenant plus, j'allai le voir pour savoir la cause de ce silence; mais il ne me fut pas aussi aisé de lui parler que la première fois. Tantôt il était en affaires, tantôt pris par des répétitions, souvent obsédé par d'autres visites. Enfin il me reçut un jour, en courant sur la porte de son cabinet, et me dit, de l'air d'un homme très-pressé, qu'il était ravi de me revoir pour me parler de mon drame; qu'il n'avait pas eu, à la vérité, le temps de le lire, mais qu'il en avait confié le manuscrit à un de ses amis qu'il me nomma, auteur d'un grand talent et alors fort à la mode sur le boulevard, en le chargeant de lui en rendre bon compte ; qu'il me conseillait d'aller le trouver et de voir avec lui ce qu'on pouvait faire de ma pièce. Sur quoi il me quitta en me félicitant de son prochain succès. Un peu abasourdi par ces manières dégagées, auxquelles nous autres provinciaux ne sommes point accoutumés, je n'avais pu trouver à placer un seul mot pendant ce discours ; mais la conclusion en était trop flatteuse pour ne pas me donner du courage. J'allai donc de ce pas voir le célèbre dramaturge, que je fus assez heureux pour rencontrer chez lui. Il me reçut dans une espèce de taudis jonché de papiers, de bouts de cigares et de débris de victuailles, sans autre meuble qu'une grande table derrière laquelle il était assis. C'était un homme entre deux âges, très-chauve, d'une physionomie douce et spirituelle, mais parlant d'un ton fort haut avec une voix enrouée et empestant le tabac et l'eau-de-vie. Quand je lui eus dit qui j'étais, il ne parut nullement se douter de la part de qui je me présentais à lui et me demanda quel service il pouvait me rendre. Je lui contai l'histoire de ma pièce. Il rêva un moment comme pour chercher dans sa mémoire de quoi il était question, me fit répéter le titre de mon manuscrit, et, après avoir fouillé dans plusieurs liasses de papiers en désordre, ayant mis la main dessus, il le feuilleta pen-

dant quelques secondes sans le lire. Enfin, daignant
m'adresser la parole :

« Votre sujet, me dit-il, me paraît neuf et passa-
blement bien choisi. Nous sommes encombrés aujourd'hui de vieilleries dramatiques qu'on a grand'-
peine à rhabiller décemment pour les présenter au
public. Nous verrons comment on pourra mettre
tout cela en œuvre ; revenez me voir dans quinze
jours. J'en parlerai à N.... » C'était le nom du directeur.

Je sortis fort contrarié de ce nouveau délai, mais
rassuré par l'espèce d'approbation que je venais de
recevoir de la part d'un juge aussi habile. Au bout
de la quinzaine, jour pour jour, je me présentai derechef chez lui, ne doutant pas cette fois d'avoir une
réponse définitive sur le sujet qui me tenait tant à
cœur. Je ne l'y trouvai point. J'y revins une seconde,
une troisième fois sans plus de succès. Enfin une
mégère, qui paraissait être sa femme de charge,
voyant mon insistance, m'apprit que son maître
était rarement à la maison, du moins pendant le
jour ; mais que si j'avais à lui communiquer quelque chose d'important, je le trouverais le soir, à
l'heure du spectacle, dans un certain estaminet ou
divan qu'elle m'indiqua, voisin du théâtre. Ces habitudes irrégulières, que je croyais alors le sceau
du génie et que je commençais d'ailleurs à prendre
moi-même depuis que je fréquentais les théâtres,

m'inquiétèrent peu. Je me rendis donc à la nuit au lieu indiqué, et j'y attendis mon homme, lequel entra vers les dix heures et s'assit à une table où s'entretenaient déjà quelques fumeurs, sans doute d'autres gens de lettres de ses amis. Quand je l'abordai, il ne parut pas fort content de me rencontrer là; mais faisant aussitôt, comme tous les gens de Paris, de nécessité vertu, il m'offrit un cigare et un verre de punch que j'acceptai.

« Je me suis occupé de vous, jeune homme, me dit-il d'un air froid, et je comptais vous revoir un jour ou l'autre pour vous parler de votre pièce. L'idée en est bonne, très-bonne, mais le style a passé de mode; il est trop *feuillu*, trop *chevelu*; c'était bon il y a quelques années. Il y a du lyrisme, des hors-d'œuvre et des déclamations à la manière allemande qui ne passeraient plus aujourd'hui. Il faudra beaucoup couper dans tout cela. Nous supprimerons quatre ou cinq tableaux qui nuisent à la rapidité de l'action, et, avec quelques autres arrangements de détail, la pièce marchera. »

J'avais bien des choses à répondre, mais mon homme venait d'engager sur cette dernière phrase une partie de dominos, et j'attendis la fin du jeu par discrétion. Il fut interminable; revanche sur revanche. Je comptais bien avoir la mienne, mais il y coupa court en me disant qu'on l'attendait au théâtre, qu'il n'avait pas un moment à perdre pour

s'y rendre, et disparut. Je quittai moi-même l'estaminet le cœur gonflé d'espérance, mais non sans
un peu de dépit en songeant au sans-façon avec
lequel on disposait de mon œuvre. Le temps se passa,
et je revis deux ou trois fois dans le même endroit
celui que je regardais comme l'arbitre de mon sort.
Il continuait à me traiter fort lestement, en m'assurant néanmoins que son travail allait finir, que nous
serions joués en collaboration, et qu'à la faveur de
son nom la pièce passerait dès qu'elle pourrait être
mise à l'étude. Je prenais patience. Cependant ma
bourse tirait à sa fin, et les distractions que je cherchais au théâtre ou ailleurs menaçaient de l'épuiser
entièrement avant que je pusse tirer quelque profit
de mes droits d'auteur. C'est l'histoire de bien des
pauvres diables cultivant les lettres avec aussi peu
de succès que moi, à qui l'on a persuadé que le
théâtre est une mine d'or, et qui ont la naïveté d'y
demander une petite place aux gens qui l'exploi-
tent. Mais ce que je vais te conter est beaucoup
moins vraisemblable, quoique très-vrai, et montre
combien la vie de théâtre est féconde en péripéties
imprévues.

Passant un matin devant les affiches fraîchement
posées, j'y vois figurer en grosses lettres le titre de
mon drame. Je m'arrête le cœur palpitant, les yeux
éblouis devant cette inscription, qui donnait pour la
première fois à mes songes creux une existence pal-

pable. Je m'approche, je regarde; plus de doute : *Première représentation d'Eulogius Schneider*, drame historique en 5 actes et 18 tableaux, par.... O déception ! le nom de mon collaborateur se lit seul sur l'affiche. Je suis anéanti, je chancelle un moment comme un homme ivre; mais tout à coup un affreux soupçon me traverse le cœur : au désappointement succède la fureur. Elle me donne des ailes. Je cours, je vole jusqu'au boulevard. Parvenu à la maison où loge le directeur, je pénètre jusqu'à son appartement; j'écarte, sans lui répondre un seul mot, le domestique, qui me demande mon nom, et j'entre résolûment dans le cabinet, dont il fait mine de me barrer la porte. En me voyant, la surprise de celui que je cherchais fut extrême; il resta même un moment déconcerté; mais, se remettant presque aussitôt, il me demanda à quoi il devait le *plaisir* d'une visite aussi... inattendue.

« Le sujet en est bien naturel, monsieur, lui répondis-je fort ému, et vous ne devez pas l'ignorer plus que moi, puisque ma pièce est sur l'affiche et que, sans m'en faire part, sans m'avertir de rien, on la joue ce soir. »

Il sourit de l'air d'un homme qui revient d'une surprise.

« Je devine, me dit-il, votre erreur, et je regrette le souci qu'elle vous cause. Il était en effet assez naturel de s'y méprendre, car je crois me rappeler que vous m'avez lu naguère une pièce portant le même titre.

— Qu'est-ce à dire? m'écriai-je en l'interrompant, mon collaborateur....

— A traité le même sujet que vous, me répondit-il froidement. Je croyais que c'était une affaire arrangée. Votre drame était bien conçu, écrit avec talent; malheureusement il ne pouvait se plier aux exigences du théâtre.... »

Comme je restais stupéfait, il poursuivit :

« Il n'a dû, je pense, rien emprunter à votre œuvre (car je ne l'ai pas lue), si ce n'est la donnée, qui est une histoire bien connue, et le titre, un nom également historique. C'est ce dont vous pourrez vous convaincre en revoyant votre manuscrit.

— Mais je ne l'ai pas, monsieur, lui répondis-je, et il est encore entre ses mains. Que dois-je penser de tout ceci? Il faut absolument que je sache de sa bouche à quoi m'en tenir....

— Il n'est pas en ce moment à Paris, me dit le directeur, mais à Bruxelles, où il est passé pour... affaires. Néanmoins, comme nous ne cessons de correspondre au sujet de la pièce que nous donnons ce soir, je lui demanderai les éclaircissements que vous jugerez convenables. »

Peu satisfait de ce faux-fuyant, j'insistai, je demandai qu'il me fût au moins permis de voir une

copie de ce drame si inopinément greffé sur le mien.
J'avouai que de telles explications, loin de m'ôter
mes doutes, me les laissaient tout entiers; que je ne
pouvais consentir à être la ridicule victime d'un
plagiat. — Le directeur éluda mes instances en prétendant qu'il n'avait d'autre copie du manuscrit que
les rôles à l'étude; qu'il me serait facile de m'assurer, à la représentation, que la pièce qu'on allait
jouer n'avait rien de commun avec la mienne; que
la ressemblance, s'il y en avait, ne pouvait venir
que du point d'histoire sur lequel elles roulaient
l'une et l'autre. Il me congédia, en un mot, sans
convenir de rien. Je sortis de chez lui dévoré d'inquiétude et très-mécontent. Tu juges bien que je
n'eus garde de manquer à cette représentation.
Avec quelle anxiété j'attendis le lever du rideau!
Le premier coup d'œil jeté sur la scène me suffit
pour reconnaître les indications placées en tête de
mon manuscrit. Mais, dès que les acteurs eurent
ouvert la bouche, il ne me resta plus aucun doute :
c'était mon drame lui-même qui se jouait devant
moi, non pas, à la vérité, mot pour mot ; mon pré-
tendu collaborateur avait eu le soin de changer le
nom des personnages, sauf celui du héros principal.
Il avait beaucoup retranché, refait quelques scènes
et modifié le tout avec l'habileté d'un véritable auteur dramatique, depuis longtemps passé maître
dans son métier. Mais, malgré ces légers change-

ments dans la forme, c'était mon drame tout entier, scène par scène, que je voyais représenter sous mes yeux et sous le nom d'un autre que moi. Situation bizarre, pleine à la fois de satisfaction et d'angoisses, et telle qu'il ne s'en est peut-être jamais présenté de semblable. Ravi d'écouter mon œuvre, de la voir goûtée et applaudie par le public, j'étais à chaque instant torturé par la pensée qu'elle ne m'appartenait plus, qu'un autre, sans y avoir aucune part, en aurait la gloire et le profit. Malgré ma pauvreté, cette dernière perte me touchait peu en comparaison de la première. Si le ressentiment est permis contre celui qui nous vole, y a-t-il des termes pour exprimer ce qu'on éprouve quand on se voit dérober ces biens plus estimés que tous les autres, et souvent que la vie elle-même? Je sortis exaspéré avant la fin du spectacle. Vingt résolutions se croisaient dans ma tête; mais j'avais trop peu de sang-froid pour m'arrêter à rien. Que pouvais-je faire? Quel parti prendre? Étais-je la dupe d'une odieuse intrigue ou le jouet d'une mystification? Dans les deux cas, comment démasquer l'une ou me venger de l'autre? Je n'avais point de protections; je n'étais soutenu par aucune coterie (la Société des gens de Lettres n'existait pas encore à cette époque). J'avais donc plus d'une raison pour en rester là et me taire; enfin j'étais pauvre, et à Paris celle-là dispense de toutes les autres. D'ailleurs je n'avais, de l'escroquerie dont j'étais victime, ni témoignages à produire, ni preuves écrites. Non-seulement le manuscrit, qui était le corps du délit, n'était plus dans mes mains, mais une copie même n'eût rien prouvé après la publicité des premières représentations. Le directeur, en homme habile et rompu sans doute à ces sortes de compromis, s'était ménagé une excuse qui pouvait satisfaire jusqu'à sa conscience : il ne l'avait point lu. Quant au voleur de drames, il était en pays étranger, et par consé-quent hors d'atteinte ; sa réputation le mettait d'ail-leurs au-dessus du reproche de plagiat, et peut-être qu'habitué de longue main et, selon la maxime du métier, à prendre son bien où il le trouvait, il ne s'était pas fait plus de scrupule que le lion de la fable à s'arroger ainsi, comme lui appartenant de droit, ma part avec la sienne. Tout cela me donna tellement à penser, qu'à force de réfléchir je pris le parti de me taire ; mais j'en gardai, au fond du cœur, une amère rancune contre cette gent rapace qui, non contente de traiter le théâtre en pays con-quis, lève des tributs sur le territoire des autres. J'écrivis toutefois une dernière lettre au directeur, où je tâchais de l'émouvoir en lui disant que, bien loin de le croire complice du dol qui me privait du fruit de mes veilles, j'espérais que, dès qu'il en se-rait instruit, il n'aurait à cœur que de rendre à mon nom, sur l'affiche, la place qui lui était bien due, et

de me tenir compte de mes droits d'auteur. Je n'en
reçus aucune réponse; j'avais eu affaire à un pécheur endurci. Il ne me resta que la consolation de
conter ma petite histoire à qui voulut l'entendre.
Quelques gens de lettres, à qui j'en avais fait part,
croyant les régaler d'un scandale, haussèrent les
épaules, mais n'en furent ni scandalisés, ni même
étonnés. J'appris que ces sortes de rapines littéraires étaient beaucoup moins rares que je ne le
pensais. Cela ne s'appelle pas même un *plagiat*, mot
suranné qui choque les bienséances. D'ailleurs on
ne copie plus les ouvrages des autres; on se les approprie, ce qui est bien différent, et ce que j'ignorais avant ma mésaventure. Voilà ce que c'est que
d'être né au village.

Pendant ces allées et venues, ces visites, ces démarches sans fin, auxquelles se livrent à Paris les
solliciteurs, leur esprit s'use tellement à compter
les heures, à prévoir les occasions, à calculer les
chances, à s'informer des voies et moyens, qu'il en
devient stérile sur tout le reste. Plus il s'évertue sur
des riens, plus il perd le goût de s'occuper des choses
sérieuses. Mais comme il ne peut pas toujours s'a-
giter, il le remplace insensiblement par celui de la
paresse et du plaisir. En rentrant chez moi accablé
de lassitude, de malaise et d'ennui, je ne me sentais ni le courage ni la force de me remettre au travail. Loin de songer à prendre la plume, je pouvais

à peine lire ou réfléchir. Au lieu de me récréer
comme autrefois à noircir mes cahiers de vers et de
prose, j'en détournais la vue comme des muets témoins de mon indolence et de mon inutilité. Ils ne
m'offraient plus qu'une tâche à remplir, tâche pénible qui m'était désormais imposée par le besoin
de vivre, mais où l'intérêt du succès cessait de soutenir mon zèle et mon application. Dévoré de soucis,
d'inquiétudes sans but, de regrets sans compensa-
tions, je n'avais plus de refuge contre moi-même
que les lieux publics et surtout le théâtre. C'était là
que j'allais chercher le dernier semblant de cette
existence brillante si vainement poursuivie par mon
ambition, et dont le sort me condamnait à ne jamais
saisir que l'ombre. Il devenait ainsi pour moi bien
plus qu'une simple distraction. Mon esprit fatigué
se plaisait à y retrouver, ne fût-ce qu'en songe,
dans le sommeil de la volonté et de la réflexion, les
jouissances qui manquaient à ma triste existence,
la gloire, la fortune, l'amour, toutes les émotions
et tous les priviléges dont il était avide. La passion
commençait d'ailleurs à étouffer en lui tout autre
mouvement en l'étreignant, sans qu'il pût s'en défendre, de ses lacets invisibles : liens subtils, mais
innombrables; toiles d'araignée au milieu desquelles
meurt en se débattant la liberté humaine. Je n'en
étais pas encore là; mais, en sentant plus que jamais
le besoin de vivre, je ne m'apercevais pas que j'en

avais déjà perdu la force. Un dernier effort vint achever de me convaincre de mon impuissance et me plonger dans l'état d'abjection où tu me vois aujourd'hui.

J'avais fait depuis peu connaissance au parterre du Théâtre-Français avec un homme qui fréquentait habituellement ce spectacle, dont je le croyais comme moi un amateur assidu. C'était un personnage d'assez mauvaise mine, et très-libre dans ses propos, mais d'une cordialité toute militaire, et ne manquant pas d'esprit, bien que sur tout autre sujet que celui du théâtre, des acteurs et des pièces qu'on y jouait, son éducation me semblât fort négligée. Mais comme c'était là-dessus que roulait le plus souvent notre entretien, je n'avais pu me défendre de prendre de l'intérêt à sa conversation. Il paraissait connaître tous les acteurs, tous les auteurs dramatiques et tous les directeurs de Paris, et débitait sur leur compte une foule d'anecdotes plus ou moins vraisemblables, qui même, en faisant la part de la médisance, ne me donnaient pas une haute idée de leurs mœurs. Il me traitait d'ailleurs moi-même comme une espèce d'auteur, depuis que je lui avais fait part de mes projets et de mes démarches infructueuses à l'Odéon pour y faire jouer ma tragédie de *Vercingétorix*. Quand je lui eus conté ma dernière déconvenue, il prit chaudement mes intérêts, s'emporta contre le directeur et le dramaturge son con-

frère, et se servit à leur égard de termes qu'une an-
cienne familiarité pouvait seule expliquer. Puis,
joignant à ces démonstrations quelques conseils
utiles, il me détourna de l'idée de travailler pour
les théâtres des boulevards, lesquels n'étaient, à
l'entendre, que des espèces de tripots dramatiques
où les directeurs et leurs compères exploitaient la
naïveté des débutants. Il m'engagea à m'essayer
plutôt dans le vaudeville, genre à la vérité moins
couru que le drame, mais d'autant plus lucratif que
les entrepreneurs de spectacles, en faisant depuis
longtemps l'objet d'une honnête spéculation, ne
cherchaient pas à s'y approprier la part du lion.
Parmi les trois théâtres qu'il m'indiqua, l'un avait
fait, me disait-il, sa fortune par les flonflons du vaudeville, quoiqu'il semblât les dédaigner pour courir
sur les brisées du Théâtre-Français, depuis qu'il
avait eu l'honneur de placer deux de ses auteurs à
l'Académie. Les deux autres vivaient un peu au jour
le jour, comme ces parvenus que le cours de la
rente oblige à chaque instant à faire maison nette
et à changer leur ameublement. On voyait s'y succéder les directeurs et les acteurs plus souvent qu'à
l'Odéon lui-même, mais par une autre cause. Les
premiers s'y ruinaient à la vérité, et les seconds n'y
faisaient pas long séjour. Mais il ne s'agissait que
d'y savoir saisir les hauts et les bas. D'ailleurs toutes
les pièces y étaient reçues en collaboration et même

jouées, bonnes ou mauvaises. Le pavillon y couvrant toujours la marchandise, vaille que vaille, on était au moins sûr du débit. Tu juges bien que je prêtais avidement l'oreille à des avis aussi séduisants, et me venant d'ailleurs d'un homme entièrement désintéressé. Je me mis donc sur l'heure à chercher dans ma tête des sujets de vaudeville. Les couplets ne m'embarrassaient guère. J'avais la rime facile et la mémoire assez fournie d'anas pour aiguiser sans aucun frais d'esprit leur pointe finale. Le principal, et par conséquent le moins aisé comme toujours, était de trouver des idées neuves pouvant donner lieu à une intrigue originale. Quant à la composition et au style, ce n'était pas une grande affaire. Personne n'ignore qu'avec un crayon et du papier dans sa poche, on peut écrire un vaudeville en courant, pendant la promenade, dans un entr'acte et jusque sur le coin d'une table d'estaminet.

Ce fut dans cet esprit que je composai deux pièces à chansons, destinées à nos deux principaux théâtres de vaudevilles. Autant qu'il m'en souvient, elles n'étaient pas plus mauvaises que la plupart de celles qu'on y joue à la satisfaction d'un public peu exigeant. J'y avais traité, pour satisfaire tous les goûts, deux genres différents, le pathétique et le bouffon. L'une avait pour sujet les malheurs et les vertus d'une orpheline qui retrouvait son père dans le maître chez lequel le sort l'avait placée comme

servante, et l'autre les tribulations d'un époux,
qui, se croyant trompé par sa femme, finit par s'en
désabuser sans s'apercevoir qu'il est trompé en
effet. Cela n'a rien de bien neuf, diras-tu ; je l'a-
voue ; mais où trouver aujourd'hui des sujets qui
ne soient pas rebattus? La première de ces deux
pièces fut accueillie avec assez de bienveillance par
un directeur dans l'embarras, et renvoyée selon l'u-
sage à un de ses auteurs en titre d'office. Celui-ci
était un homme tout rond, avec lequel je n'eus pas
de peine à m'entendre. Il retoucha quelques couplets, changea une scène ou deux, et m'assura que,
telle qu'elle était, il trouvait la pièce fort présen-
table. Le succès, comme il me l'avoua depuis, dé-
pendait d'ailleurs presque en entier du talent de
certaine actrice qui arrachait alors des larmes au
public dans les rôles d'ingénue. Par malheur, soit
que celui de mon orpheline ne lui plût point, soit
par toute autre cause, elle refusa obstinément de le
jouer. J'étais désespéré. Le directeur aurait pu insister ; mais c'était une espèce de roi fainéant que
ses sujets et surtout ses sujettes menaient par le
bout du nez. Quant à mon collaborateur, plus habitué que moi à ces sortes d'anicroches, et sachant
changer d'outil selon la besogne qu'il avait à faire,
il ne pensa plus à moi que lorsqu'il me voyait, et
c'était pour m'exhorter à la patience. Enfin, au bout
de quelques mois, l'humeur de l'ingénue se radou-

cit en apprenant qu'on traitait pour l'engagement d'une autre actrice en vogue, et elle redemanda son rôle. L'affaire semblait en bon train, et l'on allait passer aux répétitions, quand, par un autre caprice moins prévu, elle quitta tout à coup le théâtre et même la France pour aller porter ses talents sur une scène étrangère. Je n'étais pas au bout de mes désappointements. La nouvelle ingénue, d'un caractère enjoué et fort accommodant, consentait à tout et même à jouer le rôle de l'orpheline de mon vaudeville. Mais le directeur alarmé s'y opposa, en me déclarant avec toute la fermeté que pouvaient lui donner ses intérêts en péril, que le genre larmoyant ne convenait point à l'actrice dont il venait de faire l'acquisition : que ma pièce était froide, d'un intérêt banal, fondée sur un sujet où il n'y avait pas le plus petit mot pour rire, et ne pouvait en aucune façon se soutenir sans le talent vraiment merveilleux de l'actrice qu'il venait de perdre dans les rôles pathétiques ; qu'il me conseillait donc de la reprendre, sauf à en composer une nouvelle ; qu'enfin il ne s'était engagé à la jouer que conditionnellement, et sans qu'il y eût entre nous traité ni convention qui l'obligeât à faire davantage. Quoique je ne convinsse pas de toutes les raisons qu'il m'alléguait pour rompre son engagement, la dernière n'était que trop vraie. Je me le tins donc pour dit et me retirai, non sans être obligé de subir les condoléances de mon collaborateur; vrai masque de théâtre, condamné par son emploi à rire d'un œil et à pleurer de l'autre.

L'histoire de ma seconde pièce sera beaucoup plus courte; car elle fut refusée net par le directeur du théâtre où je la présentai, sitôt qu'il en eut lu le titre. Comme il n'alla pas plus loin, il ne put décemment me .donner pour prétexte qu'elle était mauvaise; mais il en trouva de plus honnêtes pour m'éconduire. J'appris qu'étant auteur lui-même, il faisait jouer sous son nom quantité de petites pièces dans ce genre à la fois grivois et musqué qu'on a appelé à *talons rouges*, et qui a été un moment à la mode comme tant d'autres.

Là se terminèrent mes essais dans la carrière dramatique. Ayant trop présumé de mes forces, j'étais contraint de m'y arrêter dès les premiers pas. Le vrai talent trébuche quelquefois en y entrant, mais il se relève de ses chutes; et par vrai talent, je n'entends point le génie qui est aujourd'hui ailleurs qu'au théâtre, mais l'art de la scène que beaucoup de gens d'esprit peuvent acquérir par la connaissance du monde, l'étude et la persévérance. Le génie lui-même, pour réussir dans cet art difficile, ne saurait se passer de l'expérience qu'elles donnent. Pour m'être trop fié à quelques dons naturels, beaucoup moins rares qu'on ne pense, je m'étais jeté en aveugle dans cette fausse route appelée *vocation*, où tant de jeunes gens se fourvoient ; mot trompeur, surtout dans les lettres, parce qu'il leurre leur imagination par l'appât d'une profession à la fois lucrative et agréable. Couronné par une académie de province pour quelques vers faits au collége, à cet âge où les vers ne sont qu'une tâche trop facile ; fier de quelques essais dramatiques dont je ne pouvais alors juger la valeur, et qui n'étaient que des ébauches d'écolier où l'esprit d'imitation et la mémoire avaient la plus grande part, j'avais eu, moi aussi, le malheur de me croire appelé à briller dans les lettres, à devenir auteur ; j'avais cru avoir du talent, tandis que je n'avais que de la vanité. Abusé par trop de confiance en moi-même, j'avais déçu les vœux de ma famille, contraint sa volonté, quitté son humble foyer, abandonné les affections, l'appui, les ressources que me ménageait sa prudence, pour aller, comme l'enfant prodigue, dissiper dans le tourbillon des grandes cités ma part d'existence, mes mœurs, ma dignité et jusqu'à ces dons de l'esprit dont j'étais si fier, et pour finir dans le bourbier de la misère au milieu de gens moins semblables à des hommes qu'à ces pourceaux dont parle la parabole. Car voilà où mène souvent cette vaine gloire des lettres qu'on prend pour une vocation : à s'oublier soi-même ; à se livrer tout entier à quelque passion honteuse ou funeste qui efface du front du misérable l'empreinte divine.

Il faut néanmoins en faire l'aveu. Parmi mes semblables, tous ne descendent pas jusqu'à ce degré d'abjection. Il en est qui luttent courageusement jusqu'à la fin contre les mauvais conseils de la pauvreté, et meurent ignorés, mais honnêtes, en embrassant leur vain fantôme de gloire. D'autres préviennent le désespoir par cette détermination, que les anciens appelaient une *sortie raisonnable*, et qui est souvent l'arrêt par lequel un homme inutile se rend justice à soi-même. Quelques-uns se relèvent de leurs chutes; mais le plus grand nombre y succombe. Pour moi, je n'avais ni assez de fermeté pour lutter contre ma destinée, ni assez de courage pour mourir, ni assez de force pour me remettre sur pieds après être tombé. Je me laissai vivre. Je me plongeai, non par philosophie, mais par faiblesse, dans la plus complète apathie. Je perdis toute confiance en moi-même, et laissai s'en aller avec les autres la dernière illusion de la vanité aux abois : celle de se croire un génie persécuté et méconnu. Je ne tentai plus rien ; je n'écrivis plus rien. L'encre sécha dans mon écritoire sans que je m'avisasse de l'y renouveler. Mes livres et puis mes manuscrits s'en allèrent page par page, en fumée avec mes rêves de gloire. Mon esprit même s'alourdit dans l'inaction, ma mémoire s'obscurcit, et ce qui me

restait de la vivacité de ma jeunesse sembla disparaître sous les habitudes et le jargon grossier des
lieux de bas étage. En arrivant à Paris, je me croyais
un aigle, tandis que je n'étais tout au plus que le
coq de mon village. J'y devins un être tout à fait
vulgaire, un de ces hommes de néant qui promènent au milieu du labeur honnête et incessant de la
foule leurs vices et leur oisiveté.

Cependant il fallait subsister, prendre un parti,
fût-ce celui de tendre la main aux passants, et je ne
savais que faire. Mes modiques ressources allaient
me manquer, même celles que j'employais à subve-
nir à mon goût pour le théâtre ; car c'était le seul
que j'eusse conservé, et en quelque sorte le seul né-
cessaire à mon existence. Je voyais avec terreur le
moment où il m'y faudrait renoncer faute d'argent
pour y payer ma place. Je m'en ouvris à mon vieil
habitué du Théâtre-Français, espérant qu'il pourrait m'offrir cette fois autre chose que des conseils.
Il avait suivi avec intérêt mes dernières tentatives,
m'en avait même aplani les démarches par ses nombreuses connaissances. Il ne cessait de me répéter
que j'avais tort de quitter la partie, qu'il ne fallait
pas se décourager, qu'il en avait vu bien d'autres.
Il m'engageait à lui montrer mes essais, à consulter sa vieille expérience. Ce n'était pas le talent qui
me manquait, disait-il, mais le métier. Peut-être
avait-il raison. Cependant je n'osais lui dire qu'un

peu d'argent comptant eût bien mieux fait mon affaire. Il le devina ; c'était un fort brave homme dans son genre. Un soir, au sortir du spectacle, il me mena dans un café borgne situé rue de Valois, à deux pas du théâtre. Je trouvai là quelques hommes assez mal vêtus et dont les manières ne déparaient pas le costume, qui semblaient en train de se réjouir. Les uns jouaient une poule au billard, d'autres causaient en fumant autour d'un bol de punch. Mon conducteur me présenta à un personnage d'environ quarante ans, fort gros, monté en couleur, riant de tout avec des éclats formidables, et ayant en somme l'apparence d'un bon vivant comme lui. Aux premiers mots qu'ils se dirent, je compris à qui j'avais eu affaire et quelle était la véritable profession de mon ami de théâtre, chose que j'avais à peine soupçonnée jusque-là, sans jamais avoir l'indiscrétion de m'en éclaircir. Il avait un commandement dans cette cohorte de gens payés pour jouer au parterre le rôle du public, qu'on a nommés au Théâtre-Français les *romains*, sans doute par respect pour la tradition classique, et ailleurs les *chevaliers du lustre*, mais que le vrai public, c'est-à-dire celui qui paye, s'obstine à qualifier du nom plus significatif de *claqueurs*. L'homme auquel il me présentait était son chef. Je lui fus chaudement recommandé comme une victime du théâtre, bien digne de prendre part à ses immunités en récom-

pense des déboires qu'il m'avait causés. Ce fut là le
sens, sinon les termes, de tous les discours qui furent tenus en ma faveur. Il fut enfin convenu que
je serais provisoirement enrôlé dans la bande en
qualité de surnuméraire, en attendant qu'on pût
faire autre chose pour moi. Un pareil engagement
m'inspirait bien quelques répugnances ; mais la nécessité les fit taire. Mon protecteur d'ailleurs ne s'en
tint pas là. Comme c'était un homme de ressource,
en même temps que de bon conseil, il me mena
dès le lendemain chez le régisseur, lequel était de
ses amis, et j'obtins par cette entremise quelques
copies de rôles que je mettais au net pour les acteurs, moyennant une modique rétribution.

Voilà comment je réussis enfin à entrer au théâtre, quoique ce fût par la porte de derrière. Une
nouvelle existence commença alors pour moi, plus
calme, plus régulière en apparence, mais entièrement soumise à de déplorables habitudes, dont je
rougis, sans avoir le courage de les rompre. Heureux d'avoir désormais une place gratuite dans ce
lieu privilégié où se concentraient mes derniers désirs, je ne conservai plus aucun souci des autres ni
de moi-même. Je m'abandonnai, comme mes compagnons, à l'incurie, à la crapule, au cynisme, à
l'oisiveté. Je ne pris plus soin de la dignité de ma
personne ni des bienséances. Je contractai par fausse
honte d'abord, et puis par désœuvrement, les goûts

grossiers, le langage oiseux et vulgaire des tripots et des tabagies; je devins en un mot digne en tout du métier mal famé que j'avais adopté. Mes camarades sont pour la plupart des gens sans aveu, occupés pendant le jour à quelqu'une de ces industries illicites et clandestines qu'on ne voit qu'à Paris. Beaucoup n'ont d'autres ressources que celles de piliers de brelans et d'estaminets, et leur existence roule au jour le jour sur les chances du jeu. Quelques-uns sont de pauvres hères, subsistant comme moi d'un emploi de gagiste au théâtre. Il s'y mêle, les jours de première représentation, de petits rentiers, des courtauds de boutique, des coureurs de guinguettes, des Diogènes de la Sorbonne et du quartier latin. Tout cela compose une société plus nombreuse que choisie. Mon vieux patron, le sous-chef de claque, faisait seul exception à la règle commune. Ancien militaire, il avait, à la vérité, gardé de son premier métier l'air matamore, le ton brusque et les propos de corps de garde, mais en même temps la franchise, la cordialité, et un certain point d'honneur assez rare à tous les étages de la société; de plus, il avait de l'esprit et un sang-froid satirique plein d'humeur et de malice; c'était un homme, en un mot, dont la pauvreté et le manque d'éducation avaient dégradé la condition, mais que son naturel mettait fort au-dessus. Il n'avait qu'un défaut, partagé aujourd'hui par beaucoup de gens d'esprit,

c'était de faire une effroyable consommation de tabac et d'eau-de-vie; aussi la mort le surprit-elle un
jour à l'improviste entre une pipe et un petit verre.
On n'est pas toujours sûr de mourir dans son lit,
à Paris; la vie y est un combat, et l'apoplexie, le
boulet qui emporte maint individu du champ de
bataille. Cette mort laissait dans nos rangs une place
vacante fort convoitée, comme toutes les places.
Grâce à l'appui du chef d'emploi et à la faveur du
régisseur, j'obtins la préférence sur mes concur-
rents. Tel que tu me vois, j'ai donc un gagne-pain;
je suis gagé par le théâtre pour sauver les mauvaises
pièces de l'indifférence du public, éluder ses arrêts
contre des acteurs froids ou médiocres, garantir en
un mot contre les caprices de sa faveur les intérêts
du directeur et des sociétaires. C'est un emploi qui
donne peu de peine, malheureusement il ressemble
trop aux traités passés avec le diable; on y vend une
partie de son âme pour quelques écus. Cependant
il n'est pas moins couru que s'il était honorable;
pour moi, je n'y vois plus qu'un moyen de vivre du
théâtre sans aucun des inconvénients attachés à la
profession d'auteur dramatique, d'acteur ou de directeur; j'en jouis, en effet, avec plus de sécurité
qu'eux tous, moyennant l'abandon de mon libre
arbitre, dont je n'ai plus que faire, et j'y joins le
principal avantage du public, qui est de profiter du
spectacle. Tu vas me demander ce que je fais de

mon temps avec si peu de moyens de le remplir?
Je le trouvais toujours trop court à l'époque où je
rêvais la gloire; j'en passe maintenant une bonne
moitié à dormir. Il y a moins de danger à rêver de
cette manière. Je ne me lève que dans l'après-midi,
et, en attendant le soir, je fais ce que font à Paris
les gens qui n'ont rien à faire; je lis le journal dans
les allées du Palais-Royal, je baguenaude, je m'oc-
cupe à ne penser à rien, comme un moine de l'ab-
baye de Thélème. Vers l'heure du spectacle, j'entre
dans mon café, où je m'encanaille avec mes confrères; leur société, qui m'était autrefois si rebu-
tante, m'est devenue indifférente depuis que je ne
vis plus avec les hommes, mais avec des héros de
théâtre. Que m'importent leurs propos obscènes,
leurs grossiers quolibets, leurs querelles de goujats,
leur stupide gaieté? Ne fais-je pas comme eux? Ne
suis-je pas leur camarade tant que le jour dure?
Pourquoi, n'ayant aucun besoin de les trouver autres qu'ils ne sont, ne les prendrais-je pas tels qu'ils
sont? Je ne me soucie pas plus de leurs affaires
que des miennes, ni de leurs vices que des miens;
je n'apporte dans leur société que cette moitié de
moi-même dont je ne sais plus que faire, et que je
laisse aller aux mêmes habitudes que les leurs, sans
m'inquiéter de ce qu'elles sont. Ils ont beau se
montrer grossiers, brutaux, crapuleux, bêtes comme
à plaisir, cela ne regarde que cette partie de mon

âme vouée aux mêmes vices, et qui s'en accommode
faute de mieux; en sorte que si ma raison en demandait compte à ma conscience, celle-ci pourrait
lui répondre : Adressez-vous plus bas, parlez à
l'autre. Cet *autre*, ce n'est pas moi, mais ce qui me
reste de moi entre la fin d'un spectacle et le spectacle suivant; une espèce d'automate ayant toutes
mes apparences et remplissant toutes mes fonctions,
hors celle de savoir ce qu'il fait. Aussi suis-je vraiment absent pendant le jour de ce qui se passe autour de moi : j'écoute, mais sans faire attention à
ce qu'on dit; je réponds sans penser à ce que je dis
moi-même; je ris sans savoir pourquoi; je vais,
j'agis, je parle, je plaisante, je m'égaye; je passe
mon temps, comme mes camarades, à jouer, à fumer
et à boire, mais tout cela machinalement et presque
à la façon des somnambules.

Ce n'est qu'au théâtre, et à l'instant où le rideau
se lève, que je m'éveille. A partir de ce moment,
seulement, commence pour moi la journée ; ce n'est
que là que je retrouve une véritable existence. A
peine la lumière de la rampe vient-elle ouvrir la
scène à mes regards, que l'espace étroit et obscur
où je végète en ce monde s'élargit tout à coup, et
resplendit devant moi comme si j'entrais dans
un monde nouveau, plein de magnificence et de
clarté, et n'offrant de tous côtés à mes yeux éblouis
que temples, palais, jardins superbes, sites enchan-

teurs, immenses perspectives. Tout cela n'est pourtant qu'une toile peinte, me diras-tu, une simple décoration. Sans doute, et ce n'est pas au Théâtre-Français que je conseillerai à personne de venir chercher l'illusion ; pour l'y trouver, il faut comme moi vivre uniquement par l'imagination, ce qui est heureusement assez rare ; mais en outre, il faut que cette imagination se concentre, comme la mienne, sur cet unique objet : le théâtre. Car voilà précisément en quoi consiste ma triste manie : ce que je vois de mes yeux est peut-être misérable, ce que j'entends peut bien n'avoir pas le sens commun ; tout cela est peu de chose, ce ne sont que les matériaux informes de mes illusions ; la véritable scène est dans mon imagination qui se représente les choses, non telles qu'elles sont en effet, mais telles qu'elles devraient être pour lui plaire. Le spectacle que j'admire ne frappe que moi, à la vérité ; néanmoins il ne dépend pas de moi de ne point le trouver admirable ; la fiction en est même d'autant plus parfaite qu'elle se redouble et s'achève, pour ainsi dire, dans mon esprit, où elle trouve toutes les qualités qui lui manquent. Joue-t-on la tragédie ? je m'élance par la pensée dans les temps héroïques de la Grèce et de Rome ; tantôt je foule aux pieds les illustres plages de l'Aulide, la lance d'Achille à la main ; tantôt j'erre à travers les portiques du Forum, cachant sous ma toge le poi-

gnard de Brutus. Je suis tour à tour grand comme
le vieil Horace, fier comme Hippolyte, amoureux
comme Oreste; je m'assieds sur la chaise curule
d'Auguste, je combats sous le casque de Pyrrhus,
ou, couvert de la mitre et de l'éphod de Joad, je
fulmine les anathèmes célestes. Dans la comédie, je
suis à mon gré Éraste, Alceste ou Dorante, aimable
comme le Clitandre des *Femmes savantes*, brillant
comme don Juan, adroit et spirituel comme Figaro,
élégant comme le marquis de Moncade. Tour à tour
raisonneur ou galant, homme d'épée, homme de
cour, homme à bonnes fortunes, je plais, je séduis,
je persuade, j'enchante, je règne sur les esprits et
sur les cœurs. Cette habitation somptueuse, ce château, ces jardins, ces meubles, ces gens à livrée, ce
luxe et cette élégance, tout cela est à moi par le privilége de l'imagination ; maison de ville et maison
des champs, héritage inespéré, poste envié, honneurs et faveurs sont de son apanage ; je n'ai qu'à
la placer à son point de vue comme le foyer d'une
optique. Ces jouissances ne sont pas plus réelles que
les premières, diras-tu : propos de moraliste, bille-
visée philosophique! Elles sont très-réelles pour moi
qui en jouis, bien que ce ne soit qu'*a parte intellectus*,
comme disait l'école. D'ailleurs je ne suis plus le
maître de rentrer en moi-même, d'échapper, en fermant les yeux, aux prestiges de cette espèce de
magie ; ce ne sont point les triomphes de l'ambi-

423   6

tion, les satisfactions de la vanité, l'attrait des grandeurs, de l'esprit, de l'élégance qui m'y séduisent le plus aujourd'hui. Une passion plus vraie, moins puérile, partant beaucoup plus tyrannique que les autres, est venue aggraver ma situation. Ce n'est pas assez pour moi de plaire à l'héroïne de la pièce, de mériter ses faveurs, d'écarter d'elle tous mes rivaux et de l'épouser au dénoûment en dépit de toutes les traverses de la fortune. Ma folie, hélas ! va plus loin : cette jeune fille, cette actrice.... je l'aime.... Laquelle? me demanderas-tu : eh ! que te dirai-je?... Celle qui m'attend le soir au rendez-vous, derrière ces ruines ou à l'ombre de ce bosquet, le cœur palpitant de désirs et de craintes, et qui, en y recevant ma foi, laisse enfin s'échapper son secret de ce cœur ingénu ; celle dont je surprends l'aveu à la promenade, sous les sombres allées de ce parc seigneurial dans une larme furtive, un serrement de main, un soupir étouffé ; celle dont le regard et le sourire volent jusqu'à moi à travers le tourbillon d'une fête pour m'annoncer mon triomphe ; celle qui, sa main dans ma main, à l'heure de la séparation et des infortunes domestiques, échange dans un baiser son âme chérie contre la mienne ; celle enfin dont le rôle au théâtre est à la fois si important et si modeste ; qui parle si peu, et qui tient tant de place dans le cœur des spectateurs ; sur laquelle roule toute l'intrigue, et qu'on n'y connaît cependant que sous le doux nom d'*ingénue* : Agnès, Isabelle, Henriette, Victorine, Sylvia, Rosine, Valérie, Cécile.... C'est celle-là que j'aime ; tu ris, et peu s'en faut que tu ne me prennes pour un mauvais plaisant. Cet amour partagé entre tant d'objets à la fois, et un amour platonique encore ! te paraît sans doute la plus folle vision qui puisse sortir de la cervelle d'un fou ; mais je l'aime, te dis-je, je l'adore cette femme, ou plutôt cet être impalpable, composé par mon imagination, des attributs les plus parfaits et les plus ravissants de son sexe, dont le corps et l'âme m'appartiennent également, puisque c'est par moi seul qu'ils sont possibles, qu'ils vivent, qu'ils sortent chaque soir de ma fantaisie au lever du rideau, comme Pandore des mains de Prométhée.

Mon amour, je l'avoue, n'a pas toujours habité le pays des chimères. Avant de s'y réfugier, il a subi, comme mes autres facultés, la rude épreuve de l'existence. Semblable à ce public grossier qui ne voit sur la scène que des coulisses et dans les héroïnes de la tragédie ou de la comédie que des actrices, j'ai commencé par adresser mes hommages à des idoles de chair et d'os. J'ai fait pendant long-temps une sorte de confusion entre des sentiments trop réels et ceux du théâtre, entre la personne que je voyais et celle qu'embellissait mon imagination. J'ai été amoureux, en un mot, de deux ou trois actrices célèbres, mais à peu près de la même façon

que j'ai été poële, en ne faisant que la moitié du
chemin vers les objets de ma passion, sans jamais
obtenir qu'ils en fissent autant vers moi. Il est vrai
que les divinités de théâtre sont sourdes aux supplications de l'amour transi.... Il faut pouvoir,
comme Jupiter, se métamorphoser en pluie d'or
pour les séduire. La première aux pieds de laquelle j'ai fait brûler un encens inutile a longtemps brillé sur notre scène, où elle brille encore,
mais comme un flambeau qui s'éteint. C'était alors
une de ces beautés rares, douées par la nature de
toutes ces perfections auxquelles l'art et les grâces
mettent la dernière main. Son extrême jeunesse ne
l'empêchait pas d'avoir assez d'esprit pour jouer
tour à tour et avec un égal succès les rôles d'ingénue
et de grande coquette. Elle ne montrait pas moins
d'habileté que de naturel, soit qu'elle imitât dans
son jeu la vivacité naïve de l'innocence, soit qu'elle
y déployât tous les raffinements d'un cœur consommé dans l'art de plaire. Le public en était ravi;
pour moi, c'est trop peu dire : je l'aimais avec passion, avec fureur. J'étais consumé de plus de feux
que l'art tragique n'en alluma jamais dans le cœur
de ses déplorables héros. Admis chaque soir à la
voir, à l'entendre, à l'applaudir, à m'enivrer de sa
beauté et de ses triomphes, un véritable délire
s'était emparé de moi et épuisait tour à tour dans
l'attente, l'admiration, les transports, l'espoir, la

jalousie même, toutes les forces de mon âme. Il
fallait me déclarer ou mourir. Mais comment élever
mes vœux jusqu'à elle? comment faire partager des
sentiments venus de si bas à une reine de théâtre
entourée d'hommages, de séductions, de luxe, d'élégance, gouvernant d'un regard ou d'un geste un
public idolâtre, maîtresse enfin de choisir à son gré
parmi la foule de ses adorateurs? C'était une entreprise qui ne pouvait naître que dans la cervelle d'un
pauvre fou comme moi. N'osant lui parler, j'eus
la ridicule idée de lui écrire, et, qui pis est, de lui
écrire en vers. Il est vrai qu'au lieu de la comparer
à Cypris, à Hébé ou à quelque autre déesse de
l'Olympe, je me contentai de soupirer sur le mode
élégiaque; j'ignorais que ce vieil usage de ne parler
aux actrices qu'en vers et de ne pas leur adresser
le moindre poulet qui ne fût écrit dans la langue
des dieux est passé de mode avec le *Mercure galant*
et la tragédie classique, et que les seuls billets qu'on
leur adresse aujourd'hui sont des billets de banque.
Mon Mercure à moi était un gagiste du théâtre,
garçon discret et au fait des intrigues de coulisses.
Il avait de l'entregent et se faufilait partout comme
un valet de comédie. Par son moyen je pus faire
ainsi passer coup sur coup trois épîtres d'un pathétique à attendrir jusqu'aux Ménades qui mirent,
dit-on, Orphée en pièces pour ses vers, et qu'il
déposait furtivement dans la boîte à poudre de ma

divinité. Elle se contenta de faire la sourde oreille aux miens et ne daigna pas me faire savoir qu'elle les eût lus. Je me consumais dans l'attente, lorsque enfin un soir de première représentation, quelques minutes avant l'ouverture du spectacle, on vint de sa part me quérir sur la scène, où je me trouvais en ce moment. Juge de ma suprise et de mon ravissement, mais en même temps de l'excès de confusion où me jeta ce rendez-vous inespéré. Mon saisissement était tel que je pensais m'évanonir en entrant dans sa loge. Néanmoins l'orgueil de mon triomphe imposa silence à tout autre sentiment. Je n'ai jamais eu une sotte timidité auprès des femmes. J'étais d'ailleurs décemment vêtu, comme tu vois. Je me présentai donc avec la contenance à la fois modeste et assurée d'un homme capable d'apprécier les faveurs de l'amour et qui sait en jouir sans présomption et sans fausse honte. Je pénètre sans bruit dans le sanctuaire où mon idole, encore livrée aux soins de son *habilleuse*, mettait en ce moment la dernière main à sa toilette de théâtre. Elle n'était pas seule. Par un fâcheux contre-temps, deux personnes m'y avaient précédé. L'une était le directeur du théâtre, et l'autre un inconnu, jeune encore et d'assez bonne mine, lequel, renversé dans un fauteuil, semblait regarder attentivement les rosaces du plafond. Leur présence me déconcerta à un tel point, qu'en dépit de mes résolutions je restai un moment sur le seuil de la porte, mon chapeau à la main, sans oser faire un seul pas ni trouver un seul mot à dire pour expliquer ma visite dans un tel lieu et à une pareille heure. Par malheur on ne me laissa que trop le temps de la réflexion. La belle, sans paraître s'apercevoir que j'étais là, minaudait devant son miroir et se tournait sous toutes les faces pour admirer l'effet de sa toilette, sous laquelle j'avoue qu'elle me parut plus ravissante que jamais. Le monsieur au lorgnon n'avait cessé de bayer aux mouches que pour me toiser impertinemment des pieds à la tête. Quant au directeur, il me tournait le dos et paraissait fort occupé à regarder un portrait accroché au mur. J'aurais voulu être à cent pieds sous terre. Chaque instant de ce silence redoublait mon embarras, et j'allais prendre le parti de me trouver mal ou de m'enfuir, lorsque l'objet de ma passion daigna enfin jeter les yeux sur moi. Je rappelai tout mon courage, et, faisant un pas vers elle :

« Mademoiselle, lui dis-je, je....

— Est-ce vous qui vous nommez M. Guillaume ? me demanda-t-elle d'une voix douce.

— Oui, mademoiselle, lui répondis-je fort ému ; je....

— Ne m'interrompez pas, me dit-elle, j'ai à vous parler. C'est donc vous qui m'écrivez de si jolis vers ?

— Croyez bien, mademoiselle, lui dis-je, que je....

— Oh! pas de fausse modestie, monsieur Guillaume, reprit-elle, je dois m'y connaître, moi qui, Dieu merci, en débite toute l'année. Vos vers sont très-bien tournés, mais ils mentent comme tous les vers.

— Je ne sais, mademoiselle, dis-je horriblement gêné par la présence des deux fâcheux, si je....

— Apprenez, mon cher comte, reprit-elle en se tournant vers le personnage inconnu dont je t'ai parlé, que vous avez un rival dans M. Guillaume. Il m'adresse des compliments beaucoup plus galants que les vôtres, et de plus en vers, ce qui est pour vous comme une langue étrangère. Mais revenons à nous, monsieur Guillaume. Parmi les belles choses que vous me dites, il en est une sur laquelle il faut absolument nous entendre. Vous me demandez mon cœur à plusieurs reprises, et l'une de vos stances se termine à peu près ainsi :

Donne au public ta voix, ton sourire et tes larmes;
Ton cœur est le seul don qu'ose implorer le mien.

« Tout cela est bel et bon. Mais est-ce que j'ai un cœur à donner, moi? Est-ce que notre cœur nous appartient, pauvres esclaves que nous sommes? Il est au public comme tout le reste. C'est un de nos moyens de succès. Une fois la pièce finie, nous laissons tout cela derrière la scène avec notre costume de théâtre. Demandez plutôt à M. le comte; il s'en passe bien, lui; il n'est pas si exigeant et se contente de ce que je puis lui donner. Mettons donc ce mot-là, s'il vous plaît, au nombre de vos licences poétiques. Vous êtes encore bien naïf, monsieur Guillaume. Comment un homme chargé comme vous de régenter le public songe-t-il à imiter ces jeunes étourdis qui viennent en papillonnant autour de nous se brûler au feu de la rampe? Songez donc que sur le théâtre tout est illusion. Nous y jouons tant de personnages différents, nous autres comédiennes, que nous n'avons plus le temps d'être nous-mêmes. Nous changeons de sentiment comme de costume, selon l'esprit de notre rôle. Ce qui nous en reste hors de la scène est si peu de chose que ce n'est pas la peine d'y songer. Aussi n'est-ce point là ce qui nous préoccupe, et nous nous en dédommageons par des jouissances plus positives. Car on ne peut pas non plus se renoncer entièrement. Ceux qui nous demandent notre cœur doivent donc faire comme le public, se contenter des apparences; mais, comme ils vont sur ses brisées, il est bien juste qu'ils enchérissent sur lui et payent cette espèce de jeu un peu plus qu'il ne lui coûte. »

Je te laisse à penser quelles étaient mes impressions pendant ce beau discours. J'étais ébahi, consterné, glacé d'horreur. Je tombais des nues; mais la chute était si rude qu'elle ne me laissait pas même la force de songer à mon infortune.

« Vous voyez, continua en riant la terrible comédienne, que je ne farde pas ma marchandise. C'est que je ne suis pas en peine, Dieu merci! de trouver des gens disposés à y mettre le prix. Qu'en pensez-vous, monsieur le comte? N'ai-je pas raison de parler ainsi? Quant à vous, monsieur Guillaume, je veux, en bonne camarade, vous donner un petit avis. La première règle de conduite entre nous est que chacun garde le rôle qui lui est assigné, sans empiéter sur celui des autres. Le vôtre n'est pas à dédaigner ; mais il ne faut pas en sortir et monter du parterre sur la scène au risque de faire rire à vos dépens. Applaudissez-nous tant qu'il vous plaira, mais laissez à d'autres le soin de nous donner la réplique. Ne forçons point notre talent, et restons chacun dans notre rôle. Celui d'amoureux n'est pas dans votre emploi, que je sache, et M. le directeur que voilà ne souffrirait pas qu'on en disposât sans le consulter. D'ailleurs il nous faut des marquis ou pour le moins des comtes, à nous princesses de théâtre, et vous n'êtes encore que chevalier.... du lustre. »

Cette raillerie piquante, empruntée à l'argot des coulisses, sembla fort divertir les auditeurs et l'actrice elle-même qui en rit à gorge déployée. Ce fut le trait final qui me perça le cœur. Je restais cloué

à ma place dans l'état de détresse que tu peux t'ima-
giner. Le directeur, à qui la scène ne plaisait qu'à
demi, et qui avait autre chose en tête, eut enfin pitié
de moi.

« Il a fait des tragédies, dit-il d'un ton plus sérieux, en s'adressant à l'actrice et au comte, son
digne amant. C'est un homme au-dessus de l'emploi qu'il exerce ici pour vivre, et qui ne mérite pas
qu'on s'égaye ainsi à ses dépens. Laissons-là toutes
ces folies. Retournez à votre poste, monsieur Guillaume, et croyez bien que je n'ai aucune part à
cette mystification. »

Je ne sais comment je serais sorti de la stupeur
accablante où je restais plongé si la voix du régisseur n'était venue appeler tout le monde au théâtre.
Je regagnai en chancelant le parterre, et là, cloué
sur mon banc de douleur, je savourai jusqu'à la fin
du spectacle les amertumes de ma triste situation.
Ce n'était donc point assez pour moi d'avoir vu
s'écrouler pièce par pièce l'échafaudage de mes espérances et d'être arrivé de déceptions en déceptions au degré le plus bas et le plus humiliant où
puisse tomber l'homme qui a rêvé la gloire. Une
dernière humiliation m'y attendait pour me frapper
jusque dans ces sentiments qui ne trahissent pas du
moins tous les malheureux, mais dont je ne pouvais recueillir, moi, que la raillerie et le mépris.
Inévitable châtiment d'une passion qui dépasse tou-

jours la mesure de ses forces. Pour m'être sans
cesse méconnu, j'étais condamné à subir jusque
dans l'amour même la peine de mon aveuglement.
Mais dans ce moment je n'en jugeais pas ainsi, et,
accablé de tant de revers, honteux de tant d'avilis-
sement, rebuté de tout, exaspéré à la fois par le
malheur et par ma propre impuissance, je résolus
d'en finir avec la vie. Ce n'était pas la première fois
que j'avais été obsédé par cette idée. La mort est
souvent le dernier appât qu'offre l'existence aux
gens qui n'ont pas su en user. Je le saisis alors avec
l'avidité du désespoir. Au sortir du spectacle, je
courus hors de moi jusqu'à cette place où tu m'as
rencontré tout à l'heure, et, là, j'allais peut-être
terminer ma carrière insensée par une dernière
folie, si le hasard, d'autres diraient l'intervention
de la Providence, n'eût inopinément détourné ma
résolution par l'incident le plus simple et le plus
naturel. Au moment où, cédant à mon égarement,
je saisissais la rampe du garde-fou pour la franchir
et me précipiter dans la rivière, je me sentis tirer
par le pan de mon habit. Je me retourne; c'était
une femme en haillons et portant un enfant sur ses
bras qui me demandait humblement l'aumône.

« Que voulez-vous, lui dis-je en frémissant de
tous mes membres comme l'homme qu'on retient
tout à coup sur le bord du précipice où allait l'entraîner le vertige.

— Hélas! mon bon monsieur, me répondit-elle en sanglotant, ayez pitié d'une pauvre veuve, et Dieu aura pitié de vous. Je meurs de faim, et mon enfant va mourir aussi si je n'ai pas un peu de lait pour le nourrir. Mon mari est mort en allant à Cayenne pour un *malheur* qu'il avait fait dans son atelier. Que Dieu le lui pardonne, et tout le mal qu'il nous a fait à mes enfants et à moi. Ma fille aînée est morte des mauvais coups qu'il lui donnait. J'en ai une autre au lit à trembler les fièvres, à cause qu'elle s'en va de la poitrine, et pas un remède à lui donner. Et ce petit innocent qui n'a plus la force de prendre le sein, et personne au monde pour avoir pitié de notre misère!... »

La naïveté de ce désespoir me fit rentrer en moi-même, et ramena mon esprit à la réflexion en me présentant un des exemples les plus navrants de ces infortunes qu'on ne voit qu'à Paris, et dont la pensée s'effraye de ne pas trouver le fond. Cette femme cependant supportait la vie. Que dis-je? elle l'implorait de moi comme pour m'enseigner à en connaître le prix. Je rougis d'avoir été sur le point de sacrifier la mienne au misérable dépit d'une passion déçue ou plutôt de l'orgueil en délire. Après avoir donné à la pauvre femme le peu d'argent que j'avais sur moi, je regagnai paisiblement mon logis, soulagé pour la première fois de mes chagrins par le

simple plaisir de vivre encore, et presque heureux
de ma mésaventure.

Elle aurait dû suffire pour me rendre sage; mais,
quand il s'agissait d'amour, ma maudite imagination mêlait encore si souvent ses visions à la réalité
qu'elle fut plus d'une fois la dupe et moi la victime
de ce malheureux penchant avant de se confiner entièrement dans le pays des chimères. Une aventure
du même genre, qui me revient en mémoire, te
fera juger de la crédulité, d'autres diraient de la
niaiserie que j'apportais dans ce genre d'illusions.
Il y a quelques années, une jeune personne débuta
aux Français en sortant du Conservatoire, où elle
venait de remporter le premier prix dans les rôles
d'ingénue. Nulle actrice ne semblait en effet mieux
faite pour les remplir avec succès; car elle avait
quinze ans à peine, était parée des premiers trésors de la jeunesse, et possédait, avec toute la
naïveté de son âge, un talent précoce, propre à y
ajouter les ressources de l'art. Quand elle jouait le
rôle d'Agnès de l'*École des femmes*, le public était
aux anges, tant son jeu paraissait se confondre avec
la nature elle-même. Sa séduction sur moi, dès la
première représentation, fut telle que mon cœur se
trouva pris sans pouvoir s'en défendre. Je redevins
donc sérieusement amoureux, mais non cette fois à
en perdre la tête. J'avais au moins gagné cela à ma
première leçon. Je me défiais des comédiennes, et

surtout de celles qui, jouant les grandes coquettes, portent ailleurs que sur la scène l'esprit de leur rôle. J'ai appris qu'il ne faut guère avoir plus de confiance dans les ingénues. Celle dont je parle, étant presque une enfant, ne venait au théâtre que sous l'aile de sa mère, espèce de duègne assez rébarbative. Malgré le succès de ses débuts, son premier engagement était des plus modiques, et la tutelle sous laquelle elle vivait ne lui permettait pas encore de suivre à la lettre les damnables maximes des princesses de théâtre. Tout semblait donc cette fois, sinon favoriser mon penchant, du moins le rendre fort excusable. Ne pouvant lui parler, je lui écrivis selon ma coutume, mais en prose, ayant trop appris à mes dépens ce que coûtent les vers, et parvins à lui faire tenir, jusque sous les yeux de son Argus, quelques poulets fort tendres. Elle ne me répondit point, mais ses yeux, quand ils rencontraient les miens, parlaient d'une façon assez significative pour ne me laisser aucun doute sur ses sentiments. Je me crus aimé; et peut-être l'étais-je, comme tu vas le voir. J'avais encore, sans vanité, assez bonne mine à cette époque, et ne négligeais pas mon ajustement. Je redoublai donc de soins pour moi-même, d'empressement et de vives œillades à son intention, et, voyant que le jeu ne lui en déplaisait pas, j'épiai une occasion de la rencontrer sans témoins. Le hasard me l'offrit un soir que j'y pensais le moins, et me fit trouver en tête-à-tête avec la petite personne près du foyer des acteurs. J'ouvrais la bouche pour lui parler, mais elle me prévint :

« Ne m'écrivez plus, monsieur Guillaume; je vous en conjure, me dit-elle avec vivacité. Je ne veux plus que vous m'écriviez; ma mère pourrait surprendre vos lettres, et puis....

— Dois-je au moins me flatter, mademoiselle, dis-je en profitant de son hésitation, que je....

— Oh! pour cela, me répondit-elle, il n'y faut pas compter. Il ne m'est pas permis de vous aimer; ma mère se fâcherait, et d'ailleurs.... Est-ce vrai ce qu'on dit, continua-t-elle, changeant de discours, que vous avez fait des pièces de théâtre, et que vous avez du talent pour les vers.

— Il est vrai, mademoiselle, lui dis-je, que je....

— Oh! tant mieux, reprit-elle en battant des mains. Il faut les faire jouer, et tâcher de réussir comme N***, vous savez, l'auteur du ***, qui est devenu si riche avec ses vaudevilles. »

Voyant alors qu'on ne nous écoutait pas, la petite fille, en train de jaser, m'en apprit beaucoup plus long que je n'en aurais voulu savoir. Elle m'avoua avec une naïveté charmante que cet N*** avait payé sa pension au Conservatoire, qu'il lui faisait de beaux cadeaux et l'emmenait souvent dans sa petite maison, près de Paris; que sa mère aurait bien voulu qu'elle l'aimât, mais qu'après y avoir fait son pos-

sible, elle l'avait tant fait enrager qu'il l'avait plan-
tée là pour une pimbèche du Gymnase ; que ses parents l'avaient battue comme plâtre en lui disant
qu'elle n'était qu'une sotte, que, plutôt que de la
laisser s'amouracher d'un blanc-bec, ils lui arrache-
raient les yeux. Puis elle ajouta, en fondant en larmes, qu'elle avait été bien malheureuse ; que sa
mère lui prenait tout, jusqu'à ses *feux*, et ne lui
laissait pas de quoi acheter une robe ; mais que le
vieux duc de ***, un des habitués du Théâtre-Français, qui s'intéressait à elle, lui avait promis de la
faire recevoir *sociétaire* ; qu'elle serait dans ses meubles, et aurait un petit coupé comme Mlle N*** (la
grande actrice dont les faits et gestes te sont connus) ; qu'elle ne me disait point tout cela pour me
décourager ; au contraire, qu'il fallait, puisque
j'avais du talent, travailler pour le Vaudeville, et
gagner de l'argent, et qu'alors elle m'aimerait
beaucoup plus que le duc de ***, qui portait perru-
que et sentait l'ambre comme une vieille momie.

Je ne sais ce que mon ingénue ajouta encore à
tout ce babil. Je ne l'écoutais plus ; j'avais le cœur
gonflé sans trop savoir si c'était de l'envie de pleurer ou de celle de rire. Je crois qu'à la fin il se serait soulagé de l'une ou de l'autre manière, si l'on
nous eût laissé le temps de conclure ce singulier
entretien. Heureusement pour moi qu'il fut rompu
par quelque importun avant que je fusse obligé de

7

trouver une réponse, et la belle s'enfuit comme un enfant terrible, surpris en faute. Je battis de mon côté en retraite vers le parterre, bien déterminé à m'en tenir désormais à mon humble rôle de spectateur à gages, le seul où je ne fusse pas entièrement dupe, puisque l'enthousiasme que j'y prodiguais, vrai ou feint, servait du moins à me faire vivre. Mais je ne puis encore m'empêcher d'admirer cette ingénuité de mœurs et de langage jusqu'au milieu des vices les plus raffinés, qui nous fait toujours tomber de notre haut, nous autres provinciaux, et qui est aussi naturelle à la corruption parisienne que l'air qu'elle respire.

Que te dirais-je de plus? Cette dernière déconvenue termina la partie réelle de mon existence. Le reste n'est plus qu'une fiction à l'aide de laquelle mon imagination, maîtresse enfin de choisir le temps, le lieu, les circonstances de chimères qui lui sont nécessaires, se donne, pour ainsi dire, la comédie à elle-même. Ayant perdu le goût de la vie, cette illusion est peut-être la seule chose qui m'empêche d'en sortir ; et comme toute folie a sa raison d'être, cela t'explique assez ma passion insensée pour le théâtre, qui, en lui fournissant chaque soir des aliments trompeurs, l'entretient et la renouvelle sans cesse. La prise qu'il offre aux sens, par le spectacle d'objets et de personnages réels, est sans doute tout le secret de sa durée. C'est là le seul point par où elle touche encore à la terre, et où elle reprenne sans cesse ses forces comme le géant de la fable, jusqu'à ce qu'elle finisse par perdre pied et soit étouffée dans le vide. »

En cet endroit Guillaume cessa de parler, et, laissant tomber sa tête dans ses mains, il garda un morne silence. Quelques lecteurs douteront, non sans raison, qu'Albert ait patiemment écouté jusqu'au bout ce long récit ; mais, outre que c'était un homme fort discret, il savait se taire quand il n'avait rien à dire ; — et plût à Dieu que certains auteurs de romans en fissent autant, au lieu de nous assassiner de fades conversations, où leurs personnages parlent à loisir et comme pour eux-mêmes de tout ce qu'on se passerait bien de savoir.

Sans être un grand philosophe, notre provincial comprit que, dans l'état où il retrouvait son ancien ami, le mal était incurable, et que les remontrances et les conseils ne lui seraient guère plus utiles que les consolations. Après avoir pris par politesse l'adresse de sa demeure et promis de le revoir, il le quitta, en réfléchissant à part soi sur les effets tantôt terribles et tantôt bizarres que produisent en nous les passions. Il se dit que, dans cette guerre sans relâche qu'elles font à la liberté humaine pour la possession de notre âme, nous étions bien loin de connaître tous les moyens dont elles se servent et toutes les ressources qu'elles emploient; qu'elles nous attaquent plus souvent par ruse et par embûche que de vive force, et nous surprennent sous tant de formes et de déguisements divers que nous avons grand'peine à les distinguer de nos autres sentiments ; que *tout peut devenir passion* pour l'homme dès qu'il s'abandonne un peu plus qu'il ne faut à ses goûts, à ses inclinations, à ses affections, même quand la raison semble les justifier ; mais qu'il est difficile de saisir le point où l'on doit s'arrêter sur une pente aussi ardue. D'où l'on serait en droit de conclure, en dépit des moralistes, lesquels ont fait de beaux traités sur nos passions, que nous ne savons pas seulement ce que c'est qu'une passion.

Albert n'allait pas plus loin et s'arrêtait aux éléments de ce problème moral, sans songer à le résoudre. L'exemple que le hasard venait de mettre sous ses yeux l'y eût peut-être fait réfléchir avec plus de fruit, s'il n'avait été à Paris, c'est-à-dire dans l'empire même des passions. Il s'occupa beaucoup de ses plaisirs et fort peu de Guillaume, qu'il ne revit plus qu'en passant, et il finit par l'oublier entièrement. Puissent nos lecteurs ne pas faire comme lui.

JANTZO L'HAYDOUK

—

SOUVENIRS DE TURQUIE

JANTZO L'HAYDOUK.

Vers la fin de l'été de l'année 1854, pendant que les armées alliées envoyées par la France et l'Angleterre au secours de la Turquie attendaient, campées entre Varna et Choumla, le signal d'entrer en campagne, nous venions de suivre à petites journées les routes mal frayées qui longent le cours inférieur du Danube. Notre expédition se composait de deux officiers supérieurs d'état-major, chargés de faire un relevé stratégique du pays, de Roustchouk à Silistrie, de l'auteur de ce récit voyageant avec eux en qualité d'interprète, de deux *qavass* turcs servant de guides, et de trois ou quatre soldats d'ordonnance attachés à nous comme domestiques ou *brosseurs* et conduisant les bagages. Nous avions, en outre, en guise d'escorte, une dizaine de cavaliers turcomans de l'Anatolie, sous la conduite de leur *tchaouch*, qu'Ismaïl-Pacha s'était empressé de mettre

à notre disposition lors de notre passage à Choumla,
dans le but de nous prêter, au besoin, main-forte
contre les fourrageurs cosaques qui infestaient encore la Dobroudja.

Le colonel D..., que cette initiale désignera suffisamment à ceux qui l'ont connu, était sans contre-
dit, dans toute l'armée française, l'homme le plus
propre à remplir avec succès une pareille mission.
Habitant depuis quelques années la Turquie, où il
avait été détaché comme officier instructeur au service du sultan, il connaissait à fond la situation po-
litique du pays, avait eu le temps de se familiariser
avec les mœurs des Turcs, et en entendait passable-
ment la langue. Un esprit éclairé, droit, pénétrant,
un caractère ferme et résolu, joignant la bravoure
au sang-froid et la décision à l'énergie; une promptitude d'action sans égale, guidée par un coup d'œil
infaillible; toutes ces qualités militaires réunies,
chez ce brave officier, à beaucoup d'autres mérites,
semblaient déjà lui promettre, dans sa carrière, les
destinées les plus brillantes. Malheureusement pour
son pays, la mort les a subitement brisées en l'at-
teignant naguère, sous les insignes de général de
brigade, dans les plaines de la Lombardie; et je ne
puis le faire revivre ici par la mémoire sans être
obligé d'ajouter un regret à l'expression de ma gra-
titude. Quant à son collègue le commandant D...,
quoiqu'il n'ait qu'une place insignifiante dans ces

souvenirs, je dois dire en quelques mots qu'il était
et est probablement encore un officier instruit, la-
borieux et un excellent topographe, mais n'ayant
guère, hors du cercle étroit de ses occupations, rien
de recommandable que sa passion pour les armes
de luxe, poussée jusqu'à la manie, et des goûts gas-
tronomiques très-prononcés. Notre petite troupe possédait encore un personnage qui avait bien son importance, même après ceux que je viens de nommer;
c'était le zouave Thomas, du 2ᵉ régiment, brosseur et factotum du colonel, lequel, outre sa bonne
volonté et son aptitude à nous rendre toute espèce
de services, s'acquittait de plus, avec un vrai talent,
des fonctions de cuisinier de la caravane. En passant
tous les autres sous silence, je ne dois cependant
pas omettre de mentionner le Turc Mehemed, l'un
de nos qavass, type assez remarquable de vieil Osmanli, grave, cérémonieux et fanatique, ni de mettre
en contraste avec lui une autre figure de musulman, celle de mon soldat d'ordonnance Mohammed
ben Myloud, du régiment des turcos, espèce de *ga-
min* arabe, mélangé de nègre et de Kabyle, réunis-
sant dans sa personne la paresse, l'insouciance et la
gaieté de ces trois races africaines.

Après avoir dépassé Totrakan, poste avancé de la
Bulgarie, situé sur des falaises, vis-à-vis le village
valaque d'Oltenitza où les Turcs et les Russes se
trouvaient encore en présence, quoique séparés par

un des principaux bras du fleuve, nous venions
d'entrer dans la contrée à la fois montueuse et
marécageuse, dont les plateaux, se prolongeant en
pente jusqu'à la mer Noire, forment, à partir de
Silistrie, les vastes plaines de la Dobroudja. Un
jour, au bout d'une mortelle traite de sept ou huit
heures, à travers des halliers de chênes nains et de
poiriers sauvages coupés de loin en loin de paluds
couverts de roseaux et de quelques clairières nou-
vellement défrichées, nous débusquâmes, par une
étroite chaussée, en face d'un village bulgare que
les guides nommèrent *Srebrnia*. Pendant que nos
soldats vaquaient aux soins du campement, laissant
le commandant D..., discuter gravement avec notre
cuisinier le menu du dîner, le colonel et moi, aussi
curieux de tout voir l'un que l'autre, quoique dans
un but fort différent, nous profitâmes du premier
moment de loisir pour pousser dans les environs de
notre halte une courte reconnaissance. Le village,
si l'on peut donner ce nom à un amas de huttes bâties çà et là sans autre plan que la nécessité du voisinage, nous parut plus grand qu'on ne l'eût jugé
au premier abord, vu sa position au fond d'un val-
lon creusé en forme d'entonnoir. La foule de femmes
et d'enfants que nous rencontrions, groupés, pour
nous voir passer, aux portes des maisons, ou s'en-
fuyant à notre approche, témoignait, en outre, que
malgré la guerre il n'avait pas été abandonné par

ses habitants. Tout y avait un aspect d'aisance et de propreté, bien rare en Turquie. Au-dessus des palissades de chaque enclos, bien recrépies et soigneusement blanchies à la chaux, s'élevaient de beaux poiriers dont les branches pliaient sous le poids des fruits mûrs. La demeure du *papas* (curé grec) du village s'y distinguait de toutes les autres par une sorte d'attique simulé sur la façade à l'aide de planches clouées et bariolées de couleurs vives comme dans les maisons du Bosphore. Après avoir jeté en passant un coup d'œil dans l'église, laquelle, assez semblable à l'intérieur à une grange, renfermait néanmoins un bon nombre de lampes en argent d'un joli travail, nous prîmes le parti de nous rabattre chez le *baqqal*, c'est-à-dire l'épicier de l'endroit, personnage qui jouit d'une certaine importance dans les villages bulgares, et comme Grec, et comme unique représentant de l'industrie étrangère parmi des gens habitués à se suffire eux-mêmes. Nous le trouvâmes fort affairé à faire disparaître à la hâte de dessous l'auvent qui protégeait sa misérable boutique les *couffes* contenant les menues denrées de son commerce. Nous comprîmes qu'il avait déjà eu vent de notre arrivée dans le village, et qu'il redoutait, surtout pour ses marchandises, la présence des cavaliers irréguliers de l'Anatolie. Ce fut donc sans beaucoup de succès que, tout en le questionnant sur ses propres affaires, nous essayâ-

mes de tirer de lui quelques renseignements utiles
sur celles du pays. Il nous apprit seulement qu'il
était originaire de Bourgass, d'une famille de marchands grecs, et se nommait Stephano ; qu'il était
établi depuis une trentaine d'années environ, à
Srebrnia, où il tenait boutique d'épicerie, et exer-
çait en même temps la profession de barbier ; qu'il
y gagnait à peine sa subsistance, le village étant
devenu fort pauvre depuis qu'on avait cessé d'y ex-
ploiter les mines d'argent et de plomb situées dans
le voisinage ; que la présente guerre avait achevé
de ruiner les habitants, en les exposant, d'un côté,
au pillage des cosaques, et, de l'autre, aux avanies
et aux rapines des bachibozouqs ; ce qui avait forcé
la plupart des hommes valides à quitter le pays en
laissant momentanément à la garde de Dieu leurs
femmes et leurs enfants. Toutes ces explications et
d'autres semblables furent débitées par le rusé
marchand avec une extrême volubilité, dans un turc
peu intelligible, et entrecoupées de ces gémisse-
ments nasillards, habituels aux *rayas,* quand ils
parlent à des musulmans ou à des étrangers. Le
colonel qui n'aimait point le verbiage y coupa
court en ordonnant à Stephano, d'un ton péremp-
toire, de nous conduire de ce pas chez le *tchorbadgi* (magistrat bulgare) du village.

La figure du Grec s'allongea en recevant cette
injonction. Il regarda autour de lui et répondit

d'un ton mystérieux : « Vos Seigneuries ne trouveront pas dans tout le village un seul homme portant la barbe excepté moi. Le tchorbadgi n'est pas chez lui, et s'il y était, il ne serait peut-être pas bon pour vous de l'y rencontrer. Ce n'est pas que ce soit un méchant homme que ce Jantzo, car c'est ainsi qu'il se nomme. Je l'ai connu depuis son enfance. Il était d'une famille de bons chrétiens, riche comme un aga, avec cela le plus joyeux et le meilleur garçon du pays. Mais depuis plus d'un an qu'il s'est marié, il aime à aller seul, parce qu'il porte partout le malheur avec lui. Voyez-vous, Effendis, ajouta Stephano, à voix si basse qu'on l'entendait à peine, il y a *du sang* entre les Turcs et lui, une *krwina*, comme ils disent dans la langue du pays.

—Eh! quel tort lui ont donc fait les Turcs, demandai-je? Ont-ils tué quelqu'un de ses parents, ou l'ont-ils dépouillé injustement de ses biens pour qu'il cherche à en tirer vengeance?

—Plus que tout cela, Effendis, ils lui ont ravi l'honneur du lit nuptial au moment où il était sur le point d'y entrer. C'est du moins ce qu'on dit, car vous comprenez qu'il n'a confié à qui que ce soit un pareil secret. Le fait est que depuis ce moment le pauvre Jantzo a cessé d'exister pour ses parents et pour ses amis. Il ne voit plus personne. Il ne parle plus à personne. On ne sait s'il est absent ou présent, car tantôt il est dans sa maison, quand on

l'en croit bien loin, tantôt il est à vingt lieues d'ici
quand on le cherche chez lui. Il entre dans le village et en sort sans qu'on ose lui demander ce qu'il
fait; mais ce n'est pas bien difficile à deviner. La
vengeance lui pèse et il court après toutes les occasions de s'en débarrasser. Les voisins en disent ceci
et cela, et chacun en parle à sa manière. Les uns prétendent qu'il a l'*ophthalmisme*, vous comprenez, c'est-
à-dire qu'il a été ensorcelé par quelque mauvais œil.
D'autres soutiennent qu'il est bien mort, et que lui
et son cheval sont deux *vroukolakas* (vampires). Moi,
je crois qu'il a fait un vœu qui ferait frémir bien des
gens si on pouvait le connaître; mais il vaut mieux
se taire là-dessus que d'en trop parler. Ce qu'il y a
de certain, c'est que plus de trente Turcs ont été
assassinés à cheval ou dans leur lit depuis près
d'un an à Choumla, à Rasgrad, à Roustchouk, à
Silistrie, dans toute la Bulgarie, et que la main qui
les a frappés ne s'arrête pas. Il n'y a pas un Osmanli
à cent lieues à la ronde, qui ne tremble aujourd'hui
au seul nom de Jantzo l'Haydouk; car Vos Seigneuries doivent savoir qu'on appelle ainsi les gens du
pays qui se font justice des Turcs à l'aide de leur
fusil. Sa tête est vendue, dit-on, à Constantinople,
dix mille piastres. Mais il ne s'est encore trouvé
personne d'assez hardi pour en toucher le prix. »

Le colonel haussa les épaules.

« Viens avec nous, dis-je en souriant à Stephano,

et tu verras qu'un brigand ne fait pas peur à des
officiers français.

— Moi, vous suivre dans cette maison! s'écria le
marchand avec effroi. Je n'irais pas même pour le
salut de mon âme. N'y entrez pas, Effendis, au nom
du ciel! n'y entrez pas; car c'est la mort qui l'habite.

— Certes, voilà une hôtesse bien faite pour en
éloigner les visiteurs, dis-je en me levant pour sortir. Qu'en dites-vous, mon colonel? Vous avez si
souvent fait connaissance ensemble que vous ne se-
rez pas fâché, j'imagine, de renouveler l'aventure.

— Quelles mœurs abominables! dit le colonel,
comme se parlant à lui-même. Et nous sommes ici
pour protéger un peuple qui commet journellement
de pareilles horreurs contre ses compatriotes, uniquement, peut-être, parce qu'ils sont chrétiens! Et
nous nous vantons nous-mêmes d'être chrétiens...,
allons! Je serais curieux de rencontrer par hasard
chez lui ce singulier magistrat qui s'est fait brigand
pour venger un honneur.... peut-être imaginaire. »

En parlant ainsi nous étions arrivés devant la demeure de l'ancien tchorbadgi. C'était un vaste logis
construit à la façon bulgare, et ayant bien plutôt
l'honnête apparence d'une maison rustique que celle
d'un repaire de brigands. Quoique la clôture en fût
solide et munie, à l'extérieur, d'un fossé qui la mettait à l'abri d'une escalade, nous remarquâmes, non

sans surprise, qu'une petite porte donnant sur le
jardin, ainsi que la grande porte charretière destinée au service des granges, étaient toutes les deux
ouvertes, ce qui permettait d'apercevoir, d'un côté,
des plates-bandes de légumes cultivées avec soin,
et de l'autre, des volatiles de basse-cour picorant
sur les fumiers, comme dans une ferme normande.
Tout y indiquait, en un mot, la présence des maîtres, quels qu'ils fussent, et y avait un air de tran-
quillité et d'aisance hospitalière qui me donna à
penser que le récit de Stephano pouvait bien n'être
qu'une fable. Nous étions sur le point d'entrer,
quand j'entendis marcher derrière nous sur la petite place. Je me retournai et j'aperçus un de nos
qavass, lequel s'arrêta tout à coup devant la porte
de l'église en nous faisant signe, par un geste très-
énergique, de ne pas aller plus loin. Je lui criai, à
mon tour, de venir nous joindre. Il obéit, non sans
quelque hésitation.

« Qu'y a-t-il, Mehemed? lui dis-je. Est-ce le commandant qui t'envoie?

— *Machallah!* me répondit le qavass en roulant
autour de lui ses gros yeux effarés, sais-tu qu'il y
va de ta vie, *Terdjuman-Bey*, et de celle du pacha
français, si vous entrez dans cette maison. C'est celle
de Jantzo l'Haydouk, un fils d'*Eblis*, un diable
incarné dont les balles envoient la mort partout où
il veut sans qu'on puisse s'en défendre. Il ne fait

pas bon ici pour nous. Dis au *miralaï* que j'ai répondu de lui sur ma tête à Ismaïl-Pacha, et qu'il revienne aux tentes sans tarder, s'il ne veut pas causer la ruine d'un pauvre homme.

—Ce qu'on dit de ce Jantzo est donc vrai? répondis-je en me tournant vers le colonel qui nous écoutait sans comprendre grand'chose aux alarmes de l'honnête qavass : eh bien ! Mehemed, raison de plus pour aller voir ce qui se passe là dedans. Suis-nous sans nous faire perdre plus de temps en paroles. Si, comme tu le crains, nous y risquons notre vie, qu'il ne soit pas dit qu'un brave Osmanli ait abandonné, dans le péril, ses fidèles alliés les Français. Et, s'il n'y a qu'un peu de sorcellerie, sache que nous avons des secrets infaillibles pour rompre tous les charmes. »

Mehemed, qui était un Turc de la vieille roche, pris ainsi par ses sentiments les plus honorables, porta gravement la main à son front, et obéit sans répliquer un seul mot. Nous pénétrâmes tous les trois dans la cour. Elle était spacieuse et proprement pavée en pierres plates. Au fond s'élevait le principal corps de logis servant d'habitation, ou *koliba*, muni de son hangar en auvent sous lequel on avait mis à l'abri les vaisseaux vinaires et les instruments aratoires. D'un côté trois grands *tchardaks* en osier tenaient lieu de fenil, de granges et d'étable; de l'autre, une palissade semblable à celle de l'enclos,

séparant la cour du jardin, complétait l'*ograd*, c'est-
à-dire l'enceinte de la maison de Jantzo et de ses
dépendances. Tout y était propre et bien tenu ; tout
y respirait l'aisance et le calme de la vie rurale.
Cependant le premier objet qui frappa nos regards
en entrant, fut un cheval sellé et bridé attaché à un
des piliers du hangar. C'était un superbe étalon
alezan parfaitement harnaché à la turque d'un ca-
paraçon de drap noir, brodé en soie jaune. Il nous
parut appartenir à cette précieuse race des Balkans
dont les Bulgares tirent indifféremment des chevaux
de selle ou de bât, qui ont le pied infaillible du
bouquetin et les reins solides du mulet. Le colonel,
qui était un peu connaisseur en cette matière, me
fit remarquer que, quoique les flancs de l'animal
fussent parfaitement calmes et que sa robe lustrée
ne portât aucune trace de sueur ni de poussière, il
avait néanmoins les naseaux très-dilatés et grattait
la terre du pied, signes certains qu'il venait de four-
nir, au galop, une longue course. Cependant tout
était silencieux dans la maison et aux alentours. Ni
bruit, ni mouvement d'aucune espèce n'indiquaient
qu'elle fût habitée et que quelqu'un nous y eût précédés. Aussi je laisse à juger de notre surprise, et
je dirai presque de notre désappointement, lorsqu'en
pénétrant sous l'auvent du hangar, nous trouvâmes
la place occupée par deux femmes tranquillement
assises, dont une treille touffue nous avait, jusque-

là, dérobé la présence. L'une de ces femmes, cour-
bée sur un petit métier qui sert, en Bulgarie, à
tisser l'*aba*, c'est-à-dire le drap grossier avec lequel
on fabrique les vêtements des hommes, était tout
entière à sa tâche. Elle était simplement vêtue de
bure grise, et nous parut vieille, quoique une sorte
de mantille de toile blanche, jetée sur sa tête, cachât
en partie son visage; mais la seconde attira toute
notre attention par l'éclat et l'élégance rustique de
son costume fait à la mode du pays. Elle portait un
zouboun ou tunique de dessous en soie verte dont
le corsage, très-échancré sur la poitrine, et les manches ouvertes à la saignée du coude, laissaient voir
une chemise blanche à petits plis, brodée en soie
rouge. Sa tunique, ou plutôt sa jupe de dessus, de
drap écarlate, fendue des deux côtés jusqu'aux hanches, était bordée d'une large frange d'argent. Ce
vêtement, particulier aux villageoises bulgares,
s'appelle *opregatcha*. Il est assez communément fait
d'un assemblage de cordonnets de diverses couleurs
cousus ensemble et effilés par le bas. Sa forme
rappelle vaguement celle de la tunique lacédémo-
nienne. Il était fixé à sa taille par une ceinture de
cuivre doré. Des bracelets du même métal ornaient
ses bras. Ses cheveux, tressés en larges nattes avec
des rubans, et entremêlés de pièces d'or, formaient
une sorte de diadème fixé autour de sa tête par de
longues épingles d'argent. Des bas de fine laine

blanche et des *opankes*, sandales de cuir, nouées
au-dessus de la cheville par des bandelettes de laine
rouge formant le cothurne, complétaient cet ajustement aussi riche qu'original. La jeune femme qui
le portait, occupée en ce moment à allaiter un enfant de quelques mois qu'elle tenait sur ses genoux,
était, sans doute, tellement distraite par les soins
maternels de ce qui se passait autour d'elle, qu'elle
n'avait pas même levé la tête à notre approche.
Quand je lui adressai la parole en langue bulgare,
elle ne tressaillit point, mais, tournant lentement
ses regards vers nous, elle nous montra un visage
dont la beauté eût été bien faite pour exciter notre
admiration , s'il n'avait en même temps repoussé
la vue par les marques d'un accident déplorable ou
d'une odieuse brutalité. Un de ses yeux paraissait
avoir été violemment arraché de son orbite, et il
n'en restait d'autre trace qu'une cicatrice cave et
livide de l'aspect le plus affreux. Néanmoins cette
tache, en défigurant, d'une manière irréparable,
un des plus charmants modèles féminins que nous
eussions rencontrés parmi les Bulgares, n'avait pu
lui enlever ni la perfection des traits, ni la pureté
des contours, ni la limpidité azurée du seul œil
encore ouvert à la lumière, ni cette grâce préfé-
rable à la beauté elle-même qui, loin de tenir à telle
ou telle forme, semble répandue sur toute la personne.

Au plaisir involontaire que j'éprouvais à contempler cette infortunée, se joignait un sentiment de
pitié profonde; quelque chose m'avertissait comme
par instinct que j'avais devant les yeux la femme
de Jantzo, l'innocente victime de la lubricité et de
la férocité des Turcs. Les questions que je lui adressai restèrent sans réponse. Un vague sourire errant
sur ses lèvres, ainsi que l'insouciance presque en-
fantine de sa physionomie et de ses gestes, ne me
laissèrent bientôt aucun doute sur l'état d'égarement, voisin de l'idiotisme, dans lequel la douleur
ou la souffrance avaient plongé sa raison; mais je
ne saurais rendre l'horreur dont je fus saisi en
m'apercevant, aux sons inarticulés qu'elle essaya
de faire entendre en caressant son enfant, que la
malheureuse femme avait eu la langue coupée par
ses bourreaux. Elle était muette. Ainsi, l'attentat
avait été complet : non contents de la déshonorer
et de la défigurer par un acte d'une incroyable barbarie, ils l'avaient mutilée pour l'empêcher de se
plaindre. Dois-je l'avouer? Dans ce moment je compris, aux mouvements de mon cœur, la haine inexorable que le mari de cette femme avait dû vouer
aux assassins qui lui avait ainsi ravi d'un seul coup
l'honneur, le repos, les espérances de la vie entière.
Je me retournai vers le colonel dont les impressions,
j'imagine, étaient peu différentes des miennes,
quoiqu'il jugeât les choses avec plus de sang-froid.

« Eh bien! mon colonel, lui dis-je, les hommes qui peuvent commettre de pareilles atrocités méritent-ils de vivre? et ceci n'excuse-t-il pas les sanglantes représailles que ce Jantzo se croit en droit d'exercer contre les Turcs, à l'aide de son fusil, à défaut de lois qui puissent le venger des crimes commis contre lui et les siens?

— Nous en avons fait autant au seizième siècle entre catholiques et huguenots, me répondit-il en haussant les épaules; mais heureusement il y a une loi qui finit toujours par prévaloir à la longue, c'est celle du plus fort, quel qu'il soit. Ainsi va le monde. Tant que les chrétiens ne sauront point être les maîtres en Turquie, qu'ils sachent au moins se conduire en chrétiens, sans quoi pas de société possible. Je plains le sort de cette pauvre créature, mais qui pourrait affirmer que, dans un pays civilisé, sa beauté ne lui eût pas été aussi funeste? Interrogez cette vieille femme; peut-être apprendrons-nous d'elle ce qu'il faut penser de toute cette histoire. »

N'ayant rien à objecter à ce *fatalisme pratique*, qui est l'épée de chevet avec laquelle les militaires tranchent toutes les questions embarrassantes, et auquel il faut bien s'en tenir comme eux, en dépit de la raison, je m'approchai de la personne que me désignait le colonel. Toujours assise devant son métier à tisser, elle n'avait pas bougé de place et s'était contentée de tourner la tête à notre arrivée pour savoir qui nous étions. Son visage n'exprimait ni crainte ni surprise, mais seulement l'humilité et la résignation apathique du raya bulgare, habitué à ne voir dans la présence des étrangers que l'annonce de la violence et des extorsions.

« Ne crains rien, *babouchka* (vieille mère), lui dis-je en langue bulgare. Nous ne sommes pas des Turcs, mais des officiers français voyageant pour notre plaisir dans ton pays. Nous sommes entrés chez Jantzo le tchorbadgi, sachant que les hôtes étrangers ont toujours été les bienvenus dans sa maison. Dis-nous si ton maître est absent ou de retour chez lui. »

La vieille nous regarda tristement et ne répondit à cette question qu'en haussant les épaules de l'air d'une personne qui ignore ce qu'on lui demande; puis, portant sa main à sa bouche, elle nous fit comprendre par un geste navrant qu'elle aussi avait eu la langue coupée et ne pouvait parler.

« Je m'en doutais, dis-je en détournant les yeux. Les barbares devaient bien fermer la bouche au témoin comme ils l'avaient fait à la victime. Le cœur se soulève devant de pareilles abominations. Cette femme a vu le crime, et elle est condamnée à en ensevelir dans sa mémoire les horribles circonstances sans pouvoir les dénoncer à la face des hommes autrement que par des cris et des larmes. Elle me

paraît bien plus à plaindre que l'autre, car ce silence
forcé doit être pour elle une torture qui ne finira
qu'avec la vie. »

Le colonel, en homme positif et peu soucieux de
s'en tenir à des conjectures, allait probablement me
proposer de renoncer, *faute de preuves*, à nos inves-
tigations, lorsqu'une exclamation soudaine du qavass
nous fit tourner la tête de son côté.

« Allah! Allah! qu'est-ce que ceci? » s'écriait-il en
montrant l'enfant que la jeune mère, après avoir
cessé de l'allaiter, berçait doucement sur ses genoux.
En même temps, il nous désignait du doigt la pauvre
petite créature avec le même geste d'horreur et de
dégoût que s'il eût aperçu un serpent.

« Qu'y a-t-il donc, Mehemed? dis-je en allant à lui.

— Regarde, *Terdjuman-Bey*, regarde le talisman
que l'enfant du giaour, — la malédiction d'Allah
soit sur lui! — porte à son cou. *Vah!* Il faut que
ce soit le *gouwelbeïaban* (loup-garou), qui ait tressé
ce collier avec les restes de ses horribles repas. »

Cet enfant, sur lequel je n'avais point encore arrêté mes regards, paraissait âgé de cinq ou six mois
à peine. Son corps, entièrement nu, était déjà robuste et d'une couleur jaunâtre qui ne trahissait
que trop son origine turque. Car il est à remarquer
que les jeunes Bulgares ont généralement, en naissant, un teint fuligineux, lequel s'éclaircit plus tard
malgré le hâle, surtout chez les femmes. Le farouche

Jantzo laissait donc vivre sous ses yeux et dans sa maison le fruit de son déshonneur. Mais, en me penchant pour examiner l'objet qui avait fait sortir Mehemed de son flegme habituel, je crus deviner avec autant de surprise que d'horreur les raffinements inouïs de sa vengeance : autour du cou de l'enfant pendait, en guise de collier, un cordon de soie rattachant ensemble des débris humains sur la forme desquels il ne m'était pas possible de me méprendre.... c'étaient des doigts, des index, à ce qu'il me sembla, coupés au-dessous de la seconde phalange, les uns réduits à l'état d'ossements, d'autres montrant à nu leurs tendons desséchés; et, ce qu'il y avait de plus affreux à voir, — deux ou trois de ces dépouilles, encore fraîches, souillant la poitrine de l'enfant de leur sang coagulé et de leurs chairs en putréfaction.

Je restais confondu devant ce trophée de cannibale qui déroutait mes idées sur la portée de la férocité humaine et dont la réalité trop palpable dépassait tout ce que l'imagination la plus déréglée a pu inventer en ce genre. Il était évident que si Jantzo n'avait pas étouffé, dès sa naissance, ce rejeton bâtard d'une race ennemie, implanté dans sa famille comme pour la condamner à la stérilité, ce n'était point par pitié, mais plutôt pour avoir sans cesse devant les yeux le gage de sa haine implacable contre les Turcs, et le charger en quelque

sorte de toutes les malédictions qu'il appelait sur
leur tête....

Pendant cette réflexion, Mehemed lui, n'avait pas
quitté des yeux le funèbre objet de ses préoccupa-
tions, et, penché sur la jeune mère, qui paraissait
insensible à tout ce qui se passait autour d'elle, il
examinait de près, en grommelant entre ses dents
le nom d'Allah, l'horrible ornement suspendu au
cou de son nourrisson.

« Vois donc, *Terdjuman-Bey*, me dit-il en essuyant
la sueur qui découlait par grosses gouttes de son
front basané : tous ces doigts ont fait le *namaz*
(prière), et ont été purifiés par l'*abdest* (ablution).
Ce sont des doigts d'Osmanlis.

— Et à quoi reconnais-tu cela? lui demandai-je
avec une certaine curiosité.

— Aux ongles, *Effendim*. Les Orooms (Grecs) ont
les doigts effilés et les ongles en forme d'amande;
les Bulgares et les Olahs (Valaques) les ont plats,
durs et carrés, et le bout des doigts ramassé comme
un grain de *lebleb*. Il n'y a que les Osmanlis qui aient
ces ongles à longue racine, semblables à des tuiles
solidement plantées dans une muraille. »

Je n'avais pas besoin de vérifier les observations
de Mehemed pour savoir ce qu'il fallait en penser.
Voyant que le colonel se montrait impatient de
partir, je me disposais à le suivre, lorsque la vieille
femme muette, se plaçant avec vivacité sur notre

passage, nous invita, par un geste presque sup-
pliant, à entrer dans la maison.

« Je devine son intention, dis-je en souriant au
colonel, un peu surpris de ce mouvement imprévu.
La bonne vieille, selon le préjugé des gens du pays,
croit sans doute que nous porterions malheur à sa
maison, si nous en sortions sans avoir pris la moindre part aux devoirs que l'hospitalité bulgare impose également au maître et à ceux qu'il reçoit sous
son toit. Je ne sais si l'étranger porte nulle part
ailleurs qu'en Bulgarie un plus beau nom que celui
de *priyatel* (ami); or, il est bien juste qu'il ne se refuse point à porter bonheur à un ami en rompant
son pain, ne fût-ce que par bienséance.

— Diable! que va dire D..., fit le bon colonel
après avoir consulté sa montre, quand il apprendra
que nous avons laissé passer l'heure de son dîner
pour tâter de la cuisine bulgare? »

Tout en disant ces mots d'un air d'hésitation comique, il me précédait néanmoins fort résolûment
dans la *soba* ou grande chambre d'entrée. Cette
chambre, assez vaste pour contenir à l'aise une
cinquantaine de personnes, était fraîchement blan-
chie à la chaux. Quelques grossières nattes de jonc
couvraient çà et là le sol en terre battue. Du reste
on n'y voyait d'autres meubles que deux tables
massives avec leurs escabeaux en bois de chêne.
Les murs s'élevaient jusqu'au comble. Des engins

de chasse, des tailles démesurées, des guirlandes de
carroubes sèches, deux ou trois instruments à cordes de forme bizarre, et divers ustensiles en cuivre
et en fer battu y étaient suspendus sans ordre à la
portée de la main. Une immense cheminée en pisé
d'argile en occupait presque tout le fond. A côté
s'ouvrait une petite porte donnant sur les arrière-
chambres de la maison. La première table, destinée aux hôtes, était en ce moment couverte d'une
nappe ou plutôt d'un de ces tapis de coton peluché
garnis d'une bordure à jour, semblable à une guipure
et d'une frange en effilé, que les femmes bulgares
savent tisser avec autant d'adresse que de célérité.
Trois grands plats de fer battu, l'un contenant une
sorte de pilau composé de mouton rôti et de gruau
d'avoine; le second une bouillie de farine de maïs
délayée dans de la crème chaude, le troisième une
galette molle de blé noir nageant dans le beurre, offraient à l'œil et à l'odorat un échantillon de la cuisine bulgare, qui, malgré les railleries du colonel,
n'eût point prévenu trop désagréablement le commandant D... lui-même. Deux petites outres contenant du vin rosat un peu sucré, semblable à quelques
crus estimés de l'archipel, et un flacon d'eau-de-vie
de prunes ayant le goût du marasquin, étaient placés au bout de la table. Enfin des assiettes de
faïence viennoise, munies chacune de leur *britwa*,
couteau du pays à manche de bois orné de verro-

teries, dont la lame terne, mais supérieurement trempée, a le tranchant du rasoir, complétaient ce service, qui annonçait une aisance bien rare chez les pauvres paysans du Danube.

Pendant que nous goûtions à ces mets, moins pour satisfaire notre appétit que notre curiosité, un bruit de voix partant du seuil de la *soba* nous fit tourner la tête, et nous aperçûmes, sans beaucoup de surprise, la figure basanée d'Osman le tchaouch et de cinq ou six cavaliers de notre escorte, lesquels nous envoyaient familièrement à travers la porte un signe de reconnaissance. En rôdant et maraudant par le village, selon leur coutume, nos bachi-bozouqs, ayant trouvé ouvert l'enclos de la maison de Jantzo, s'y étaient introduits sans façon, dans l'espoir d'y faire quelque tour de leur métier. Ces bandits parlaient en ce moment à la vieille muette du ton amical et presque caressant que les musulmans savent prendre à l'égard des rayas, avant d'en venir avec eux aux menaces et aux coups. Je jugeai à propos de prévenir le mécontentement du colonel en avertissant sévèrement le tchaouch que le moindre méfait, commis par lui ou les siens contre les habitants de cette maison, retomberait immédiatement sur sa tête. Le rusé Turcoman sourit en montrant ses longues dents blanches comme l'animal carnassier que la crainte fait ramper sous le fouet du dompteur. Puis il adressa, d'un ton bourru,

quelques paroles à ses dignes compagnons d'armes
et de rapine, et tous s'assirent par terre pour savourer plus à l'aise la galette de sarrasin, les com-
combres et le fromage de buffle que ïa bonne vieille
leur avait apportés avec empressement; quant au
digne Mehemed, il resta debout dédaignant de
prendre part au festin. En sa qualité d'Osmanli, il
méprisait souverainement ces soldats vagabonds
de l'Anatolie, que la levée de boucliers de 1853
avait appelés du fond de leurs déserts jusque sur
les rives du Danube; troupe sans solde, dont les
services coûtaient déjà plus cher à l'empire ottoman
que ceux d'une armée régulière, malgré les tro-
phées de Kalafat et de Giurgéwo. Pendant que ces
derniers se livraient avec leur insouciance habituelle au plaisir du moment, il continua donc de se
promener gravement sous le hangar, sans se sou-
cier de leur faire part de ses réflexions, l'œil au
guet et les deux mains appuyées sur le pommeau
de ses pistolets.

De son côté, le brave colonel D..., après avoir de
nouveau consulté sa montre, faisait mine de se
lever pour partir, quand nous vîmes la petite porte
du fond, à demi masquée par le manteau de la
cheminée, tourner sur ses gonds et livrer passage
à un homme dont l'apparition inattendue nous
inspira une vive curiosité.

« S'bogom ostaïte (soyez avec Dieu)! nous dit le

nouveau venu, selon la formule du salut bulgare, en portant successivement sa main à sa bouche et à son front.

— *U dobry tchas pochao* (sois le bienvenu), » lui répondis-je sur le même ton, après un rapide coup d'œil qui ne me laissa aucun doute que ce mystérieux individu ne fût Jantzo l'Haydouk en personne.

C'était un homme dans toute la force de l'âge, c'est-à-dire entre trente et trente-cinq ans, d'une taille moyenne, mais dont les proportions annonçaient une vigueur herculéenne. Il était vêtu, comme un simple paysan bulgare, d'une jaquette de bure brune à manches pendantes et de larges chausses de la même étoffe : sa tête était coiffée d'un *choubara* bonnet de fourrure en forme de cône tronqué, et ses pieds chaussés d'*opankes* serrées par des lanières en cuir autour de ses jambes. Toutefois, sa chemise de toile blanche, ornée au col et aux poignets d'élégantes broderies de soie rouge, et sa veste de dessous, d'étoffe de soie verte, garnie de passementeries et de boutons d'argent, indiquaient la recherche et les soins d'ajustement d'un homme au-dessus du commun. Ce vêtement était ouvert par devant, ainsi que la chemise, à la mode du pays, et laissait à nu sa robuste poitrine, aussi velue qu'une peau de bête fauve. Par-dessus son immense ceinture de laine blanche roulée autour du corps, un ceinturon de cuir de buffle soutenait, outre une cartouchière,

deux larges embrasses de maroquin jaune, brodées
en soie bleue, enfermant tout un arsenal d'armes
offensives, savoir : un *qilidge* ou sabre recourbé de
Damas dans son fourreau de maroquin rouge, un
chamlianke, espèce de cimeterre fabriqué à Niaousta
par des armuriers bulgares, trois ou quatre *khand-
jars* de longueur et de forme différentes, et deux
paires de pistolets dont les moins ornés attirèrent
sur-le-champ notre attention, car c'était de magnifiques revolvers à six coups, de fabrique allemande: Il
portait, en outre, sur le dos, retenue en sautoir par
un cordon de soie rouge, une carabine rayée, ayant
à n'en pas douter la même origine. Sous ce lourd
attirail guerrier, qui ne paraissait nullement gêner
la liberté de ses mouvements, on devinait, non-seulement la volonté de fer d'un homme résolu à
vendre chèrement sa vie, mais encore l'audace et
la dextérité du bandit sans cesse aux prises avec
des ennemis redoutables. La physionomie de cet
homme était plus frappante encore que tout le
reste. Ses traits, quoique peu réguliers, avaient
cette beauté virile et martiale qu'on remarque souvent chez les Hongrois, les Serbes, les Valaques et
tous les peuples à demi soldats de l'Europe orientale; mais ils étaient assombris par une tristesse
qui semblait en avoir à jamais banni le sourire. Ses
yeux gris, étincelant à travers d'épais sourcils, ani-
maient seuls ce visage froid et rigide comme un

masque de bronze. Ils étaient mobiles, défiants, presque farouches, et rappelaient involontairement ceux de la bête fauve qui sent sa piste éventée par les chasseurs. D'énormes moustaches rousses cachant tout le bas de son visage et une profusion de cheveux roides et noirs, tombant comme une crinière sur son cou musculeux, donnaient à sa tête quelque vague ressemblance avec celle du lion. Cependant, par un contraste fait pour tromper des yeux moins prévenus que les nôtres, malgré l'aspect sauvage et vraiment effrayant de sa personne, on retrouvait encore dans le ton, les gestes et les manières de cet homme, l'air d'humilité, de simplicité et de bonhomie qui caractérise, dans toutes les circonstances, le raya bulgare.

Pendant cet examen, qui dura beaucoup moins de temps que je n'en mets à le décrire, le nouveau venu, sans paraître s'apercevoir de notre curiosité, s'assit derrière la seconde table placée au fond de la *soba*, dans l'encoignure de la cheminée, à quelques pas de la petite porte. Nous remarquâmes toutefois qu'il ne quittait point ses armes, ce qui nous fit juger que son indifférence n'était qu'apparente, et qu'il ne négligeait aucune des précautions qui pouvaient le mettre à l'abri d'une agression inopinée. La bonne vieille parut aussitôt et s'empressa de lui servir à manger sans qu'il lui adressât un mot ni un regard. Quoiqu'il ne parût occupé que d'apaiser sa faim, toute son attention était sans doute fixée, en ce moment, sur les hôtes suspects groupés, comme une bande de chiens affamés, à la porte de sa demeure.

« Si ce qu'on nous a raconté est vrai, dis-je en rompant le silence, tu dois être Jantzo le tchorbadgi, celui qu'on nomme aujourd'hui Jantzo l'Haydouk.

— Oui, *Gospodine* (seigneur), me répondit celui auquel je m'adressais avec une légère inclination de tête, je suis Jantzo.

— Nous désirions te voir, ajoutai-je, afin d'entendre de ta bouche les choses extraordinaires qu'on nous a apprises sur ton compte. Nous sommes des officiers étrangers, voyageant le long du Danube pour nous informer de l'état du pays, et les gens que tu vois sont des cavaliers du *rédif*, que le pacha de Choumla nous a donnés pour escorte.

— Soyez les bienvenus chez moi, dit Jantzo ; mais je ne vois ici que le *mir-alaï* français et toi. Où est le *bin-bachi* (commandant), celui qui *écrit les routes*, et dont la carabine touche le but à mille pas ? Pourquoi est-il resté sous sa tente ?

— Puisque tu sais qui nous sommes et dans quel but nous parcourons ce pays, lui dis-je en le regardant fixement, je dois t'avertir que le moindre attentat de ta part, contre nous ou les hommes qui

sont avec nous, attirerait sur ta tête un châtiment
terrible, et qui, cette fois, ne se ferait point attendre.
De quelque manière que tu aies appris ce qui nous
concerne, et que tes intentions soient bonnes ou
mauvaises, sache que tu as affaire à des gens qui,
de la part d'un ennemi, ne sollicitent et ne redoutent rien.

— Quand même vous n'auriez pas mangé mon
sel, dit Jantzo avec simplicité, il suffit que vous soyez
Français pour m'être aussi sacrés que mon père et
ma mère ; et ces vagabonds de l'Anatolie le seront
aussi à cause de vous. Ce n'est pas, d'ailleurs, la
première fois que je vous ai rencontrés. Je vous ai
vus, il y a trois semaines, à Rasgrad où j'appris qui
vous étiez, et je vous ai revus, il n'y a pas trois
jours, à Sarsanlar. Je sais que vous venez du camp
d'Omer-Pacha, à Roustchouk, et que vous allez à
Silistrie. Dis au *mir-alaï, Gospodine*, que je suis un
ami des Français. Tout le monde les aime dans mon
pays, parce qu'ils sont bons chrétiens comme nous,
braves comme le fer, et ennemis de l'injustice. J'ai
vu le camp français à Varna, et mes yeux ne pouvaient s'en rassasier. C'est un grand peuple. Que
Dieu lui inspire un jour la pensée de défendre la
cause des pauvres Bulgares contre les Turcs et les
Russes, ainsi qu'il l'a fait, dit-on, pour les *Olahs*
(Valaques), de l'autre côté du Danube ! »

Comme notre conversation avait eu lieu jusque-là

en bulgare, langue dont le colonel n'entendait pas
un seul mot, après lui en avoir rapidement rendu
compte, pour calmer son impatience, j'adressai, en
turc, la parole à Jantzo :

« Comment se fait-il, lui demandai-je, que, parlant comme tu le fais en chrétien et en homme sage,
tu n'hésites pas néanmoins à commettre des actes
que la loi de Dieu condamne et que la conscience
réprouve ; car on nous a dit que tu avais renoncé à
la vie d'honnête homme pour mieux satisfaire tes
désirs de vengeance, et que tu ne reconnaissais
plus d'autre loi que ton fusil ? »

Tout le corps de Jantzo frémit à cette question
inattendue. Ses yeux lancèrent des éclairs et sa
sombre figure prit une expression si terrible que
je portai involontairement la main sur les pistolets
placés à ma ceinture. Cependant il parvint à contenir le torrent de passions sauvages qui semblait
prêt à déborder de son âme, et me répondit avec
assez de calme :

« Français ! tu es le premier qui ait osé porter la
main dans mes entrailles pour y toucher une blessure qui saignera toujours ; mais je ne t'en veux
pas, parce que, quand cette blessure elle-même
pourrait te parler, tu ne comprendrais jamais le
mal que tu m'as fait. Oui ! on t'a dit la vérité. Je
suis un grand pécheur. J'ai tué des hommes devant
Dieu, et cette main continuera de verser le sang,

tant que le prix du sang ne sera pas payé jusqu'à
la dernière goutte. Mais pourquoi m'interroges-tu ?
T'a-t-on volé l'honneur de ton lit, la lumière de tes
yeux, la moitié de ton âme ? Un étranger, un maître
a-t-il souillé la pierre de ton foyer d'une de ces
taches que rien ne peut laver ? Sa main a-t-elle osé
te ravir ce qu'on laisse même aux derniers des
esclaves ? T'a-t-on pris, comme à moi, plus que la
vie ?... Si cela n'est pas, tu ne peux savoir jusqu'où
monte la dette de sang que j'ai le droit de faire
payer aux Osmanlis, ni combien de balles il me faut
encore pour arracher de leur cœur ce qui reste dû
à ma vengeance, jusqu'à ce que la mort ait son
compte et me dise : « C'est assez. »

Jantzo avait à peine prononcé ce dernier mot
qu'un regard semblable à un éclair sortit de ses
yeux comme pour foudroyer un ennemi invisible
et que nous vîmes sa main saisir avec la rapidité
de la pensée un des pistolets qu'il portait sur sa
poitrine. Cependant, avant qu'il eût eu le temps de
l'armer, la détonation d'une autre arme à feu, tirée
presque à nos oreilles, nous fit vivement tourner
la tête, et nous aperçûmes Mehemed, les yeux hagards et la barbe hérissée, menaçant le bandit de
son arme encore fumante.

« Chien de giaour ! lui criait-il d'une voix étran-
glée par la colère, tiens ! reçois ce payement d'un
Osmanli, et que ce soit le dernier. »

Le colonel était déjà debout, interposant sa grande taille entre les deux adversaires avec un geste de commandement. Mehemed avait tiré avec tant de précipitation que sa balle n'avait fait qu'effleurer la tête de Jantzo, et s'était aplatie derrière lui contre la muraille. Un seul coup d'œil avait suffi à ce dernier pour s'assurer que l'attaque inopinée, dont il avait failli être victime n'avait eu d'autre cause que le ressentiment particulier du qavass, et que nous n'avions aucune part à cette espèce de guet-apens. Maître de lui même jusque dans ses passions les plus indomptables, au lieu de riposter en faisant feu sur son agresseur, il avait froidement déposé son pistolet sur la table à portée de sa main, et il attendait l'issue de cette scène, comme s'il y eût été tout à fait étranger. De leur côté, nos bachi-bozouqs, arrachés à leur sieste par le bruit du coup de feu, et toujours prompts à l'alerte, avaient été sur pied en un clin d'œil et s'étaient élancés dans la salle où ils se tenaient à distance respectueuse, tout en se communiquant leurs impressions par des exclamations bruyantes.

Le colonel était furieux.

« Dites à ces gredins, mon cher L..., que j'envoie une balle dans la tête du premier qui fera mine de se servir de ses armes. Et toi, ajouta-t-il en s'adressant au qavass, tu mériterais d'avoir le poignet coupé pour avoir osé tirer un coup de pistolet sans mon ordre et en ma présence contre un homme dont nous sommes les hôtes tant que nous avons les pieds dans sa maison. Apprends que tu n'es pas à la suite d'un pacha pour te mêler de rendre ainsi la justice *à la turque,* mais sous les ordres d'un officier français dont tu dois attendre et respecter le commandement sous peine de mort. Retire-toi, et rends grâce à ta maladresse de n'avoir pas reçu une plus dure leçon.

— Machallah ! entendre c'est obéir, répondit humblement Méhémed en portant la main à son front.

— Renvoyez cette canaille, me dit le colonel en désignant les bachi-bozouqs d'un signe de tête. Tu vois, reprit-il en se tournant vers Jantzo, que tu peux te fier à nous comme nous nous sommes fiés à toi. J'aurais eu le droit de te demander compte de ta conduite, car je suis un allié des Turcs, et par conséquent ton ennemi ; mais tu me parais un homme de bon sens poussé au crime par la vengeance, plutôt qu'un véritable scélérat. D'ailleurs je suis ton hôte et non ton juge. Si tu es encore capable, comme je le crois, d'écouter ta conscience, c'est à elle que je laisse le soin de te punir.

— Écoute, pacha, dit Jantzo en étendant la main d'un air solennel, et toi aussi, Terdjuman-Bey, écoutez tous les deux, ce que j'ai à dire, et pesez les

paroles d'un homme qui ne veut pas vous tromper.
Vous les trouverez justes et éclatantes comme l'or.
Vous êtes Français ; dans votre pays il y a des lois
qui protégent l'honneur des hommes et la pudeur
des femmes, qui punissent la violence et la perfidie,
qui font droit à la plainte du faible et le vengent
des injustices du puissant. Des barbares ne sont
jamais venus arracher vos épouses du lit conjugal
ou enlever vos filles des bras de leurs mères pour
violer ce qu'il y a de plus sacré et profaner ce qu'il
y a de plus pur aux yeux des hommes. Jamais la
torture de ces tristes victimes n'a couvert votre
maison de deuil et de honte, ni souillé votre foyer
d'un sang innocent. Le fruit de l'infamie et de la
violence couvé dans leur sein n'a pas étouffé votre
famille, déshonoré votre nom, porté la mort dans
votre cœur avant qu'il ait cessé de battre.... Eh
bien ! étrangers, voilà le mal que m'ont fait les
Turcs. Soyez juges entre eux et moi, et, après avoir
pesé le crime, estimez en conscience le prix de la
rançon. »

Je suis né dans ce village ; mais ma famille est de
Tarnowo, *la Sainte*, capitale de nos derniers rois.
Mon père, quoique descendant des plus vieux chrétiens du pays, y faisait le métier d'armurier sur les
bords de la *Jantra*, rivière dont les sables roulent
de l'or. Habile dans tous les métiers, il était surtout renommé pour fondre les métaux. Le pacha de

Widdin, ayant entendu parler de lui, le fit venir
pour le mettre à la tête de ses ouvriers dans les mines de plomb et d'argent qu'il avait alors à Srebrnia. Devenu riche, et l'un des premiers parmi les
rayas du pays, mon père ne songea plus qu'à faire
de moi un homme libre. Pour cela, au lieu de me
faire élever dans les villes, où je n'aurais appris
qu'à me courber de bonne heure sous le despotisme
des Turcs, à peine commençais-je à distinguer ma
main droite de ma main gauche qu'il m'envoya
dans le couvent de Karlikow, près de Plewien, où
plus de trois cents moines vivent dans la sainteté
selon l'ancien rit bulgare. J'y restai jusqu'à l'âge
de dix-huit ans, à l'abri des ennemis de ma religion
et de ma race, faisant bien peu de progrès dans la
théologie et la grammaire, mais apprenant à me
servir de toutes sortes d'armes, et à dompter les chevaux qui boivent les eaux du Wit, les meilleurs de
toute la Turquie. Mon père, voyant alors que je
n'avais aucune inclination pour la vie de *kalouyer*
(moine), me mit à la tête d'une grande ferme qu'il
cultivait sur la Karalom, près de Rasgrad, où j'eus
sous ma garde plus de cent juments avec leurs poulains et leurs étalons. Je restai là quelques années,
entièrement maître de moi-même et libre comme
l'air, ne connaissant ni les joies ni les chagrins du
foyer domestique. Je n'avais alors pour les Turcs ni
respect ni haine, ne les voyant qu'aux foires de Char-

keuiu, de Giuma et de Karasou où j'allais vendre mes
chevaux. Le marché fait, j'en recevais le prix sans
m'embarrasser si les acheteurs étaient chrétiens ou
musulmans, et je retournais à mes pâturages. Cependant des jeunes gens de ma religion venaient
de temps en temps m'y visiter, et puis m'entraî-
naient çà et là dans les villages environnants. Au
temps de la moisson nous y rencontrions dés ban-
des de moissonneurs venant du Danube, et, la nuit,
on buvait, on riait et on dansait au milieu des ger-
bes. Quoique je fusse devenu un homme, je n'aimais encore que le plaisir, ignorant qu'il y eût
d'autres passions au monde. Cependant, quand je
chantais des *popiewka* (chansons) bulgares en m'ac-
compagnant du *tanboura* (luth), que m'avait appris
à jouer un musicien *tsigan*, habile à guérir les chevaux, je m'apercevais que les filles de Rasgrad m'é-
coutaient volontiers; et, mon tour venu de mener
le *kolo* (branle), je pouvais, sans crainte d'être refusé,
choisir, parmi elles, ma *kolowoditza*. Un jour, la
fille d'un *ayan* (notable) vint à une de ces fêtes, et,
dès qu'elle y parut, elle me fit oublier toutes les
autres. En la voyant, mes yeux furent pris par sa
beauté, et, quand je lui eus parlé, mon cœur suivit
mes yeux. Je sus ce que c'était que l'amour. Plût
à Dieu que ce cœur eût alors cessé de battre! Je
serais mort, ayant à peine effleuré de mes lèvres
la coupe du bonheur sans m'abreuver du poison

mêlé à son ivresse. Mais j'étais jeune et ne songeais encore aux choses de la vie que pour en jouir. Maritza, c'était le nom de la fille de l'*ayan*, avait alors quinze ans. Elle était belle et pure comme la *panagia* (madone). Je l'adorai avec toute la foi que j'avais en ma destinée; elle m'aima, de son côté, et me reconnut pour maître de la sienne; nous jurâmes de devenir plus tard mari et femme, et, en attendant, nous goûtâmes pendant quelques années le bonheur des anges. Au bout de ce temps, mon père mourut chargé de vieillesse, et je revins habiter Srebrnia où ma mère m'appelait à lui succéder comme chef de la famille. Je fus, en outre, choisi, d'une commune voix, par les *ayans* du village, pour le remplacer dans les devoirs de *tchorbadgi*. Ce fut alors que j'appris, pour la première fois, à connaître les Turcs et à mesurer la distance qui sépare un raya d'un Osmanli. Chargé tantôt d'acquitter, au nom de mes compatriotes, le montant des *tezkerés* (rôles) entre les mains du *muhassil* (receveur) de Silistrie, tantôt de porter leurs plaintes devant le *mehkemet* (tribunal) du pacha, j'eus souvent à souffrir pour eux l'injustice, la fraude et la violence. Je vis clairement ce que vous autres, chrétiens francs, ne pourriez même comprendre, c'est que le droit des vainqueurs sur les vaincus dure toujours dans notre pays, et est encore la seule loi des Turcs envers les pauvres chrétiens bulgares. Mieux vaudrait pour

nous la servitude ; car l'esclave, quoique battu et mis
à l'attache comme un chien, est au moins nourri par
ses maîtres ; l'homme libre vit de son travail à l'a-
bri des lois qui le protégent ; mais nous, pauvres
rayas, vivant dans la crainte sans être esclaves, livrés à nous-mêmes sans être libres, jouissant aujourd'hui du fruit de nos sueurs sans espérer d'en
jouir demain, ne pouvant rien acquérir dont nous
soyons sûrs d'être les maîtres,... nous sommes
comme des enfants déshérités dans la famille des
peuples chrétiens.

Le champ que nous défrichons ne nous appartient pas. A peine a-t-il été engraissé de nos sueurs,
qu'un bey s'en empare parce qu'il est Turc et que
nous sommes chrétiens. Son *kiahia* (intendant) est
maître de nous imposer de nouvelles conditions ou
de rompre l'*idjarci* (bail) au moment où l'épi commence à mûrir et de faire faucher la moisson par
un autre fermier, sans nous accorder même un
morceau de pain ; nos bras ne sont à nous que lorsque le service du *beylik* ne les réclame plus. La
robja (corvée) nous enlève notre temps à toute
heure, selon le bon plaisir du pacha ; le moindre de
ses officiers a le droit de nous faire déguerpir de
notre maison pour y prendre le *qonak* (logement
des employés et des gens de guerre). Nos buffles et
nos *arabas* sont toujours à sa disposition pour le
transport du *nouzoul* et des *taïn* (réquisitions en vi-

vres et fourrages) quelquefois à plus de cent lieues, pendant que nos femmes et nos enfants voient la récolte de l'année périr sur pied faute de bras. Si nous nous plaignons, on nous injurie; si nous résistons, on nous maltraite à coups de bâton ou de plat de sabre; si nous désertons, on brûle nos attelages et l'on nous poursuit comme des bêtes fauves. Pas de pitié pour nous; pas même de justice. Nous sommes des giaours, des infidèles, comme ces misérables païens nous appellent; — car ce ne sont pas des compatriotes, mais des ennemis campés en pays conquis, et qui ne nous font grâce de la vie que pour boire jusqu'à la dernière goutte de nos sueurs.... Je vois, étrangers, que vous avez peine à me croire : Eh bien ! tout cela n'est rien en comparaison de ce que des chrétiens, vos propres frères quoiqu'ils ne soient que d'humbles paysans bulgares, ont quelquefois à souffrir. Ne secouez pas la tête, ne fermez pas l'oreille au cri de la vérité parce qu'il sort de la bouche d'un haydouk. C'est mon histoire que je vous raconte, mais c'est aussi celle de bien d'autres victimes qui ne peuvent plus se plaindre, parce que la mort est muette. Non, souffrir de son corps n'est rien tant que l'âme reste libre, tant qu'elle est maîtresse d'elle-même, de ses affections, de ses souvenirs, de ses espérances; mais se voir ravir, par la violence et la perfidie, ces biens auxquels on tient plus qu'à la vie, puis-

que sans eux il ne vaudrait pas la peine de vivre ;
perdre dans la honte, dans le désespoir, dans l'op-
probre de l'existence, non-seulement le bonheur,
mais jusqu'au désir même d'être heureux.;... Voilà
ce qui crie vengeance, voilà ce qui appelle la colère
des hommes et la malédiction de Dieu sur cette race
impie et charnelle qui, non contente de nous dépouiller, nous déshonore dans ce que nous avons
de plus cher et de plus sacré : la chasteté de nos
femmes, l'innocence de nos filles, la pureté de
notre sang.

Aucune parole ne pourrait peindre la physionomie du bandit, tandis qu'il prononçait ces imprécations avec une sorte d'éloquence sauvage. Ses
yeux, brûlant dans leur orbite comme deux charbons ardents, ses narines dilatées par le dédain,
l'indignation, la haine, lui donnaient l'aspect d'un
lion en courroux. Sa voix, tantôt sourde et étouffée
par l'émotion, tantôt éclatant avec violence, réson-
nait parfois à nos oreilles comme le son d'une
cloche. Il y avait quelque chose de terrible dans
cette explosion d'une âme énergique et inculte, sou-
levée par des passions sans frein contre ses op-
presseurs. Sous les traits d'un simple paysan du
Danube, je croyais entendre les victimes de la fatalité antique exhaler leurs plaintes et dévouer leurs
vengeances à l'inexorable destin.

« Ce que mes yeux ont vu, étrangers, continue-t-il, ma langue s'épuiserait à le raconter; mais, au jour du jugement, les ossements souillés des victimes porteront témoignage. Jamais la peste n'a mis autant de familles en deuil que les infamies commises par les Osmanlis et semées partout comme des fléaux sur leur passage. J'ai vu le rapt, le viol, l'adultère et toute espèce de profanation porter la désolation et le désespoir dans nos cabanes; les mères ne voulant pas être consolées; les hommes, altérés de vengeance, abandonnant leurs charrues pour prendre un fusil et s'en allant dans la montagne réclamer, avec leurs balles, le prix du sang.... Mais tant que j'ai eu foi dans le bonheur qui m'était promis, il y avait à peine place dans mon cœur pour la pitié; il n'y en avait pas encore pour la colère. Une seule passion le remplissait tout entier. Je ne voyais au monde que celle que j'aimais; je ne voulais vivre que pour elle.... Aveugle que j'étais! c'est par là que j'allais être frappé d'un malheur cent fois plus cruel que la mort.

Le deuil de mon père, les devoirs de ma charge et mes propres affaires m'avaient retenu plus d'une année à Srebrnia sans que je revisse ma fiancée; mais je savais qu'elle m'était restée fidèle. Enfin l'année dernière, le second jour de la fête du *vaskrs* (Pâques), j'emmenai avec moi ma mère à Rasgrad pour demander sa main et porter à sa famille les

arrhes du mariage. Maritza et moi nous ne tardâmes
pas d'être unis devant l'autel. Aussitôt après la bénédiction, nous remontâmes à cheval ou en *taleka*,
escortés d'un grand nombre de parents, d'amis et
de conviés pour retourner à Srebrnia, où devait se
célébrer la noce. Mais, à notre arrivée, au lieu d'ê-
tre reçus par des réjouissances, nous trouvâmes les
habitants consternés. Des soldats turcs parcouraient
le village, mettant partout à réquisition l'orge, la
paille et les arabas pour le service du *beylik*. A
peine étions-nous dans la maison que des *tchiboukdjis*
(valets de pied) y entraient chargés d'y arrêter le
qonak pour N....-pacha, allant de Widdin à Silistrie. Tout mortifié que j'étais de me voir obligé,
en un pareil moment, de congédier mes hôtes, je
n'osai cependant réclamer, de peur d'attirer sur
eux quelque avanie. Je m'empressai donc d'abandonner aux Turcs, pour la nuit, ma demeure et
tous les apprêts faits pour nous y recevoir, n'ayant
à cœur que de dérober ma fiancée à leurs yeux et
de la cacher en lieu sûr. Malheureusement, N....-
pacha lui-même et son escorte pénétraient dans la
maison au moment où nous nous préparions à en
sortir. La beauté de Maritza, surprise sans voile au
milieu des siens, parut l'étonner et allumer ses désirs. Il dissimula néanmoins, et, apprenant que
j'étais le tchorbadgi, il me retint auprès de lui pour
recevoir ses ordres pendant qu'il suivait des yeux

ma compagne d'un air de convoitise. Je n'avais pas besoin de la recommander à la prudence de mes amis et aux soins de ma mère; cependant je frémis en la voyant partir, et cette séparation sans adieux, au seuil du toit conjugal, me serra le cœur comme un présage funeste. N....-pacha manda aussitôt le *bimbachi* qui commandait le détachement, et, après avoir fait écrire par son *khodja* la quantité de *kilés* d'orge et de paille qu'on avait pu réunir dans le village, ainsi que le nombre des arabas mis à réquisition pour les transporter, il m'ordonna de conduire moi-même le convoi jusqu'à Silistrie et d'en rendre compte sur ma tête au pacha commandant la place. Je lui répondis que, n'ayant pas surveillé moi-même le *beylik*, je ne pouvais répondre que des chariots confiés à ma garde et non de leur chargement. Il n'en fit que rire et me commanda d'obéir sur-le-champ. Je lui représentai humblement ce que je devais aux hôtes que j'avais amenés de Rasgrad, espérant lui faire oublier ainsi la véritable cause de mes inquiétudes. Je ne sais si l'infâme la devina, mais il rit encore plus fort en me disant que le service du Sultan passait avant tout, et que j'aurais le temps, à mon retour, de m'occuper de mes affaires. Je partis donc en maudissant les Turcs et ma mauvaise étoile qui m'avait conduit dans ce piége. Si la joie m'avait accompagné à Srebrnia, dans ce second voyage je n'emmenais avec moi que

la tristesse. En songeant au trésor que je laissais
derrière moi, j'étais dévoré de soucis, de dépit,
d'impatience.... Nos *arabas* ne marchaient qu'à pas
de tortue, et j'aurais voulu avoir des ailes.

Enfin le convoi arriva à Silistrie, et je me hâtai
d'aller à l'*ambar* (grenier public) me faire déchar-
ger de ma corvée. Dès que je fus libre, j'achetai
d'un marchand arménien, qui voulait s'en défaire,
un étalon turcoman léger comme une sauterelle, et
je le lançai à toute bride sur la route de Srebrnia.
L'aigle ne vole pas plus vite vers son aire que moi
vers la demeure où j'avais laissé ce que j'aimais.
Ne songeant plus, cette fois, à mesurer la distance,
je la franchis en un jour, et j'entrai dans le village
vers la septième heure de la nuit (une heure après
minuit). Le galop de mon cheval y éveilla seul le
silence. Arrivé au *varouch* (palissade), je fus surpris
d'en trouver la porte ouverte. Un dernier coup d'é-
peron fit bondir mon brave étalon jusqu'au seuil de
la maison; mais, dès que j'eus quitté la selle, il
tomba sur le flanc comme une pierre. J'étais déjà à
la porte et je m'apercevais en frémissant qu'elle cédait sous ma main.... elle n'avait pas été fermée.
J'avançai d'un pas dans la *soba* sans oser aller plus
loin. Aucune lampe ne brûlait dans l'âtre, comme
de coutume. Les ténèbres y étaient si épaisses
qu'elles me faisaient frissonner. Je prêtai l'oreille,
et je n'entendis que les battements de mon cœur

dans ma poitrine..« Je suis fou, pensai-je ; tout le
monde dort dans la maison à cette heure de la nuit. »
Je fis encore quelques pas avec bruit, heurtant
à dessein la table où vous êtes assis, et j'appe-
lai par leur nom deux jeunes servantes qui cou-
chaient dans une chambre voisine. Rien ne répondit. Je reculai alors vers la porte, mais sans me
retourner et la main sur mon poignard, comme si
j'eusse songé à me défendre contre ce silence menaçant. Mes pensées se croisaient dans mon cerveau
sans que je pusse en saisir une seule.... J'étais
comme un homme ivre. Je voulais appeler encore,
mais ma langue était paralysée dans ma bouche....
Je songeai à aller réveiller les *tchoban* (bouviers)
dans le *tchardak*.... mes jambes ne pouvaient plus
me soutenir. J'essayai à tâtons de trouver le bri-
quet que je portais sur moi, sans réussir à faire
usage de mes mains. Je m'appuyai contre la porte
pour ne pas tomber.... Étrangers ! je ne voyais rien,
je ne savais rien encore, et cependant j'étais frappé
au cœur comme s'il n'y avait plus rien de caché
pour moi.

Tout à coup un long gémissement, parti du fond
de la *soba*, me fit tressaillir d'épouvante. J'écoutai....
c'était la voix de ma mère.... et pourtant ce n'était
pas sa voix, mais quelque chose d'affreux comme
le râle d'un moribond ou le cri poussé pendant un
mauvais rêve. Mon sang se glaça dans mes veines,

et je sentis tout mon poil se hérisser sur mon corps.
Cependant l'excès de la terreur me rendit des forces.
Je m'avançai jusqu'au milieu de la *soba*, appelant
ma mère et ma femme à grands cris.... Un second
gémissement me répondit encore.... Plus de doute :
c'était ma mère elle-même !... M'élancer vers la
cheminée, fouiller les cendres avec mon poignard,
en faire jaillir quelques étincelles et bientôt assez
de flamme pour allumer une lampe qui se trouvait
à la portée de ma main.... comment fis-je tout cela?
je ne pourrais le dire; mais les premiers rayons
de la lumière ne furent pas plus prompts que mes
yeux.... J'aperçus alors ma mère accroupie dans un
coin de l'âtre, la tête enveloppée de son voile et
tombant sur ses genoux. Je me précipitai vers elle,
la soulevai dans mes bras ; elle me repoussa en gé-
missant. J'écartai le voile qui lui couvrait la bouche ;
il était souillé de sang. Je cherchais sa blessure d'une
main tremblante ; mais avant que je l'eusse inter-
rogée, son regard m'avait tout fait comprendre....
Un crime sans nom avait été consommé par les
Turcs, et il était irréparable; ma mère était muette!
Les barbares, pour l'empêcher de les accuser et de
se plaindre, lui avaient coupé la langue. Fou de douleur et d'épouvante, je saisis la lampe pour m'élancer dans la chambre voisine, en appelant Maritza à
grands cris.... Ma mère avait eu la force de se traîner à genoux devant la porte. Ne pouvant parler,

elle élevait ses deux mains au ciel comme pour le prendre à témoin de l'horrible vérité.... Mais, en ce moment, le bras de Dieu même n'aurait pu m'arrêter. Je me précipitai dans la chambre en renversant ce faible obstacle.... Aussi vrai que Christ est ressuscité! elle était là.... je la vis.... Maritza, ma fiancée, mon épouse, la lumière de mes yeux, la moitié de ma vie.... Maritza était là.... étendue sur son lit de noces.... son lit de douleur.... sanglante, mutilée, déshonorée, en proie au délire du corps et de l'âme.... je la vis.... et mon cœur mourut dans mes entrailles. A la place de celle que j'aimais, mes yeux ne retrouvaient plus qu'un visage défiguré, une chair souillée, un être privé de raison.... Maritza était muette!... elle était folle!... Les paroles me manquent, étrangers, pour vous faire sentir ce que jamais peut-être aucun autre homme que moi n'a souffert.... J'ai eu la force de vivre, mais c'est pour que la vengeance égalât le crime. Vous avez vu cette innocente victime de l'infamie et de la férocité des Turcs, qui a reçu mon serment à l'autel et que je n'ose pourtant ni ne puis même appeler ma femme; car notre union a été empoisonnée dans ses racines et n'a porté qu'un fruit de malédiction. L'infortunée ignore son malheur et le mien ; mais j'ai su faire parler une autre bouche muette ; ma mère m'a tout appris. Après le départ du convoi que je conduisais à Silistrie, N.... pacha fit fouiller, par ses *tchaouchs*,

toutes les maisons du village, ils saisirent Maritza
au moment où ses parents la faisaient remonter en
talcka pour la ramener à Rasgrad, et la conduisirent
dans ma maison. Ma mère eut le courage de l'y
suivre. Le pacha avait fait prendre les devants à son
escorte, ne gardant autour de lui que quelques serviteurs esclaves de ses volontés. Ni lui ni ses complices n'avaient à craindre de résistance. Il n'y avait
plus, dans le village, que des femmes désolées et
des enfants effrayés. Il employa tour à tour les supplications et les menaces, pour l'engager à rompre
son mariage avec moi en se faisant musulmane, lui
promettant la première place dans son harem. Rien
ne put ébranler la courageuse jeune fille dans sa
foi ni dans son amour. Emporté par la brutalité de
ses désirs, l'infâme eut alors recours à la violence.
Les deux victimes essayèrent vainement de lutter
contre leurs bourreaux ; elles furent garrottées et
réduites, par l'ordre du pacha lui-même, à un silence éternel : on leur coupa la langue. Enfin, ce
que vous, chrétiens, vous vous refuseriez à croire
si vous n'en aviez vu la marque accusatrice, il eut
la férocité de se venger de la résistance de Maritza
en ajoutant à tous ses forfaits un dernier crime.
Enfonçant son doigt maudit dans un de ces yeux
maîtres de tous les cœurs, il l'arracha de son orbite. Voilà, étrangers, ce que les mains et le regard
de ma mère m'ont raconté, et ce qui n'a jamais été

dit tout haut par aucune autre langue que la mienne;
voilà le secret de ma vengeance. Le temps a guéri les
deux malheureuses femmes de leurs blessures, mais
celle que je porte au fond de mon cœur est incurable.

Depuis ce jour fatal, je cessai de vivre avec mes
semblables. Comme l'homme frappé de l'*oureschi*
(mauvais œil), je n'avais plus que le malheur à leur
communiquer. Toujours à cheval, toujours errant
dans les lieux les plus déserts, je fuyais leur société,
ou plutôt je me fuyais moi-même. La vie était devenue pour moi un fardeau insupportable, et pourtant je ne pouvais m'en débarrasser; je n'étais plus
le maître de ma destinée. J'avais du sang à racheter,
mais à quel prix? C'était ce que je n'osais décider
encore, de peur de trop faire pour la justice et de
ne point faire assez pour ma vengeance. Il fallut
qu'une dernière infortune, une dernière injure vînt
combler la mesure de mes malheurs. Au bout de
quelques mois, je connus que Maritza portait, sans
le savoir, dans son sein, un fruit d'iniquité, et
qu'elle allait devenir mère. Je fis alors un vœu auquel je n'ose songer moi-même sans frémir. —
— Écoutez, étrangers!... Je jurai sur le pain et le
sel, sur la croix du Christ et le poignard, sur les os
de mon père, sur l'honneur de ma race, sur mon
salut éternel, que le crime des Osmanlis serait payé
au centuple, et je fis attester mon serment devant
toutes les puissances du ciel et de l'enfer. Mon âme

est liée par ce vœu terrible, et ma main est dévouée
jusqu'au jour où il sera accompli. — Ce n'est pas
tout encore. Je jurai que le doigt du témoignage
(l'index), pour s'être rendu coupable de violence sur
les yeux de la victime, porterait cent fois témoignage de ma vengeance au col du rejeton maudit
qui est sorti de ses entrailles, — et ce vœu sera accompli comme le premier. »

En cet endroit, Jantzo interrompit une seconde
fois son récit et sembla se recueillir pendant que
ses yeux perçants interrogeaient ses hôtes avec une
visible inquiétude.

« Étrangers, reprit-il au bout d'un moment de silence, quand cet arrêt eut été écrit sur le front de
mes ennemis d'une manière irrévocable, je partis
pour Choumla, où se rassemblaient déjà à cette
époque des soldats de tous les pays. J'achetai au
poids de l'or les meilleures armes que je pus trouver
dans les bazars ou à la ceinture des chefs venus du
Kurdistan. Un officier madjar au service de la Turquie me vendit ses pistolets à six balles, en m'en-
seignant la manière de fabriquer moi-même leurs
cartouches. Un *némets* allemand échangea sa carabine contre mon étalon turcoman. De là je me rendis
à mon *tchiftlik* du *Kara-lom*, où je choisis, parmi
vingt poulains en âge d'être domptés, un jeune étalon de la race de Plewien, que je passai trois mois
à manier et à dresser à toutes mes volontés. C'est

le cheval que vous voyez d'ici attaché dans l'*ograd*.
Il a les jarrets du chevreuil, les flancs du loup et
les reins du büffle. Armé et monté comme je le suis,
je puis défier tous les cavaliers osmanlis de prévenir
mon attaque ou de me gagner de vitesse. C'était à
Silistrie que ma vengeance devait frapper ses premiers coups. N....-pacha — que son âme soit maudite à jamais! — y occupait alors dans la garni-
son un grade élevé. C'était quelque temps avant
l'arrivée des Russes sur le Danube. On voyait dans
la ville une foule d'officiers étrangers qui faisaient
travailler aux fortifications, sous les ordres du gou-
verneur Moussa-pacha. Je me logeai dans un khan
bulgare, près de la porte de Stamboul. N....-pacha
y passait souvent à cheval avec d'autres officiers
d'état-major, pour aller visiter le bastion qu'on ter-
minait en ce moment. Un soir, je me munis de mes
armes, et, enveloppé de ma pelisse, je me mêlai
aux derniers rangs de l'escorte, parmi d'autres cavaliers étrangers. Arrivés au pied du *stamboul-
tabia*, les officiers osmanlis s'amusèrent, selon leur
coutume, à faire courir leurs chevaux sur le glacis.
Celui de N....-pacha, qui était un turcoman, ne tarda
pas à prendre les devants. Je profitai de ce désordre
pour pousser peu à peu le mien sur ses traces. Quand
je ne fus plus qu'à une centaine de pas de lui, je
pressai les flancs de mon brave étalon, en lui jetant
la bride sur le cou. Habitué à m'obéir au moindre

signe, il passa à côté du pacha en le rasant comme
un tourbillon, pendant que j'enlevais celui-ci de dessus sa selle, et le jetais en travers sur l'arçon de la
mienne, les reins ployés en deux, la tête et les jambes pendantes. Je lui fis alors sentir mes éperons.
Malgré son double fardeau, il bondit en avant comme
un loup relancé par les limiers, et, tournant l'angle
du bastion, en quelques minutes il m'eut mis hors
de la vue et des atteintes de ceux qui me poursuivaient. Je dirigeai sa course du côté du Danube.
Arrivé, à la nuit tombante, dans un endroit désert
et propre à l'accomplissement de mon dessein, je
laissai tomber de la selle le corps de mon ennemi,
qui roula sur la terre privé de sentiment. J'y sautai
après lui et lui garottai solidement les membres
avec une corde dont j'étais muni. Son évanouisse-
ment dura longtemps. Cependant la fraîcheur du
soir le fit peu à peu revenir à lui. Après m'avoir
considéré un moment, il me reconnut et resta pâle
et muet d'effroi, l'âme brisée comme le corps, devant l'arrêt de mort qu'il lisait dans mes yeux.

« N....-pacha, lui dis-je, souviens-toi de Srebrnia;
rappelle-toi Jantzo le tchorbadgi, celui dont tu as
violé l'hospitalité par un crime, déshonoré la maison, souillé et ensanglanté le lit nuptial.... Eh bien!
c'est moi qui suis cet homme; c'est moi, pauvre
raya bulgare, qui pèse maintenant ta vie dans mes
mains; c'est moi qui suis le maître de te juger et de

te punir. Si ton Dieu était le mien, tu mériterais
mille morts pour le mal que tu m'as fait; mais tu
n'es qu'un païen sans foi, sans conscience et sans
remords. Ton âme est condamnée d'avance. Le seul
châtiment digne de toi, c'est de livrer ton corps en
pâture aux loups et aux vautours.

— Chien d'infidèle, me dit l'orgueilleux Osmanli,
si tu m'accordes *l'aman*, je sèmerai ton champ de
piastres et j'élèverai le *tchati* (pignon) de ta maison
au-dessus de celui de tous les rayas bulgares. J'a-
dopterai l'enfant de la chrétienne. Si c'est un fils,
j'en ferai un émir et il deviendra pacha comme moi;
si c'est une fille, j'en ornerai le harem du *padichah*.
Tu seras riche et redouté comme l'un de nous. L'or
et la puissance effacent toutes les taches. J'ai péché
contre la loi du Prophète, mais la fille était belle et
armée contre moi de tout ce qui peut perdre les
âmes. Délie-moi donc et laisse-moi aller. Je tiendrai mes promesses. J'en jure par la sainte Kaaba
et le tombeau du Prophète. — Mais s'il te faut ma
vie, hâte-toi de la prendre; nous sommes à Allah
et nous retournerons à lui.

— Va donc dans les enfers rejoindre ton faux
Dieu, m'écriai-je en lui plongeant trois fois mon
khandjar dans la gorge, et maudite soit comme lui
toute ta race impie et perverse! »

Son sang rougit le sable; mais ce n'était-là que la
première goutte du torrent qui doit laver mon in-

jure. Après lui avoir coupé le doigt de la main droite, je laissai son cadavre sans sépulture à l'endroit où il était tombé, et je remontai à cheval pour aller chercher d'autres victimes.

Voilà pourquoi, étrangers, l'on m'appelle aujourd'hui Jantzo l'Haydouk. Depuis ce jour, en effet, mes armes ont été ma seule loi, et ma main n'a pas cessé de faire justice! De Widdin à Choumla, et de Choumla à Silistrie, mon nom fait pâlir les Osmanlis comme un arrêt de mort. Ils se sentent menacés partout par un ennemi invisible dont rien ne peut prévenir les coups. Ni la force ni la ruse n'ont de succès contre moi ; car mes armes sont sûres, mon bras redoutable, mon coup d'œil infaillible, et mon cheval sans pareil dans toute la Turquie. Enfant du pays, il n'est pas une maison, un rocher, un arbre, un buisson dont je ne sache me faire, selon le besoin, une embuscade ou un refuge. Pendant que mes ennemis passent le temps à leurs plaisirs ou à leurs affaires, moi je veille toujours. Ils perdent l'occasion ; moi je sais la chercher et l'attendre. — J'en ai frappé plus d'un que mon poignard a fait passer, sans douleur, du sommeil à la mort. D'autres ont été foudroyés par mes balles en plein soleil et au milieu de leurs soldats.... Chaque jour grossit d'une mort de plus le compte de ma vengeance.... puisse cette dette s'éteindre bientôt dans le sang de ma dernière victime !

En achevant brusquement son récit, Jantzo s'était
accoudé sur la table, la tête dans ses mains comme
affaissé par le fardeau de l'horrible tâche qui pe-
sait sur sa conscience. Dans cette posture, avec sa
crinière de cheveux noirs tombant en désordre sur
ses épaules, et ses paupières à demi closes à l'ombre
d'épais sourcils, il ressemblait au lion repu de car-
nage qui se repose en attendant une nouvelle proie.
Le colonel, l'esprit encore occupé de ce qu'il venait
d'entendre, l'examinait avec le regard froid et pénétrant de l'homme supérieur dont rien ne saurait
troubler le jugement. Pour moi, livré à des émotions diverses, je m'étais laissé, tour à tour, subju-
guer, pendant ce récit, par l'intérêt, la pitié, le dégoût, l'étonnement, la curiosité, l'horreur.... aussi
fus-je le premier à rompre le silence.

« Toi qui te vantes d'être chrétien, dis-je à Jantzo,
comment ignores-tu qu'on ne peut se venger d'un
crime par un autre crime? Ton vœu est abominable; au lieu de t'excuser, il te condamne. En
donnant la mort au vrai coupable, ne t'étais-tu pas
assez rendu justice? Pourquoi sacrifier à ton ressentiment tant de victimes innocentes? Car on nous
a dit, et toi-même tu l'avoues, qu'un grand nombre
de Turcs sont déjà tombés sous tes coups; mais
combien en as-tu tué? »

Les yeux du bandit étincelèrent d'un orgueil farouche. Cependant, comme s'il n'eût pas osé ouvrir

la bouche pour répondre à une telle question, sans quitter la table où il était accoudé, il se contenta de soulever la tête, et, par un geste muet et terrible, il étendit jusqu'à trois fois, vers nous, ses mains ouvertes, puis une seule, nous indiquant ainsi, d'une façon assez claire, le nombre de ses victimes.

« Trente-cinq ! » m'écriai-je avec autant de surprise que d'horreur.

Jantzo fit signe que oui.

« Misérable ! repris-je avec indignation. Et tu oses te vanter de tant de meurtres commis sur tes semblables, sur des hommes qui ne t'ont rien fait.... et tu t'arroges le droit de les dévouer ainsi à ton exécrable vengeance, sans qu'il s'en trouve un seul pour te punir ?

— Vous avez voulu savoir mon histoire, étrangers, répondit Jantzo avec une sombre énergie, et je vous l'ai contée. Vous avez sondé mon cœur, et j'ai étalé à nu devant vous ses plaies saignantes. Je vous ai supplié de ne pas me juger sans m'entendre; et maintenant ne m'interrogez pas davantage. Ce qui est écrit est écrit. Mon vœu est un lourd fardeau pour ma conscience, je le sais; mais, devant le tribunal de Dieu, le crime des Turcs ferait pencher la balance. Ma main restera donc sur eux tant qu'elle n'en aura pas reçu le prix du sang jusqu'à la dernière goutte.

— Ce n'était pas à toi à le fixer, dit sévèrement le

colonel, mais à la justice de ton pays, qui a seule le droit de punir les coupables selon la loi.

— La justice! répondit Jantzo avec amertume, elle n'existe pas en Turquie. A qui la demanderais-je? et de qui pourrais-je l'obtenir? La loi, nous n'en avons pas d'autre que celle de leur faux prophète. C'est une arme à deux tranchants, redoutable dans la main des puissants, mais que les faibles ne peuvent manier sans se blesser. Porterai-je ma plainte devant le *mehkemet* du pacha? Il n'a jamais fait droit aux demandes des chrétiens que sur le témoignage des musulmans. M'adresserai-je au tribunal du *médjlis?* J'y serais dupe, comme tant d'autres, du pacte d'iniquité conclu contre les rayas entre la rapacité des *ulemas* et l'avarice des *vladiques* (évêques) grecs. Élèverai-je la voix jusqu'au *padichah* de Stamboul? Comment me faire entendre de cette idole sourde et aveugle, moi qui ne suis qu'un pauvre raya bulgare? Aucun drapeau étranger ne me couvre de son ombre; les paroles d'aucun consul ne perceront pour moi les murs du Divan. Contre les Osmanlis, je n'ai donc d'autre juge que moi-même, d'autre témoin que le sang de leurs victimes, d'autres arrêts de mort que ceux qui sortent de mon fusil. Vous qui êtes des hommes de guerre, pleins de droiture, d'honneur et de courage, daignez répondre un seul mot à Jantzo l'Haydouk. Qu'auriez-vous fait à ma place? »

Le colonel ouvrait la bouche pour répondre, et je
ne doute point qu'il n'eût tranché fort résolûment
ce cas de conscience avec une franchise toute militaire, si l'arrivée d'un hôte inattendu ne fût venue
faire une bruyante diversion à cet entretien. Ce
nouveau venu avait le costume albanais. C'était un
homme de haute stature, d'une taille maigre et
élancée, mais dont les membres musculeux annonçaient la force et l'agilité. Sa figure, d'une beauté
mâle et accentuée, quoiqu'elle respirât, en ce moment, l'insouciance et la bonne humeur, avait en
même temps un air de forfanterie encore plus choquant que l'orgueil compassé des Osmanlis. Il avait
le regard hautain et provocateur, le rire farouche,
la parole brève et gutturale. Il portait avec aisance,
mais d'une façon un peu théâtrale, son élégant costume arnaute, composé d'un *presslouk*, veste à manches pendantes, de drap blanc brodé de soie verte,
d'une veste de dessous en soie jaune, ornée de
boutons d'argent, d'un fez de forme conique, négli-
gemment posé sur son abondante chevelure noire,
de guêtres en drap écarlate et d'un *phistan*, jupon
de toile blanche à mille plis, retenu autour de ses
hanches par une ceinture de soie rouge, chargée
d'armes de toute espèce. Ce fastueux personnage
tenait en outre à la main un fusil de cinq pieds et
demi de long, à la crosse de nacre et orné de dix
capucines en argent, sur lequel il s'appuyait avec

une nonchalance sauvage, en faisant ondoyer à chaque pas, autour de ses jambes sèches et nerveuses, les amples plis de sa foustanelle.

« Par le pain et le sel! s'écria-t-il en s'avançant cavalièrement vers nous sans nous saluer, on fait donc joyeuse chère dans la tanière du loup, pendant que les chiens de garde meurent de faim. Qui êtes-vous, étrangers? ajouta-t-il en nous toisant d'un regard insolent. D'où venez-vous? que faites-vous ici?

— Dis-nous d'abord toi-même qui tu es et qui t'a donné la hardiesse d'entrer ici sans notre permission? répondis-je, ayant grand'peine à garder mon sang-froid, si tu ne veux voir châtier sur-le-champ ton impudence.

— Machallah! dit-il en éclatant de rire, il faut que vous soyez des Français pour parler ainsi.... Oui, c'est cela, vous êtes des officiers français venant du camp d'Omer-pacha. Il ne faut pas que des braves se querellent, si ce n'est pour le prix du sang. Les Français et les Arnautes sont frères et ont toujours été unis comme les cinq doigts de cette main : moi, je suis le *derbend agassi* (commandant du défilé) de Mostar. Mon nom est *Pitzelio-Phrassari*, de la tribu de *Kara-pleisia*, et je n'en rougis ni devant mes amis ni devant mes ennemis. Il faut que vous sachiez que j'ai un *bouyourouldou* (mandat) du pacha de Silistrie pour prendre, mort ou vif, un homme de ce pays, un raya bulgare qui s'est fait haydouk, et qu'on nomme Jantzo. Mais, *trt-mrt*, je me moque de leur grimoire. Voilà le *qalem* avec lequel je signe . mes contrats, dit-il en frappant sur la crosse de son fusil. La tête de ce giaour vaut 10 000 piastres à Constantinople, et vous comprenez qu'il faut un chasseur comme moi pour un pareil gibier. On m'a montré sa maison, et j'y suis entré avec cinq de mes pandours; car on m'a dit que l'ours rôdait souvent autour de sa tanière. Ho! ho! quel est celui-ci? ajouta-t-il en avisant tout à coup, au fond de la *soba*, Jantzo immobile sur son siége comme une statue de pierre. Est-ce un homme de votre escorte? J'ai rencontré par le village quelques-uns de ces chacals affamés de l'Anatolie, qui rôdent partout pour déterrer un os à ronger; mais que la malédiction d'Allah soit sur moi, si celui-ci n'est pas un vrai porc de Bulgarie!

— Dis plutôt un sanglier, Phrassari-Aga, répondit froidement le bandit; c'est moi qui suis Jantzo l'Haydouk.

— Toi! s'écria le chef arnaute avec un rire bruyant semblable au cri d'un oiseau de proie. Ah! ah! ah! fou que je suis! j'aurais dû te reconnaître à tes défenses. *Apherim!* (bravo!) je ne m'attendais pas à te trouver en si bonne compagnie! Ah! ah! ah! Tu sais le compte que tu as à régler avec les Turcs; cela suffit; moi, je ne m'en soucie guère. Tu vaux pour moi 10 000 piastres, voilà tout. Ainsi, *Djanem!* (mon Ame!) tu es trop précieux pour que je te perde de vue. N'essaye pas de résister; mes hommes sont à la porte. D'ailleurs, si tu faisais la mauvaise tête, nous serions obligés de te la couper.... et elle n'en vaudrait pas, pour cela, une piastre de moins. Ah! ah! ah! »

Pendant ce colloque, le colonel à qui la langue turque n'était pas très-familière, et qui n'avait compris qu'imparfaitement de quoi il était question, s'agitait vainement pour trouver une expression qui répondît à son courroux.

« Dites à ce grand coquin d'Albanais, s'écria-t-il enfin, que s'il ne décampe d'ici au plus vite, je lui fais rentrer ses fanfaronnades dans la gorge avec la moitié de sa langue impudente. Je ne suis pas un Olibrius de pacha turc pour tolérer en ma présence de pareilles algarades. »

A ma grande surprise, cette menace que je transmis à l'aga, sans en adoucir les termes, loin de l'émouvoir, ne fit que redoubler son hilarité.

« Ah! ah! ah! *Apherim! Apherim!* s'écria-t-il enfin, les Français aiment à rire comme les Arnautes. Qu'Allah confonde les Turcs et tous ceux qui leur ressemblent!

— *Hayde tchiq* (allons, hors d'ici), *aciladjag* (gibier de potence), lui répétai-je, commençant à m'échauffer à mon tour, il n'y a rien de commun entre

dès Français et toi. Le *miralaï* ne plaisante pas.
Si tu osais faire tomber un seul cheveu de la tête
de cet homme, je ne donnerai pas un *para* de la
tienne.

— Machallah! est-ce comme cela, dit l'aga en
brandissant son long fusil d'un air menaçant. Français, Turc ou diable, apprends que Pitzelio-Phrassari ne craint rien et ne reçoit d'ordre de personne.
Cet homme est à moi et celui qui oserait m'en disputer le prix pourrait bien commencer par me
payer de sa peau! Mais nous ne sommes pas de
vieilles femmes pour perdre le temps en paroles.
Allons, *djanem*, suis-moi comme le mouton suit le
berger, sinon j'envoie ton âme avec une balle dans
le paradis des giaours. »

En achevant ses mots, le chef arnaute porta la
main à sa bouche, et fit entendre un sifflement aigu
qui attira incontinent dans la chambre quatre ou
cinq hommes au regard féroce, entièrement vêtus
de toile blanche et armés jusqu'aux dents.

La situation pouvait devenir critique, et la mine
de ces nouveaux venus me parut si peu rassu-
rante que je regrettai involontairement l'éloigne-
ment momentané de nos cavaliers turcomans, dont
la présence aurait pu, du moins, nous servir de
sauvegarde. Mais le colonel, qui avait bravé plus
de vingt fois en Algérie le yataghan des Arabes,
n'était pas homme à s'effrayer de si peu, et le

danger semblait lui rendre toute sa présence d'esprit.

« Allons, mon cher L..., me dit-il avec beaucoup de sang-froid, montrons à ces coupe-jarrets que des officiers français savent se faire respecter partout. »

Puis, joignant l'action à la parole, il tira son sabre et se plaça résolûment en face des bandits, en leur montrant la porte d'un geste impératif.

J'avais armé, de mon côté, mes pistolets, bien déterminé à payer de ma personne pour soutenir l'honneur du nom français. Cependant, malgré la bravoure du colonel et son habileté consommée à manier les armes, cette espèce d'échauffourée ne se serait peut-être pas terminée à notre avantage si les suites n'en eussent été prévenues par le coup d'œil rapide et la présence d'esprit de Jantzo. Saisissant et armant de chaque main un de ses redoutables revolvers, il avait couché en joue le chef arnaute, avant que ce dernier pût se servir de son long fusil, en lui criant, d'un ton qui ne souffrait ni hésitation ni réplique :

« Bas les armes, ou tu es mort! Écoute, Phrassari-Aga, ajouta-t-il, ta vie ainsi que celle de tes compagnons sont maintenant entre mes mains comme la souris dans les griffes du chat; et quand même elles seraient doubles et que vous pussiez les risquer deux fois, j'ai dans ces pistolets douze balles qui

n'ont jamais trompé la mort. Si j'étais ton ennemi,
je t'aurais tué avant que l'air que tu respires eût le
temps d'arriver de ta poitrine à ta bouche ; mais je
me suis souvent assis au foyer des klephtes de la
montagne, et j'ai juré amitié avec eux par le pain et
le sel. Entre moi et les Arnautes, il n'y a pas de
sang à racheter. Ce n'est donc pas moi qui chercherai à en verser la première goutte, mais au moindre
mouvement de ta part contre moi ou mes hôtes,
sache bien qu'il y va de ta tête ; et celle-là, toutes
les piastres du Sultan ne te la payéraient pas. Retire-toi donc sans bruit si tu ne veux donner à penser à ces nobles étrangers que ton esprit est trop
court et ta langue trop longue. D'ailleurs, fussiez-
vous cent à vous disputer le prix promis par les
Osmanlis, ni toi ni tes pandours ne pourrez jamais
vous vanter d'avoir mis la main sur Jantzo l'Haydouk. »

Il serait malaisé de rendre l'effet produit sur les
assistants par cette espèce d'allocution prononcée
pendant une suspension d'armes à la façon des héros d'Homère. Le farouche aga, comme fasciné par
la gueule des deux redoutables revolvers braqués
contre lui, tout en conservant encore un air menaçant, semblait néanmoins disposé à céder aux conseils de la prudence ; tandis que ses compagnons
se communiquaient, à voix basse, leurs conjectures sur le merveilleux mécanisme d'une arme se

rechargeant d'elle-même. Le colonel, un peu dé-
sappointé, ne savait trop s'il devait se fâcher ou remettre tranquillement son sabre dans le fourreau ;
et moi, prévoyant, non sans plaisir, l'issue pacifique
de cette algarade, je regardais alternativement les
assaillants plutôt pour satisfaire ma curiosité que
mon humeur martiale. En sorte que, malgré la gravité des circonstances, je ne pus m'empêcher de
sourire en comparant, à part moi, notre attitude à
celle de héros de théâtre attendant, le bras levé et
la bouche ouverte, la fin d'un récit de tragédie.
Mais, dans cette conjoncture, le dénoûment fut brus-
qué, très à propos, par l'apparition d'un nouveau
personnage qui s'élança dans la salle et tomba au
milieu de nous comme une bombe. Celui qui jouait
ainsi, sans s'en douter, le rôle du *Deus ex machina*,
n'était autre que notre brave cuisinier Thomas,
dans toute la splendeur de ses fonctions, c'est-à-
dire ceint, sous les aisselles, d'un torchon sale par-
dessus sa blouse de corvée, les manches retroussées
jusqu'aux épaules, son *séroual* de toile battant ses
jambes nues, et la main armée d'un couteau de
cuisine encore dégouttant du sang de ses victimes.
Pour comprendre l'effet produit sur nos adversaires
par cet auxiliaire inattendu, il faut avoir vu, comme
moi, notre fidèle zouave dans le costume indescrip-
tible dont je parle, avec ses membres ramassés et
musculeux comme ceux de l'hercule Farnèse, sa fi-

gure *socratique* hérissée d'une barbe rousse s'éta-
lant sur un col de taureau, son petit œil gris, froid
et tranchant comme l'acier, son crâne chauve et
bombé, à peine coiffé du *tarbouch* d'ordonnance re-
tombant sur sa nuque; il faut surtout l'avoir vu devant l'ennemi, étonnant les plus braves par des
prodiges d'audace et de témérité, sans rien perdre
de sa gravité stoïque ni de son inébranlable sang-
froid, pour bien juger les impressions diverses
que sa présence inopinée produisit parmi nous.
L'aga recula d'un pas en l'apercevant, et son
visage exprima la plus vive surprise. Le colonel lui
sourit amicalement. Les bandits arnautes se rangèrent prudemment contre la muraille, et Jantzo
lui-même, cessant de coucher en joue son adver-
saire, sembla examiner le nouveau venu avec une
certaine curiosité. Du reste, il n'était pas seul : la
figure bronzée de Mohammed, le turco qui me servait de *brosseur*, parut presque aussitôt sur la porte
à quelques pas derrière lui, et par-dessus l'épaule
de ce dernier j'aperçus quelques-uns de nos bachi-
bozouqs jeter, en passant, dans la *soba* un coup d'œil
curieux et farouche.

« Enfin! je vous retrouve, mon colonel, dit brusquement le vieux soldat d'une voix enrouée par la
poudre et le rogomme, et monsieur l'interprète
aussi, Dieu merci ; mais *créchien*, ce n'est pas sans
peine. Voilà plus d'une heure que le dîner est prêt.

S'il est froid, ce ne sera pas de ma faute. Le commandant a perdu la tête; et moi, voyant cela, de me mettre sur votre piste et de vous demander à ces gredins de bachi-bozouqs, que j'ai rencontrés *chapardant* dans le village; mais ces *bédouins* de Turcs sont si *gonces* qu'ils ne comprennent rien à la langue *sabir*. Que le diable les emporte avec leur éternel *bilmem* (je ne sais pas)! Enfin, ce vieux pain d'épice qu'ils appellent leur *tchaouch*, m'a conduit dans cette *cassine*. Mais.... *excusez*, on se *bûche* donc ici pendant que je n'y suis pas. *De quoi?* des pistolets, des sabres, et tout le *tremblement*. C'est-y pas ces grands coquins en jupons qui font le *boucan?* Ah bien! merci! et devant des officiers français! en voilà de la *fantasia!* Rengainez votre sabre, mon colonel, et laissez-moi faire. *Je vas* leur donner une *danse, moi et Mohammed*. En avant les *chacals* et les turcos! »

Et joignant l'exemple à l'injonction, Thomas saisit le chef arnaute par sa large ceinture, tandis que Mohammed sautait comme un chat sauvage à la gorge d'un des *pandours*.

Malgré sa stature athlétique, l'aga Phrassari dut se sentir tordu et secoué par le bras irrésistible du Français, comme s'il eût été pris dans l'engrenage d'une machine. Son corps, ébranlé dans toute sa hauteur, chancela deux ou trois fois, pirouetta sur ses jambes en décrivant un demi-cercle, et alla mesu-

rer la terre à grand bruit à quelques pas de là. Il
se releva néanmoins avec agilité, et je m'attendais
à lui voir faire usage de ses armes ; mais le rusé Albanais avait déjà calculé, d'un coup d'œil, la me-.
sure de nos forces. Au lieu de prendre sa chute au
tragique, il poussa un éclat de rire discordant qui
annonçait, à la vérité, plus de dépit que de bonne
humeur.

« *Bono Fransous!* dit-il en rajustant autour de
ses hanches les plis de sa foustanelle. Entre amis
point de rancune. Franc jeu, et celui qui a perdu
paye en attendant sa revanche. Le cœur haut, la
langue prompte, le bras vigoureux, voilà comme
nous sommes, nous autres Arnautes. Avec un bon
fusil dans la main, au diable soient les lois et ceux
qui s'en soucient ! Ah ! ah ! ah !

— Que dit-il ? me demanda Thomas d'un air nar-
quois. Le farceur paraît content de la leçon. *Mâtin!*
ajouta-t-il en apercevant tout à coup au fond de la
soba la sombre figure de Jantzo, voici un gaillard
armé comme un *blockhaus*, et qui m'a bien la mine
d'être le chef de la bande. Faut-il *l'empoigner*, mon
colonel? »

L'honnête zouave, comme la plupart de ses pareils, avait si bien pris en Afrique l'habitude d'agir
sans attendre le commandement, qu'il avait déjà
mis sa large main sur l'épaule de Jantzo avant que
le colonel eût eu le temps d'ouvrir la bouche ou de

faire un geste pour empêcher cette nouvelle voie de fait. L'issue de la lutte n'eût peut-être pas cette fois couronné sa témérité; car le bandit bulgare, avec une force au moins égale à la sienne, avait en outre l'avantage de ses armes redoutables; mais dans la carrière périlleuse où il jouait à chaque instant sa vie, cet homme avait pris un tel empire sur lui-même que, loin de faire le moindre mouvement pour prévenir cette agression, il ne parut pas même s'apercevoir qu'il en était l'objet, et se contenta de fixer ses yeux perçants sur ceux du colonel. Celui-ci comprit sur-le-champ le danger qu'aurait pu courir son fidèle soldat, s'il n'eût été là pour mettre fin, par son intervention, à une plus longue méprise.

« Arrête, Thomas ! s'écrie-t-il sévèrement. Que le diable emporte les zouaves et leur furie française ! Ne saurais-tu attendre les ordres de tes officiers, vieux lascar ? Laisse cet homme en paix. Nous sommes ses hôtes, et sans lui ces coupe-jarrets albanais nous faisaient peut-être passer un mauvais quart d'heure....

— Suffit, mon colonel, dit Thomas un peu confus.... Si j'avais su que celui-là était un honnête homme !... Mais, *faut dire* qu'ils ne payent pas de mine dans ce damné pays. »

Le colonel sourit.

« Allons, dit-il, il est temps d'en finir avec cette

canaille. Retire-toi, ajouta-t-il en s'adressant au chef arnaute, et apprends, une autre fois, à respecter les Français, quand il s'en trouvera sur ton chemin.

— Français et Arnautes, s'écria impudemment Pitzelio-Phrassari en gagnant la porte, ont été toujours unis comme la lame et le fourreau. Ils ne se doivent rien et n'ont rien à se demander. *Haydeny* (allons)! patience, *mes petites âmes!* un jour ou l'autre nous retrouverons le loup à la porte de la bergerie.

— Étrangers! dit Jantzo en se levant brusquement, voici le moment de nous séparer. Le monde est grand, et nous n'y suivons pas la même route. Je ne vous reverrai donc plus, et vous n'entendrez plus parler de moi; mais je n'oublierai jamais l'honneur que vous avez fait à ma pauvre maison. Je ne suis qu'un paysan bulgare, et vous êtes des officiers français. Cependant, en partageant avec moi le pain et le sel, vos yeux ont rencontré les miens; mon cœur a fait tressaillir le vôtre.... Nos mains seules ne peuvent se toucher.... Mais quand le temps sera venu de venger mon pays de l'iniquité des Turcs, de retour en France, ou sur les bords du Danube, souvenez-vous de Jantzo l'Haydouk, *Bog da Blagowosti* (Dieu vous bénisse)! »

En nous adressant ce dernier adieu, Jantzo recula

d'un pas, poussa vivement la petite porte placée derrière lui, et disparut sans bruit, comme il était entré.

Les pandours arnautes, peu soucieux d'avoir de nouveaux démêlés avec nos deux braves soldats d'Afrique, nous avaient prudemment précédés hors de la maison. De leur côté, nos bachi-bozouqs, joyeux de la mésaventure des *Arnaout*, dont tous les musulmans de l'empire turc détestent la jactance autant qu'ils redoutent leur audace et leur férocité, s'étaient de nouveau dispersés dans le village. Nous ne retrouvâmes en sortant, sous le *kosch* (hangar), que la malheureuse femme de Jantzo, toujours assise dans la posture où nous l'avions laissée, et berçant sur ses genoux son enfant, le seul objet qui semblât la rattacher à une existence dont son esprit était absent. Après avoir servi de théâtre aux scènes les plus bruyantes, la maison du bandit était redevenue silencieuse et déserte. Ce fut vainement que le colonel chercha des yeux le superbe animal dont la vue nous avait frappés en entrant; il avait disparu comme son maître. Mais à peine avions-nous franchi l'enceinte de la palissade, que nous vîmes la vieille femme sortir par la petite porte de l'*ograd*, menant par la bride le cheval de son fils; et, presque au même instant, Jantzo parut. Il jeta autour de lui un regard rapide et sauta en selle sans se servir de l'étrier. L'étalon alezan n'eut pas plu-

tôt senti le poids de son cavalier qu'il fit feu des
quatre pieds sur le sol rocailleux du village et
partit avec la vitesse d'un démon chassé par un
exorcisme.

De retour au campement, nous trouvâmes la mar-
mite renversée. Le commandant, lassé de nous attendre, était allé dans les environs se distraire à
essayer un fusil de chasse, nouveau chef-d'œuvre de
Devismes. Pendant qu'il trompait son appétit en
tirant sa poudre aux corneilles, une bande de ces
chiens errants qui sont la peste des villages turcs,
flairant de loin le fumet de notre cuisine en plein
vent, s'était ruée sur les casseroles où mijotait notre
dîner, et, avec la voracité d'une faim vraiment *ca-
nine*, avaient tout emporté, sauf le biscuit, sur
lequel ils s'étaient contentés seulement d'essayer
leurs dents. Le brosseur du commandant, honnête
Berrichon, chargé de la surveillance des fourneaux
en l'absence du chef de cuisine, dormait paisiblement
sous sa petite tente-abri, pendant cette invasion de
harpies, et ne s'était réveillé qu'au moment où tout
était consommé. Les chiens turcs n'aboient pas,
mais ils mordent comme des loups, et le pauvre garçon avait eu fort à faire à se garantir lui-même du
sort d'Actéon. Dépeindre le désespoir du commandant à son retour serait une entreprise au-dessus de
mes forces. La nuit vint heureusement mettre un
terme à ses doléances, ainsi qu'aux commentaires

soldatesques de Thomas et de son camarade Mohammed sur les aventures de la journée.

Le lendemain, au retour de l'aube, après avoir
levé nos tentes et plié bagage, nous remontions à
cheval, abandonnant Srebrnia pour reprendre notre
route vers Silistrie.

HADGI MOUSTAPHA

HISTOIRE D'UN DERVICHE TOURNEUR

HADGI MOUSTAPHA.

I

Pendant le séjour de l'armée française à Gallipoli, j'avais souvent *de planton*, auprès de moi, comme soldat d'ordonnance, un *qawass* du consulat français, provisoirement attaché au service de la *place*. Cet homme s'appelait Aali-Murko, et les cabaretiers ainsi que les matelots grecs du port lui donnaient par dérision le nom de Murko-Aga. Quoique d'origine musulmane, c'était en effet un de ces Turcs comme on en rencontre beaucoup dans la police et dans l'armée, qui n'ont des Osmanlis que le costume, mais dont les mœurs et le langage font hausser les épaules aux vrais croyants. Fils d'un riche mamelouk bosniaque, établi en Nubie, il s'était ruiné de bonne heure par le jeu et la débauche, avait

déserté le camp égyptien après la bataille de Nézib
pour se soustraire à la peine capitale due à quelque
méfait et s'était enrôlé dans l'armée turque où il
avait fait plusieurs campagnes sous les drapeaux
d'Omer-pacha, tantôt contre les Kurdes, tantôt
contre les Albanais, souvent même contre ses propres compatriotes de Bosnie. Sa qualité de soldat
émérite lui avait enfin valu le modeste emploi de
qawass (gendarme turc), dont il s'acquittait avec assez
de zèle, quoique avec une indiscipline qui ne serait
point tolérée ailleurs qu'en Turquie. Agé d'environ
cinquante ans, Aali-Murko était encore un fort bel
homme, ayant quelques-unes des qualités et presque tous les défauts de sa race : fanfaron, bruyant,
grossier, querelleur, insolent, paresseux, bavard,
intempérant, avec la main aussi prompte que la langue ; au demeurant bon compagnon, brave, dévoué,
officieux, beaucoup moins fanatique et beaucoup
plus intelligent que la plupart de ses pareils ; on ne
pouvait en ce moment trouver un agent plus propre à servir et à faire tolérer à la fois par tout le
monde l'alliance presque incompatible des deux au-
torités européenne et musulmane. Aali-Murko,
comme la plupart des Turcs d'origine slave, avait
d'ailleurs un faible pour nos soldats, dont il parta-
geait volontiers tous les plaisirs. Sans respect pour
la loi du prophète et sans autre trucheman que les
goûts communs dérivant de la loi de nature, il n'é-

tait pas rare de le voir s'accoster en passant sur le port de quelqu'un de ses collègues à chevrons de la gendarmerie d'Afrique, ou de quelque vétéran barbu d'un régiment de zouaves, et aller s'ensevelir avec eux dans la cahute d'une tartane grecque pour y sabler à l'aise les vins de l'Archipel. Toujours plus qu'à moitié ivre, toujours en querelle avec les marchands, les arabadgis et les cabaretiers du port ; blasphémant indifféremment le nom d'Allah et celui d'*Aïo-Djordji* (saint Georges), le patron des Bosniaques ; faisant parade de son mahométisme devant les Turcs qui haussaient les épaules, et se targuant de son titre d'aga devant les rayas qui se contentaient prudemment d'en rire ; il imposait néanmoins aux uns et aux autres par son audace, sa force athlétique et surtout à cause de l'autorité de circonstance qui lui était en quelque sorte déléguée par la police de la place.

Un soir, revenant avec lui à pied de l'état-major général, au lieu de regagner la place par le plus court chemin, c'est-à-dire en descendant la ville jusqu'au port, j'avais longé la partie déserte qui s'étend au nord-est de Gallipoli, sur le revers des hauteurs où était campée, en ce moment, l'artillerie française. Arrivés en face d'un roidillon assez escarpé, formé en apparence par les décombres d'anciennes fortifications, que nous étions obligés de gravir pour rentrer dans la ville, j'invitai le qawass à reprendre haleine au pied d'un de ces petits monuments de pierre en forme de pyramide que les Turcs appellent *Sou-Terazou* (balance des eaux), et qui, aux temps de la splendeur byzantine, durent en effet servir de repère au régime des aqueducs. Une belle soirée de printemps — car on touchait à la fin d'avril — semblait m'inviter à prolonger encore ma promenade. Le soleil couchant, au moment de se plonger dans le golfe de Saros, illuminait les flèches des minarets, les mâts pavoisés des vaisseaux à l'ancre dans les Dardanelles et faisait étinceler les canons de bronze rangés en batterie sur la croupe des collines environnantes. Un calme vraiment oriental régnait autour de nous comme si la solennité de l'heure eût imposé silence aux rumeurs du port et aux bruits des campements disséminés çà et là dans la campagne. On n'entendait que le cri monotone des muezzins appelant les vrais croyants à la prière du soir et le claquettement des cigognes regagnant leurs nids. Pendant que je laissais errer mes yeux sur ce magnifique spectacle, sans que mon attention en fût distraite par aucun objet particulier, Aali-Murko, beaucoup moins sensible que moi aux harmonies de la nature, s'était accroupi au pied du *sou terazou* pour attendre plus commodément la fin de ma rêverie en fumant son tchibouq. Cependant, elle aurait peut-être duré trop longtemps à son gré, si un bruit de pas et les excla-

mations d'une voix forte, se faisant entendre tout
à coup de derrière les broussailles de caroubier qui
masquaient le tournant du sentier, ne fussent venus nous arracher l'un et l'autre à nos réflexions.
Nous vîmes presque aussitôt paraître un homme qui
se dirigeait comme nous vers la ville, conduisant un
âne devant lui. Au premier coup d'œil jeté sur le
nouveau venu, je reconnus en lui un *abdal* (moine)
turc, de la secte des *mewlevis* ou derviches tourneurs. Il était en effet coiffé du *kulah*, bonnet de
feutre blanc en forme de cône tronqué, particulier
au costume de cet ordre, revêtu d'un *khirqah*, espèce de froc de bure, et d'un lourd manteau de la
même étoffe, appelé *daq* en langue turque. A sa
ceinture était suspendu le *kalatchou*, tasse de cuir
qui est le seul ustensile des derviches en voyage et
l'emblème de leur vœu de pauvreté, quoiqu'il leur
serve beaucoup moins souvent de gobelet que de
sébille. C'était un homme de haute stature, aux
larges épaules un peu voûtées, mais à en juger par
sa voix et sa démarche, encore dans toute la force
de l'âge. Sous la misérable apparence de ses vêtements, presque en lambeaux et souillés de poussière,
ce moine conservait un air de noblesse et de dignité qui le distinguait, au premier abord, de la
plupart de ses confrères. Je présumais qu'il devait
appartenir au grand *Tékié* ou couvent de derviches
tourneurs, érigé à Gallipoli même par la munifi-

cence du sultán Abd-ul-Medjid ; quoique j'eusse déjà
assisté plusieurs fois aux exercices de ces ascètes
musulmans sans apercevoir parmi eux aucune figure aussi remarquable. Néanmoins, habitué que
j'étais à faire tous les jours de pareilles rencontres,
il n'aurait pas autrement attiré mon attention sans
une particularité bizarre, dont je fus choqué autant
que surpris. Je remarquai, en effet, qu'il tenait à la
main, au lieu de bâton, un long khandjar hors de
son fourreau, dont il se servait en guise d'aiguillon
pour harceler l'animal qui marchait devant lui,
portant son bagage. La pauvre bête, qui était, à ce
qu'il me sembla, une ânesse de la plus petite espèce,
pliait sous le faix de deux gros sacs de crin accrochés à droite et à gauche de son bât, et surmontés
d'un énorme monceau de loques sous lesquelles son
corps disparaissait tout entier à l'exception de ses
deux grandes oreilles pendantes et de sa croupe
avalée presque jusqu'à terre. Cette dernière partie
de son chétif individu portait d'ailleurs les marques
révoltantes de l'inhumanité de son conducteur. La
peau en était littéralement criblée et déchiquetée
par la pointe du poignard, n'offrant à sa surface
que cicatrices et plaies encore saignantes. Arrivée
au bas de la montée, l'ânesse s'arrêta court et refusa d'aller plus loin. Le derviche, qui venait de
passer à côté de nous, sans nous voir ou sans dai-
gner nous regarder, éleva de nouveau la voix pour

l'exciter par des menaces à faire ce dernier effort ; mais ce fut en vain qu'il joignit encore le geste à la parole ; la pauvre bête, à bout de forces, regimba cette fois sous son brutal aiguillon. Nous pûmes alors entendre distinctement les bizarres imprécations qu'il proférait contre elle dans sa colère :

« Va, maudite ! lui disait-il ; va, damnée sorcière ! excrément d'Iblis ! que toutes les vermines de l'enfer pondent leur engeance dans ton corps et n'en laissent plus que la carcasse. Puissent les *Djinns* faire un tambour de ta peau et les *ghoules* sucer tes os jusqu'à la moelle ! Quand Allah t'aurait donné une âme tu n'expierais jamais le mal que m'a fait ta race perverse. »

En achevant ces mots, le derviche frappa de nouveau l'ânesse de son khandjar, avec tant de violence, que la lame pénétra d'un pouce dans les chairs et que le sang jaillit de la blessure jusque sur ses vêtements.

Malgré ma condescendance pour les préjugés et les mœurs un peu rudes des Turcs, je fus indigné de cet acte de barbarie si contraire à leur bénignité habituelle envers les animaux et si peu conforme au caractère de celui qui venait de le commettre. Me tournant avec vivacité vers Aali-Murko, dont cette scène n'avait nullement troublé l'indolence épicurienne :

« Lève-toi, lui dis-je, et va demander, de ma

part, à ce derviche, pourquoi il maltraite si cruellement son âne. Dis-lui qu'il est indigne de son âge
et de sa profession d'agir ainsi à l'égard d'un animal sans raison, et que si sa conscience ne lui en
fait aucun reproche, je saurai bien trouver d'autres
moyens de l'en faire repentir. »

Le qawass était déjà debout; mais il me regardait
avec de grands yeux en recevant cette injonction,
comme s'il eût cherché à démêler le .sens d'une
énigme. Enfin, au bout d'un moment de réflexion,,
sa figure se dérida et ses longues moustaches s'é-
branlèrent pour livrer passage à un éclat de rire
silencieux.

« Qu'est-ce à dire? *iaramaz* (maraud), ajoutai-je
avec humeur. N'as-tu pas entendu ce que je te com-
mande? Est-ce à toi d'en rire ou bien de m'obéir?

— Machallah! dit humblement Aali-Murko, ne
te mets pas en colère, Terdjuman-bey. Tu sais que
j'ai répondu de toutes tes volontés sur ma tête et
sur mes yeux. *Que ton ennemi aille à Brousse.* Ce n'est
pas moi qui chercherai à te contredire. Mais tu ne
connais donc pas cet Abdal? C'est Hadgi Moustapha, le joyau de l'ordre des derviches, un *kalender*,
un saint homme vénéré ici par tous les vrais
croyants à l'égal des quatre Imams.

— Un saint homme doit donner l'exemple de la
douceur, répondis-je, et ne pas frapper ainsi par
caprice ou par colère les créatures de Dieu jusqu'à

faire couler leur sang. Va lui porter mes paroles et
fais ton devoir sans crainte. N'oublie pas que tu es
sous les ordres des Français, et par conséquent sous
leur protection.

— Qu'Aïo-Djordji, qu'Aïo-Djani et tous les purs
qui sont autour du trône d'Allah me soient en aide,
grommela Aali-Murko en baissant la tête. Eh ! que
ferai-je s'il me laisse un *regard?* Car on dit que
c'est un grand *bengudju* (magicien) savant dans tous
les sorts. Qui donnera du pain à ma femme et à
mes enfants?... »

Je n'en entendis pas davantage ; mais je m'aperçus que le vieux soldat d'Omer-pacha, malgré son
audace habituelle et le poids que pouvait donner au
besoin à son autorité sa force athlétique, n'abordait
pas sans crainte le moine musulman. Il n'eut pas
d'ailleurs le temps d'achever ses humbles remontrances ; car le derviche, redressant tout à coup sa
grande taille et lui lançant un coup d'œil méprisant,
y coupa court en tournant contre lui toutes ses invectives.

« *Aouzou billah!* dit-il avec véhémence, chien, fils
de chien ! comment as-tu l'impudence de venir
aboyer sur mon chemin ? Sais-tu qui je suis ? et
crois-tu que j'ignore moi-même qui tu es ? Il est
écrit : *La parole est la signature de l'homme, et sa con-*
duite y met le cachet. Tu n'as pas besoin d'ouvrir la
bouche, Murko-Aga, pour que je sache ton nom, ni

de rouler dans tes doigts les grains de la prière pour
m'apprendre que tu n'es qu'un infidèle. Le serpent
change de peau, mais ne change pas de nature.
Quand Allah a marqué ta race du signe de l'Islam,
il a prononcé sa condamnation. Quel droit as-tu de
peser mes actions, toi qui n'as pas plus de conscience
que cette brute à longues oreilles? Prends garde de
ne pas trébucher comme elle au premier pas que tu
feras sur le pont *Syrath*, sous le fardeau de tes ini-
quités, et de ne pas tomber comme une pierre dans
le gouffre où *Dabckh*, le chef des anges noirs, attend
les prévaricateurs et les impies. »

Non moins surpris que révolté de l'insolence de
ce moine fanatique, je m'avançai promptement au
secours de mon fidèle qavass, dont la contenance en
tout autre moment m'eût paru vraiment risible. Il
roulait autour de lui ses gros yeux effarés d'un air
qui annonçait assez le trouble de son esprit, et ses
mains pendantes égrenaient machinalement son
chapelet, comme s'il eût attendu l'exécution de l'arrêt qui menaçait de le livrer aux puissances de ténèbres.

« Écoute, *babam* (mon père), dis-je au derviche
en le regardant en face, écoute ce que j'ai à te dire,
et tâche de mettre un frein à ta langue avant de me
répondre. C'est moi qui ai mandé cet homme vers
toi et l'ai chargé de te porter mes paroles. Sache
donc qu'en le traitant ainsi tu offenses à la fois l'au-

torité du sultan, dont il tient sa charge, et celle des Français, qui ont confiance dans ses services. Il a été dit : *La colère est comme une pierre lancée par un fou contre une muraille et qui lui retombe sur la tête.* Comment se fait-il qu'avec la barbe grise d'un homme sage et l'habit que tu portes, tu n'aies pas de honte de commettre les actes et de proférer les paroles d'un insensé? Pourquoi frapper du poignard, comme une bête malfaisante, un pauvre animal qui te sert patiemment et autant que ses forces peuvent y suffire? Pourquoi t'emporter en invectives contre un vieux soldat qui obéit à sa consigne? Réponds si tu peux, de façon à te justifier de ces reproches, non à les aggraver. Et si tu veux qu'on respecte ton âge et ta profession, commence par les respecter toi-même. »

La physionomie du derviche avait changé plusieurs fois pendant que je lui adressais ce discours. Il l'avait d'abord accueilli en fronçant les sourcils, puis s'était calmé peu à peu en passant par toutes les nuances de la politesse et de la déférence, jusqu'à se dérider même entièrement. Autant que j'en pus juger sur ses traits amaigris par les austérités et où l'âge avait déjà laissé quelques rides, cet homme devait avoir eu, étant jeune, une figure admirablement belle. Son grand front légèrement incliné en arrière respirait la noblesse et l'intelligence. Son nez aquilin, à narine minces et mobiles, et vraiment semblable au bec de l'aigle, décelait encore la vivacité de ses passions, et ses yeux, du plus pur modèle oriental, c'est-à-dire largement fendus en amande et enchâssés à fleur de tête dans de longues paupières, avaient une singulière expression de douceur, d'ironie et d'austérité ascétique, dont le mélange équivoque laissait démêler parfois un peu d'égarement.

Quoique familiarisé avec les façons des Turcs, de tous les Orientaux les plus habiles à composer leur visage et à déguiser leurs ressentiments sous un air de bonhomie, ce court examen ne me permit pas de douter que mon interlocuteur n'eût en effet la tête un peu dérangée. A mesure que je lui parlais, ses traits, un instant bouleversés par une sorte de démence, semblaient suivre insensiblement le retour de son esprit à la réflexion. Quand il me répondit, je fus étonné du sourire agréable qui en adoucissait la régularité un peu sévère, et encore plus de son langage, dont l'élégance, la pureté, l'accent même, me rappelèrent le turc de Constantinople, tel qu'on le parle chez les Ulemas, dans les familles arméniennes et parmi les serviteurs du sérail.

« Que vos jours soient heureux, *sulthanem* (seigneur), me dit-il en portant la main sur son cœur avec la courtoisie emphatique des musulmans, et qu'Allah en sanctifie la fin. J'ai entendu avec ravissement les paroles que Votre Seigneurie a daigné m'adresser dans notre langue. Si je ne me trompe, vous devez être un officier français appartenant au corps des terdjumans (interprètes). Le ciel en soit loué, car nous pourrons nous entendre. L'œil n'est que l'esclave de la pensée d'autrui, au lieu que l'oreille en est la compagne intelligente. Si Votre Seigneurie a été choquée de ce qu'elle m'a vu faire, c'est qu'avant de m'avoir interrogé à ce sujet elle ne pouvait pénétrer le motif et la portée de mon action. J'ai frappé du poignard cette bête stupide et rétive, non parce qu'elle refusait de m'obéir, mais pour exercer sur elle par un signe, en figure et en réalité, l'expiation du tort que m'a fait une de ses pareilles, tort si grand, si irréparable, que le sang de toute son espèce offert en sacrifice ne saurait l'effacer. Ce langage, sulthanem, a sans doute de quoi vous surprendre. Vous demandez quel mal peut m'avoir fait une brute sans raison, pour que j'ose charger de son iniquité toutes les créatures qui lui ressemblent : apprenez que quand on mettrait pendant mille ans mon cœur à nu, en ouvrant mes entrailles avec le poignard; quand on l'en arracherait lui-même en déchirant une à une ses fibres saignantes; quand l'ange de la mort le tordrait dans ses mains jusqu'à en étouffer les derniers battements..., aucune de ces tortures ne serait comparable au mal que m'a fait cette engeance maudite.

Avant de revêtir cet habit de pénitence, avant de chercher un refuge contre le désespoir dans les saintes règles de *Mewlana*, j'avais goûté, moi aussi, au fruit de la vie cueilli dans le paradis des délices terrestres. Mais ce fruit a été arraché de mes mains au moment où j'allais en savourer toutes les douceurs. Avec lui j'ai perdu mon cœur et la moitié de mon âme. Je suis devenu semblable à un sépulcre vide consacré au dehors par les marques du deuil et de la vénération, mais où, de ce que j'ai été jadis, il reste à peine un grain de poussière. La chair et le sang seuls subsistent et s'obstinent à me survivre malgré les mortifications que je leur inflige; mais tout le reste a été dispersé et perdu sans retour. Ne soyez donc pas surpris s'il m'arrive souvent de m'oublier moi-même.

— Je crois comprendre, mon père, lui dis-je, sans me laisser détourner de mon but par toutes ces figures orientales, que quelque événement fatal à votre existence a laissé un peu de trouble dans votre raison; mais ne puis-je savoir quelle part bonne ou mauvaise a pu y prendre une pauvre bête uniquement destinée en ce monde à l'humble rôle de porter des fardeaux, et quels motifs vous croyez avoir d'exercer vos ressentiments sur toute son espèce d'une manière aussi barbare?

— Ne vous en ai-je pas assez dit? répliqua le derviche en changeant une seconde fois de visage et me me toisant du regard avec irritation. Il est écrit : *Ne compte pas les étoiles du ciel; ne t'égare pas dans les voies infinies de ma vengeance.* Comme le serpent a tenté le premier homme, ainsi j'ai été trahi par ce *cheitan* à longues oreilles, et chassé par sa malice du paradis de la félicité; et parce qu'elle a mérité ainsi d'être dévouée à mon exécration, j'ai juré que sa race perfide ne trouverait jamais grâce devant mes yeux et porterait dans toutes ses générations la peine due aux serviteurs infidèles. Et maintenant, sulthanem, ne m'interrogez pas davantage; le temps me presse, et je n'ai pas une minute à perdre pour être rendu au *tekié* avant l'heure du *namaz* (prière). Qu'Allah scelle votre fin par le bien; nous vous recommandons à lui. »

En achevant ces mots, le derviche porta sa main à sa bouche et à son front, et excitant de la voix le paisible animal habitué à lui servir de souffre-douleur, tous deux gravirent péniblement la courte montée qui menait droit aux premières masures de la ville.

Je ne jugeai pas à propos d'insister avec ce fanatique sur un sujet où je n'avais probablement à attendre de sa part que de nouvelles divagations et le laissai partir après lui avoir froidement rendu son salut. Puis me tournant vers le qawass qui paraissait consterné de ce qu'il venait d'entendre, bien qu'il n'en eût peut-être pas compris un seul

mot : — Pourquoi ne m'as-tu pas averti ? lui dis-je,
que ce derviche était à moitié fou ? Je n'aurais pas
perdu à le raisonner, mon temps et mes paroles.

Aali Murko fit entendre en levant le menton et
en fermant les yeux, ce petit sifflement usité en
Turquie comme signe de doute ou de dénégation et
produit par l'aspiration de la langue collée à la
voûte du palais, qu'on appelait, je crois chez les
grecs, un *poppisme*. Fou ! lui ! dit-il enfin. Vallah !
ne t'y fie pas, terdjumanbey. C'est un *bengudju*, un
sorcier qui lit dans le passé et dans l'avenir comme
dans un livre ouvert. Je t'avais bien dit qu'il ne fallait pas l'irriter. N'as-tu pas entendu comme il
prononçait sur nous ses prières. Dieu est puissant !

— C'est bien dit, ajoutai-je, et les hommes sont
faibles. Rassure-toi, Aali Murko, et sache qu'il n'y
a pas de sortilége à l'épreuve de ceci, — je fis en
même temps le geste de cingler l'air avec la badine
que je tenais à la main. — S'il n'était plus juste d'a-
voir pitié des fous que de les punir de ce qu'ils disent ou de ce qu'ils font, je te jure que j'en aurais
volontiers étrillé les épaules de ce saint personnage.

— Qu'Allah nous en préserve ! tu ne connais pas
les turcs. Celui-ci t'aurait égorgé comme un poulet.

— J'aurais eu l'œil sur lui, repris-je en souriant.
Qu'avais-je d'ailleurs à craindre avec un brave soldat comme Murko-aga pour escorte !

— C'est selon, dit le qawass moitié flatté, moitié

inquiet de la confiance que je lui témoignais, mais,
au fond, fort aise que l'occasion d'y avoir recours
fût passée. *Chameau et chat*, comme on dit en Anatolie. Hadgi Moustapha n'est pas ce que tu penses. Il
a servi dans sa jeunesse sous sultan Mahmoud-
khan (que Dieu lui soit propice). C'est un homme à
rompre un djerrid avec ses deux doigts et à ployer
un fer de cheval comme la pâte d'un *beurek* (gâteau
feuilleté). D'ailleurs de quoi servirait la force contre
un homme qui fait ce qu'il veut, comme s'il avait au
doigt l'anneau de Suleiman? »

En causant ainsi, nous regagnâmes la ville et nous
arrivâmes à la place un peu avant la nuit close.

II

J'avais tout à fait oublié cette petite aventure
quand le hasard voulut que, me promenant quelques jours après au bazar, j'entrasse dans la boutique d'un marchand turc de mes amis, où je fis
rencontre d'un autre derviche mewlevi, du grand
tekié de Gallipoli. Qodja-Hassan, c'était le nom du
marchand de ma connaissance, quoique simple
frippier (eskidgi) était néanmoins un homme comme
il faut, poli, instruit, probe, intelligent et d'une

grande finesse pour un turc. Après avoir été dans
sa jeunesse écrivain du port à la *quarantaine*, il
avait voyagé pour les affaires de son négoce, avait
vu Marseille, Venise, Trieste, Alexandrie et séjourné pendant quelques années à Livourne. Des
manières distinguées, un langage élégant, quelque recherche dans ses vêtements et surtout le soin
de sa personne, qualité assez rare chez ses com-
patiotes, en faisaient parmi eux, une manière de
petit-maître, ce que les turcs appellent un *tchélébi*.
Son visage eût été fort beau, s'il n'avait été en partie
défiguré par les traces de la petite vérole. Il avait
des traits délicats, le teint pâle, une barbe rare et
soyeuse tirant sur le roux, de grands yeux bruns
rougis par une opthalmie. Son esprit était délié et
plein de feu. Il aimait les arts, parlait bien plusieurs langues et montrait, quoique dévot musulman, une grande tolérance pour les mœurs et les
idées étrangères. Néanmoins, avec un naturel aussi
bien doué, il n'avait jamais pu s'élever au-dessus
de l'humble classe des *khodja* ou commerçants. Un
seul défaut, ou plutôt une déplorable habitude prise
pendant son séjour en Égypte avait suffi pour para-
lyser l'essor de ces brillantes facultés. En un mot,
Qodja-Hassan était un buveur d'opium, un *tiriaki*.
Il consumait à savourer journellement ce funeste
narcotique les restes d'une santé débile et d'un corps
énervé. Néanmoins, en dépit des préjugés religieux,

la sensualité turque se montre aujourd'hui fort tolé-
rante pour cette espèce de dépravation de goût
qu'elle considère comme une peccadille. Sa petite
boutique était donc le rendez-vous d'une foule
d'honnêtes gens de tous les rangs qui venaient y
faire leur *kief* et bavarder sur les nouvelles du jour.
Elle était du reste fort bien achalandée et offrait
aux acheteurs un assortiment complet de curiosités
hors d'usage : Caftans fourrés, riches dolmans,
caparaçons brodés, armes incrustées et damasqui-
nées, ustensiles de toute forme, en un mot, toute la
défroque du vieil empire ottoman d'avant la ré-
forme, tout le bric-à-brac rococo datant du sulthan
Soliman 1er. Qodja-Hassan, chose rare dans son
pays, était un antiquaire et un érudit. Il savait faire
un choix parmi toutes ces vieilleries, les classer, les
étaler dans tout leur jour, en expliquer l'origine et
même en déchiffrer les inscriptions. Sa conversation
était amusante, ses mœurs douces et agréables.
Sauf son goût pour l'opium que les casuistes scru-
puleux considèrent comme une infraction à la loi
du Coran, il était rigide observateur de ses préceptes et de ses moindres pratiques et avait même
un certain penchant pour la théosophie ascétique et
les rêveries des *souphis*. Aussi suivait-il assidûment
les exercices des derviches mewlevi qui avaient une
haute estime de sa piété et le considéraient à juste
itre comme un des bienfaiteurs de leur ordre.

Le mérite peu commun de cet honnête marchand, m'a semblé justifier ici une digression qui me ramène heureusement à mon sujet ; car ce fut en effet dans sa boutique que peu de jours après ma rencontre avec Hadgi Moustapha, je fis la connaissance d'un de ses confrères nommé Hadgi Mohammed *tchalidgi* c'est-à-dire le musicien. Celui-ci était un homme tout différent du premier et n'ayant guère en dehors de son art, sur lequel il eût été difficile à des oreilles européennes de juger son mérite, rien de remarquable que sa corpulence et sa bonne humeur. Je ne pus m'empêcher en le voyant de me représenter le portrait de frère Jean des Entomeures ou *entamures* si plaisamment dessiné par Rabelais. Le moine turc avait en effet le teint rubicond, la voix de Stentor, la vigoureuse encolure et la panse rebondie du joyeux compagnon de Pantagruel. Plus soucieux des biens de ce monde que des intérêts du ciel, il ne paraissait guère observer d'autre vœu que celui de vivre grassement aux dépens de sa communauté. Bon compagnon, gai, jovial et très-libre dans ses propos ; il réjouissait Qodja-Hassan et ses amis par des bouffonneries souvent obscènes ; plaisirs que les discrets musulmans goûtent volontiers en petit comité ; mais c'était surtout en qualité de musicien qu'il s'était attiré ses bonnes grâces. Il jouait en effet de trois ou quatre instruments et surtout du *ney* (espèce de flûte), de façon à charmer les amateurs de musique turque. J'appris qu'il dirigeait l'orchestre dans les cérémonies des derviches tourneurs, fonction qui relevait beaucoup son importance. Sa conversation annonçait d'ailleurs un homme grossier et vulgaire. Elle roulait uniquement sur des bons mots, ayant fort peu de sel pour un Européen et empruntés aux bateliers, aux portefaix, aux arabadgis bulgares et aux bohémiens maquignons et entremêlés de propos grivois dans le genre de ceux de *Karagueuz*. J'ignore si ce fut par l'effet d'un contraste que la vue de ce religieux me remit en mémoire la singulière rencontre faite quelques jours auparavant aux portes de la ville, mais elle me rappela involontairement l'air imposant, les manières nobles et les allures bizarres d'Hadgi Moustapha, le derviche maniaque que j'avais surpris maltraitant si cruellement son ânesse. Je ne pouvais trouver de meilleur occasion pour m'enquérir de lui et éclaircir mes doutes à ce sujet. Après avoir conté à Hadgi Mohammed ma petite aventure, je lui demandai ce que je devais penser de la conduite de son confrère, s'il fallait l'attribuer à la folie ou à une humeur trop irascible; enfin, comment une telle action pouvait s'accorder avec la réputation de sainteté dont il paraissait jouir parmi ses compatriotes. Mes questions toutes simples qu'elles fussent dépassaient sans doute la portée du derviche musicien, ou plutôt avaient un sens

trop précis pour son esprit obscurci par les préjugés de l'islamisme; car il se contenta pour toute
réponse de hausser les épaules et de lever les yeux
au ciel en faisant entendre le monosyllabe sifflant
à l'aide duquel, lorsqu'ils ne savent que dire, les
turcs se tirent toujours d'embarras. Comme j'insistais néanmoins avec la pétulance européenne,
Hadgi Mohammed pensant qu'il ne pouvait sans
déroger à la dignité de son ordre laisser le dernier
mot à un giaour, prit un air de gravité comique
pour me fermer la bouche par cette réponse sen-
tencieuse qu'il considérait sans doute comme une
explication. — Hadgi Moustapha est un kalender.
Je vis clairement que le pauvre homme était incapable de comprendre sur ce point mes scrupules.
D'ailleurs je n'ignorais pas que la superstition musulmane accorde aux fanatiques qui portent ce titre
révéré la science de tout dire et de tout faire sans
choquer les mœurs. Je me tournai avec curiosité
vers Qodja-Hassan. Il soupirait en se caressant la
barbe comme un homme qui craint de s'expliquer
avant de mûres réflexions. Quand je lui demandai
son avis sur ce qu'il venait d'entendre, il sourit et
m'avoua qu'il était depuis longtemps l'ami d'Hadgi
Moustapha ; qu'il ne tenait qu'à moi-même de faire
avec lui plus ample connaissance, car comme c'é-
tait ce jour-là jour de *djummaa* (vendredi), il venait
d'être invité par Hadgi Mohammed à assister au

mouqabelé ou exercice extraordinaire par lequel les derviches allaient célébrer le retour de la mecque de ce saint personnage ; qu'il m'engageait à honorer cette solennité de ma présence, m'assurant que son pieux ami serait enchanté de me voir et d'éclaircir mes doutes par toutes les explications désirables. Je connaissais trop la politesse sincère et obligeante de Qodja-Hassan pour hésiter de me rendre à une invitation qui prévenait mes désirs. Hadgi Moham- med crut devoir y joindre ses instances et dans son ardeur de prosélytisme, il me fit chemin faisant un récit des austérités prodigieuses dont son con- frère donnait l'exemple ainsi que des grâces surna- turelles dont il était doué. Non-seulement il avait accompli neuf fois à pied le saint pèlerinage, mais encore à chacun de ces voyages il faisait autant de fois sur ses genoux le tour de la sainte Kaaba. A son retour il passait plusieurs jours en retraite dans une grotte située sur les bords de la mer de Marmara vis-à-vis l'île des Princes, jeûnant et priant jusqu'à ce que les filles aux yeux noirs (les houris) fussent descendues du paradis pour le servir. Le bon der- viche n'était pas à la moitié de toutes ces merveilles quand nous atteignîmes la porte du *tekié*.

Il n'est guère d'officier français ayant séjourné à Gallipoli, pendant le passage de nos troupes en Turquie, qui n'ait visité ce joli couvent élevé par la munificence du sultan Abdul-Medjid, pour l'ordre

des derviches tourneurs. Agréablement situé loin
du port, dans la partie la plus saine et la mieux
aérée de la ville, cet édifice ne présente d'ailleurs,
comme la plupart des constructions turques, que
le simple aspect de murailles légèrement bâties,
dépourvues d'ouvertures et blanchies à la chaux;
mais à l'intérieur, des cours ornées de cloîtres en
arcades dans le goût mauresque ou plutôt byzantin,
des *turbés* ombragés de cyprès et de platanes, de
fraîches fontaines, un élégant *dehlis* (parvis) en
mosaïque et surtout la grande salle en rotonde où
les moines turcs se livrent à leurs pieux exercices,
annoncent à l'œil satisfait des visiteurs, les soins et
la libéralité qui ont présidé à son érection. Les
cellules distribuées dans le pourtour intérieur du
tekié, sont spacieuses, commodes et proprement
tenues. Ce fut dans la sienne que nous introduisit
d'abord Hadgi Mohammed, pour y attendre l'heure
de la cérémonie. Elle était entièrement nue sauf un
divan d'indienne jaune qui en garnissait le fond
vis-à-vis la porte, une natte de sparterie, assez
épaisse, couvrant le pavé et quelques ustensiles de
ménage en cuivre et en fer battu, déposés dans ces
niches que les turcs, à défaut de tables et d'armoi-
res, pratiquent dans les encoignures des murs. Les
parois de ces derniers, fraîchement badigeonnés à
la chaux, étaient d'une éclatante propreté, mais
sans autre ornement que deux petits tableaux en-

cadrés de noir et accrochés au-dessus de la porte
présentant, écrits en grosses lettres, l'un la formule
de l'islam et l'autre le nom du fondateur de l'ordre.
Les seuls objets de cette chambre qui pussent attirer l'attention en dénotant les occupations habituelles de son propriétaire, étaient des instruments
de musique orientale, appendus çà et là, parmi lesquels mon œil démêla, non sans quelque étonnement,
un vulgaire cornet à piston, de façon européenne.

A peine Hadgi Mohammed venait-il de prononcer
de son air le plus gracieux, le *bouyouroun* qui nous
invitait à nous asseoir, que jaloux de satisfaire à
toutes les exigences de la politesse turque, il
s'empressa d'aveindre dans un recoin de la cellule,
de bourrer et de remettre entre nos mains deux
tchibouqs démesurés sur le fourneau desquels
il plaça délicatement en équilibre deux charbons
ardents, avec un *macha* (sorte de pincette). Puis re-
broussant ses longues manches et ceignant son
froc d'une serviette pour nous montrer sa dextérité
dans toute sorte d'arts, à l'aide d'un *deirmen* ou
moulinet de cuivre, et d'un *ibrik* cafetière turque,
mise bientôt en ébullition par le feu d'un *mangal*
(brasero), sur lequel il soufla de tous ses poumons,
en un tour de main, il eut préparé à la façon orientale, c'est-à-dire par décoction, un excellent moka
qu'il nous servit dans deux petites tasses (*findjàn*),
et dont le parfum se maria bientôt agréablement à

la fumée du *lataquié*. Il était aisé de voir qu'Hadgi
Mohammed, malgré le zèle qu'il montrait pour les
intérêts de son couvent, ne négligeait aucun moyen
d'adoucir l'austérité de la vie cénobitique et prépa-
rait son salut dans l'autre monde par des voies
moins rudes que celles de la pénitence. J'aperçus
en effet, du coin de l'œil sur des tablettes, deux ou
trois bouteilles de *raki* dont l'étiquette sentait d'une
lieue la fabrique maltaise, à côté de quelques menues
friandises indigènes, telles que des *gevreks*, de l'*halva*,
du *rahat loqoum* et autres sucreries dont les *estomacs
dévots*, s'il faut en croire un de nos poëtes satiri-
ques, ne se refusent, en aucun climat, les douceurs.

« J'admire, dis-je à Qodja-Hassan, l'heureuse indépendance de vos derviches. Comme nos moines
d'Europe, ces bons religieux jouissent tranquillement de presque tout ce que la vie a d'agréable,
sans avoir à supporter aucune de ses traverses et à
l'abri des soucis que donnent aux autres hommes la
puissance, les affaires, les besoins journaliers, en
un mot toutes les charges de la société et de la famille. Néanmoins, s'il faut l'avouer, l'espèce de
culte qu'ils rendent à Dieu m'a toujours semblé des
plus bizarres et même contraire à l'esprit de l'islam,
qui est la plus simple des religions.

— Effendi, me répondit l'honnête marchand en
souriant discrètement, j'ai vu de près, en Italie, ces
derviches chrétiens que vous nommez des moines.

Il y a parmi eux beaucoup d'hommes pieux et instruits, malgré leur erreur ; mais ne disputons pas sur ce sujet, car il est écrit : *Dis aux hommes :* « *Vous avez votre religion et moi la mienne.* Quelques-uns ont un génie supérieur et presque divin digne de suivre les traces de notre grand prophète (qu'Allah lui soit propice et le tienne en paix !) mais le plus grand nombre m'a paru plongé dans l'ignorance, l'oisiveté et l'attachement aux biens terrestres. Je ne m'en étonne point : c'est là l'image du monde et de toutes les sociétés grandes ou petites. Nos derviches ne font pas exception à la règle commune. Il y a eu en tout temps parmi eux de saints personnages, d'illustres docteurs, et une foule de simples religieux suivant trop souvent leur trace les yeux tournés vers la terre au lieu de la chercher dans le ciel. Mais de même que pour mesurer exactement une figure, au lieu de s'occuper de sa surface, il faut uniquement s'attacher à en connaître la base et la hauteur ; ainsi pour juger l'esprit de cette société comme de toutes les autres, il ne faut pas s'arrêter aux hommes qui la composent, mais savoir quel est le fondement de sa doctrine et le but élevé qu'elle se propose d'atteindre. Nos derviches, comme l'indique leur nom qui signifie en persan *mendiant*, sont des gens vivant en commun après avoir fait vœu de pauvreté pour ne s'occuper ici-bas que des biens célestes ; si je ne me trompe, c'est aussi la règle et le but de la plupart de vos moines chrétiens. Ils ont formé dans l'islam des sectes nombreuses. Il n'y a pas cent ans que nous avions encore des *qadris*, des *refaï*, des *khalweti*, des *beyrami*, des *sounbouli*, des *gulsheni*, des *enshaki*. Quelques-unes de ces sectes n'existent plus. D'autres, telles que les *refaï*, attirent encore le bas peuple; mais les derviches mewlevis, grâce à la haute sagesse de leur fondateur, *Hazreth-Mewlana-Djelal-ud-din-Roumi*, ont pris sur toutes les autres l'ascendant que l'aigle a sur les innombrables créatures ailées, parce qu'il est le seul qui puisse contempler le soleil face à face. Cet ordre qui est aujourd'hui le plus nombreux, a des tékiés dans tout l'empire et il est honoré de la faveur distinguée de notre auguste padichah, le sultan Abd-ul-Medjid-khan (dont Allah veuille conserver les jours en paix). Le fondement de toutes ces sectes, quelles que soient d'ailleurs leurs règles et leur nom, est uniquement la parole divine révélée aux hommes par le sublime Coran. Mais vous n'ignorez pas, effendi, que dès les premiers temps de l'islam, les vrais croyants se divisèrent sur l'interprétation de la sainte doctrine en *foukaha* (docteurs de la loi), c'est-à-dire ceux qui s'en tenaient à la lettre et en *motekallemin* (dialecticiens qui en recherchaient le sens suivant les règles du *kalam* (logique). Parmi ces derniers, les uns disputaient sur le rapport probable

entre les deux puissances, c'est-à-dire entre l'homme
et Dieu. Les *qadri* soutenaient que les choses étaient
entières entre eux et ne recevaient de détermination
que par le *qadr*, c'est-à-dire l'acte effectif soit d'une
part, soit de l'autre. Les *djabbari*, au contraire, con-
testaient à l'homme tout pouvoir d'agir par lui-même
et en dehors du *djebber* (contrainte) exercée par la volonté de Dieu. D'autres disputaient sur la substance
et les attributs, prétendant, les premiers, qu'il était
impossible que le *djevher* (la substance absolue), eût
aucun attribut commun avec la nature humaine, et
les seconds, nommés *cifati*, leur reconnaissant avec
plus d'apparence de raison, des attributs semblables.
Enfin quelques-uns poussant l'audace de leurs recherches jusqu'à raisonner sur l'essence (*zat*), en
vinrent à affirmer qu'en Dieu elle ne pouvait être
distincte des attributs (*cifat*), sans détruire son
unité. Par la même raison ils soutenaient que Dieu
n'avait pu sortir de cette unité pour créer la matière
première des choses, qu'ainsi ils faisaient éternelle;
que sa providence ne s'étendait qu'aux lois univer-
selles du monde non aux accidents particuliers;
enfin que l'âme humaine n'a d'autre attribut que le
qasb, c'est-à-dire la faculté passive d'acquérir la
perfection en se conformant en tout à la volonté de
Dieu, sans avoir égard à la lettre d'aucune loi écrite.
Ces derniers se donnaient à eux-mêmes le surnom
de *moteazali* (dissidents), qui indiquait qu'ils se-

couaient de leur front rebelle le joug sacré de l'islam. C'est pourquoi ils furent d'abord chassés des écoles et persécutés comme hérétiques ; mais sous le règne glorieux des *Abbassian*, ils reparurent en foule à la faveur des écrits des philosophes grecs répandus en notre langue par les médecins et les moines syriens admis à la cour des califes. A partir de cette époque, toutes les disputes se tournèrent sur l'interprétation d'*Aresthatelis* (Aristote), célèbre docteur du temps d'Iskander zoul Qarnein (Alexandre le Grand), et il se forma, sous le nom de philosophes, une nouvelle classe d'hommes dont la science trop profonde à force de creuser sous les fondements de la foi, faillit en renverser l'édifice. Ces grands commentateurs tels que Ben-Ishak-al-Kendi, Abou-Nassr-el-Farabi, Ebn-Sina, Ebn-Badja, Ebn-Rosch, quoiqu'ils n'aient pas ébranlé volontairement les bases de l'islam et malgré la vive lumière répandue sur toutes les sciences par leurs doctrines, sont considérés comme suspects par les vrais croyants. Leur plus grand mal est d'avoir tout mis en doute en abusant de l'art du Kalam, tantôt pour détruire une raison par une autre, tantôt pour chercher sans fin de nouvelles raisons aux principes une fois admis. Le sage Aresthatelis en avait cependant posé les deux termes comme les bornes immuables de l'esprit humain, d'une part dans la substance absolue et l'énergie pure de Dieu, et de l'autre, dans l'indé-

pendance réelle, quoique relative, de notre âme.
Aller plus loin, c'est ouvrir des abîmes où la pensée
se perd, parce qu'étant elle-même un de ces deux
termes, elle ne peut jamais voir clairement qu'un
côté de ce rapport qui est le sien et a besoin de la
révélation pour connaître l'autre. Malheureusement
la plupart de ces philosophes étaient des Arabes ou
des Maures dont l'esprit trop vif crut dépasser la
sublime rectitude de leur maître. Ils corrompirent
ainsi jusqu'à la foi en imaginant ce qu'il est impossible à l'homme de savoir. Parmi les dissidents
la secte des *oussouliy* (radicaux) et celle des *aschary*,
finirent même par tout nier sous prétexte de tout
céder à Dieu et par la raison qu'ayant le pouvoir de
créer les choses quand il lui plaît et comme il lui
plaît, il n'y a plus de relations entre elles et par
conséquent aucun principe de vérité ni de vertu.
C'est ainsi que la raison humaine trop ardente aurait fini par se consumer elle-même si, vers le
sixième et le septième siècle de l'hégire, Dieu n'avait
fait jaillir de ces froides cendres quelques étincelles
avec lesquelles il ralluma le flambeau de la foi. Il
se forma alors en Perse, dans l'Irak et au berceau
de l'islam, des sociétés d'hommes pieux et morti-
fiés, abandonnant la science, pour chercher, dans la
contemplation et la prière, le secret qu'elle déses-
pérait de trouver, l'union de l'âme avec Dieu. C'est
encore là, effendi, le but spirituel de la doctrine

des derviches. Ils ne rejettent pas les connaissances acquises par le moyen du *kalam*, mais ils s'en tiennent aux vérités révélées dans le sublime Coran et aux principes d'une sage philosophie. Ils admettent avec les *qadris* le concours de la puissance de Dieu et de la liberté de l'homme; reconnaissent avec les *cifati* la conformité des attributs de la créature avec ceux du Créateur; croient la matière créée, mais soumise à des lois générales et à des rapports perceptibles par la raison et les sens. En un mot, les uns suivent pour le kalam, la philosophie d'Aresthatelis et les autres celle de son maître Iflathoun (Platon); mais l'objet commun à toutes ces sectes est le *tewhid* (unification), c'est-à-dire l'union de toutes les âmes dans Allah. Pour rendre cette union sensible aux hommes par la pratique, ils leur donnent l'exemple d'une société de frères vivant en commun dans le renoncement aux biens de ce monde dont l'appas désunit les âmes, et dans les austérités qui montrent l'ascendant qu'elles doivent prendre sur les passions. La doctrine du *tewhid* est donc principalement une pratique et non un culte. Voilà pourquoi elle a donné naissance à ces exercices que les chrétiens, malgré tout leur esprit, trouvent ridicules, parce qu'ils n'en comprennent pas le sens. Je ne parle ici que des *mewlevis*. Je vous abandonne les *refaï* et d'autres sectes dont la discrétion première s'est relâchée en faveur du peuple qui aime de préférence tout ce qui est violent et bizarre, Passons sur leurs contorsions et leurs hurlements, lesquels n'étaient pourtant dans l'origine que des balancements du corps, accompagnés de la sainte exclamation *ya Allah! ya Hou!* car tous ces exercices reposent sur la danse comme particulièrement propre à assoupir les sens et à rendre plus facile le recueillement de l'âme. C'est pour cette raison qu'*Hazreth Mewlana*, voulut que la danse fût réglée par la musique. L'exercice des *mewlevis* est donc à la fois corporel et mystique. Il se compose du *dewr* (mouvement circulaire) et du *djulvet* (tournoiement) pratiqués les yeux fermés pour ne pas étourdir, mais seulement engourdir la partie sensible, et du *semaa* (audition), afin que l'âme soit tenue en éveil par l'oreille, qui est le canal de l'intelligence. Le *dewr* et le *djulvet* ont été institués selon d'anciennes pratiques en vue d'imiter le mouvement des cieux où chaque astre accomplit sa révolution en tournant sur lui-même sans jamais s'écarter de l'ordre général selon les paroles du saint Coran : *Dieu, c'est lui qui a créé les cieux dans leur ordre admirable et en a réglé les phases pour servir de signes certains aux fidèles.* Aussi ceux qui y prennent part observent-ils toujours les deux nombres sept et onze qui sont ceux des planètes d'après l'ancien et le nouveau comput, et voilà pourquoi le lieu de leur réunion porte tantôt le

nom de *semaa khané* (salle de l'audition), et tantôt celui de *sema khané* (salle du ciel) suivant la
force de la prononciation; mais quoi qu'il en soit,
cet exercice mesuré ne tarde pas à plonger l'âme
dans un état particulier nommé *haleth* (extase), qui
sans être saint par lui-même, lui ouvre tous les
trésors de la sainteté. Déliée de l'attache des sens,
rien ne lui fait plus obstacle pour s'élever à la perfection. Le corps ne lui pèse plus, elle nage librement dans le *khouré* (lumière divine) dont les flots
l'inondent, la pénètrent et la portent jusqu'au pied
du trône d'Allah. De cette hauteur elle ne voit plus
la terre que comme un grain de sénevé perdu dans
la semence innombrable des mondes dont il a couvert les champs de l'espace, et elle comprend que rien
dans cette immensité ne peut être comparé au privilége de la sainteté qui l'associe aux attributs et à
la puissance du Créateur. Voilà, effendi, une image
fidèle, quoique imparfaite, de la doctrine de nos
derviches et l'explication de ces pratiques qui vous
semblent contraires à la simplicité de la foi. Per-
mettez-moi de faire à ce sujet une remarque que
je vous supplie de ne pas prendre en mauvaise part.
Les Européens et surtout les Français ont, comme dit
notre vieux proverbe turc, le génie en partage; mais
en pénétrant partout, ce brillant flambeau à la main,
il leur arrive souvent de se laisser éblouir par une
lumière trop vive qui les empêche de voir la vérité.

III

Je ne sais si le lecteur ne trouvera pas un peu long le discours de l'honnête marchand et s'il ne sera pas choqué de sa dernière réflexion. Pour moi, je l'écoutai avec plaisir sans songer à l'interrompre ; car, bien que tout ne fût pas nouveau pour moi dans cette espèce d'apologie, elle s'appuyait sur des raisons qui me parurent gagner beaucoup à passer par une bouche orientale. Qodja-Hassan, malgré ses petites faiblesses, était un homme d'une piété éclairée et n'avait rien de l'enthousiasme d'un sectaire. Néamoins, je me gardai bien de lui faire des objections qu'il n'aurait peut-être pas comprises sur sa manière d'envisager la vie spirituelle et le trop de cas qu'il faisait de cette dévotion stérile qui n'élève l'homme qu'à ses propres yeux, sans autre profit pour ses semblables que celui d'un exemple hors de leur portée ; défaut commun à toutes les religions ascétiques de l'Orient. Quant au digne Hadgi Mohammed, sa contenance et ses gestes pendant notre entretien, témoignaient combien il était ravi de voir un musulman rétorquer les observations d'un chrétien, quoique assurément, il n'eût

pas compris un seul mot de tout ce qu'il venait
d'entendre. Un coup rudement frappé à la porte de
sa cellule vint à propos l'avertir que l'heure de la
cérémonie était proche. La jovialité fit aussitôt place
sur son visage à un air de componction hypocrite.
Il s'empressa de dépouiller son surtout grossier
pour endosser un *daq*, sorte de manteau de laine
fine, et décrochant de la muraille deux ou trois
neys (flûtes traversières), il nous fit discrètement
signe de le suivre. Au fond du cloître, nous mon-
tâmes par un petit escalier de dégagement dans
un couloir semblable à ceux de nos théâtres, et de
là nous pénétrâmes dans la salle des exercices par
une tribune qui la dominait tout entière. C'était
celle de l'orchestre, une douzaine de musiciens et
de chanteurs s'y trouvaient déjà rassemblés : Le
Semaa-Khané du tekié de Gallipoli, est une rotonde
spacieuse et élégante entourée à douze pieds au-
dessus du sol de galeries supportées par des colon-
nettes dans le style arabe ou plutôt oriental. Elle
est éclairée par le plafond d'où le jour tombe sur
un parquet en mosaïque parfaitement approprié
aux exercices des derviches tourneurs. Tout y est
simple, mais d'une exquise propreté. Des peintures
en arabesques où le jaune domine les autres couleurs, décorent les galeries et les piliers qui les
supportent. Les murs badigeonnés d'ocre pâle n'ont
d'autre ornement que des cartouches suspendus en

guise de tableaux, et portant écrits en caractères neskhis, de grande dimension, le bismillah, les quatre-vingt-dix-neuf épithètes ou perfections d'Allah, le nom du calife Mahomet, celui du fondateur de l'ordre Hazreth-Mewlana et diverses sentences tirées des versets du Coran. Au fond de la salle, vis-à-vis de la tribune des musiciens, est placé le *mehrab*, espèce d'autel ou plutôt de niche orientée du côté de la Mecque et recouverte d'une peau de mouton en mémoire de la vie pastorale du prophète. Un peu en avant du *mehrab*, un pupitre en bois sculpté sert au *cheik* ou supérieur de la communauté, à lire les prières. Quand nous entrâmes dans la salle, les tribunes étaient déjà pleines de dévots et de curieux. Quelques képis et quelques spencers rouges d'officiers français et anglais s'y mêlaient aux turbans orientaux. Toute la communauté rassemblée devant le *mehrab* y était assise en demi-cercle sur de petits tapis. Elle se composait d'hommes de tout âge, coiffés du *kulah* et enveloppés dans leurs *dag* (manteau). Tous avaient la tête baissée et se tenaient le chapelet à la main dans le recueillement et le silence. Le cheik se leva pour ouvrir la cérémonie par les prières d'usage. C'était un homme encore jeune, mais d'une physionomie ascétique. Il récita d'abord le *fatihhat* (exorde) ou première sourate du Coran avec le ton emphatique et nasillard particulier aux prêtres orientaux de tous les rites. Puis, haussant la voix de deux ou trois tons, il prononça le *Tekbir* (glorification) analogue à notre *Sanctus*, et termina la liturgie par le *Salawet* ou prière proprement dite, contenant la profession de foi de l'islam, le tout accompagné d'éjaculations et de prostrations réitérées. Au bout d'un moment d'oraison mentale, deux ou trois derviches se levèrent çà et là comme mus par une inspiration soudaine et spontanée, se présentèrent l'un après l'autre devant le cheik, les mains croisées sur la poitrine et la tête inclinée vers la terre. Puis, après avoir reçu sa bénédiction, ils se dépouillèrent lentement de leur long manteau de laine. Ils parurent alors revêtus au lieu du *chal*, habit ordinaire de leur ordre, d'une petite veste turque de couleur brune et d'une grande jupe blanche à mille plis serrés autour de leur taille par une ceinture. Ce vêtement, semblable pour la forme à la foustanelle albanaise, quoique beaucoup plus long, n'est en usage que chez les derviches tourneurs sous le nom de *kemlé*. Au repos, il traîne jusqu'à terre, mais s'évase gracieusement autour du corps pendant qu'il pirouette sur lui-même. Tous gardaient le *kulah* sur la tête. A un signal donné par le cheik, la musique commença à se faire entendre; l'un des derviches étendit les bras, tourna lentement sur ses talons, et prit la tête de la ronde en suivant d'abord dans son plus grand rayon le pourtour de la salle. Il fut imité successivement par les deux autres auxquels se joignirent bientôt un quatrième, un cinquième derviche et ainsi de suite jusqu'à onze.

Les Européens qui ont la curiosité d'assister à ces cérémonies, et qui en sortent ordinairement en haussant les épaules, font rarement les observations que voici : Le *djulvet* ou tournoiement des derviches *mewlevis*, quoiqu'il s'accélère insensiblement jusqu'à la fin, ne devient jamais un mouvement violent et précipité comme celui de notre valse. Il reste doux et uni malgré sa rapidité et ne fatigue pas les yeux, ce qui provient de ce que la conversion du corps, au lieu d'avoir tour à tour pour base le tarse de chaque pied et de déplacer ainsi deux fois par un écart assez considérable le centre de gravité du danseur, s'y opère sur les talons rapprochés, en sorte que le corps pivote sur un axe invariable à la façon d'une toupie ou d'un toton. Le maintien du derviche, loin d'être celui d'un énergumène, s'accorde parfaitement avec la régularité de ses mouvements. La tête renversée vers le ciel est légèrement inclinée sur l'épaule droite. Les deux bras ne sont point étendus horizontalement, mais détachés obliquement du corps avec une certaine grâce, de telle sorte que, la main droite et la main gauche, dans des positions inverses présentent, l'une sa paume en l'air et l'autre

sa paume renversée, les doigts étant rapprochés
par le bout, comme disent les Turcs, plus noblement
que nous, *en forme de tulipe* (lala).

Peut-être est-ce ici le lieu de réduire à sa juste
valeur un autre préjugé de nos *touristes*, savoir,
l'opinion conçue trop à la légère touchant la musique turque, qu'ils appellent sans façon un *charivari*. En premier lieu, cette musique n'est pas plus
turque qu'elle n'est arabe ou persane : c'est la musique orientale; on dirait encore mieux, *primitive*,
une sorte de mélopée enharmonique procédant
par quarts de tons comme l'accent vocal, dans le
genre de celle des Grecs et dont nos plus anciennes
liturgies nous offrent encore la tradition et l'exemple. Secondement , quoiqu'on ne puisse prétendre
qu'elle satisfasse nos oreilles habituées aux in-
tervales diatoniques et aux accords réguliers des
notes de notre gamme, elle ne laisse pas de plaire
quand elle est exécutée avec goût, par un charme
particulier aux effets chromatiques dans l'accom-
pagnement de la voix. Ses règles fort simples con-
sistent presque uniquement à suivre ou à répéter
la mélodie à l'unisson de trois octaves différents.
Les derviches tourneurs sont de beaucoup les plus
habiles dans cet art qu'ils cultivent avec soin. Leur
orchestre, si l'on peut lui donner ce nom, se compose de quatre espèces d'instruments. Le *ney* est
une flûte traversière faite d'un roseau très-dur

avec une embouchure taillée en biseau et qui se joue obliquement à la façon de nos bassons. Ses sons n'ont pas d'éclat, mais une grande suavité. Le *kémantche* est une sorte de violon ou plutôt de viole d'amour qui se joue sur les genoux et dont les sons ressemblent à ceux de l'alto. Le *thanbour* est une véritable mandoline à cordes de laiton pincées avec une fine lame d'écaille, et le *zanthour* est un tympanon à trois cordes qu'on frappe à l'aide d'une baguette de fer. On y joint le plus souvent un *davouldjik* (caisse roulante), sur laquelle l'accompagnateur tambourine avec les doigts. L'effet produit par le concert de ces instruments n'est nullement un charivari, mais une harmonie douce et monotone qui porte à la mélancolie. L'oreille, d'abord choquée de ses dissonances, finit par s'accoutumer à cette succession, dirai-je à cet entrelacement ? de triolets et de gammes chromatiques qui se pressent, se succèdent, s'écoulent sans fin comme les gouttes d'eau d'une cascade. Bientôt même elle y prend un plaisir indéfinissable et se laisse captiver par ce rythme de menuet fantastique qui, grâce aux roucoulements plaintifs des *neys*, aux notes d'harmonica du tympanon, et aux bruissements étouffés du tambourin, semble fait pour accompagner la ronde ou le tourbillon d'âmes désolées dans lequel Dante feint de rencontrer sa Francesca de Rimini. Pour compléter cette étrange symphonie, la voix de quel-

ques jeunes derviches montée au diapason le plus
étourdissant, psalmodie en fausset des versets du
Coran. Peu à peu le mouvement s'accélère. Les musiciens, comme subjugués par l'effet qu'ils produisent, se courbent sur leurs instruments et en pressent la cadence. Les dévots comparses, animés d'un
redoublement de ferveur, frappent le sol du talon et
se détachent un à un du cercle de la valse pour se
livrer isolément au saint enthousiasme du *Djulvel*.
Leurs yeux fermés jusque-là s'entr'ouvent comme
noyés dans l'extase. Leurs lèvres commencent à
murmurer les invocations liturgiques *La Illahé Il-
lallah! Allah hou! ya Allah! ya hou!* La sueur dé-
coule de leurs fronts basanés. Leur tête se renverse;
le frémissement de leurs muscles trahit les derniers efforts de l'inspiration pour rester maîtresse
du corps qui l'abandonne. Enfin, ils tombent dans
un état d'étourdissement et de prostration qui, sans
leur ôter l'usage des sens, abolit momentanément
en eux la sensibilité et les plonge dans le *haleth*,
c'est-à-dire l'extase proprement dite. Malheureusement pour la piété ou la crédulité musulmane, la
science moderne, qui ne respecte rien, s'est mêlée
d'analyser, d'expliquer, et même de définir par
des lois purement physiologiques cette vision anti-
cipée du paradis, qu'avec son pédantisme ordinaire, elle appelle un phénomène cataleptique,
anesthésique, hypnotique, etc. Faut-il, en effet, n'y

voir comme nos savants, qu'un trouble momentané,
un défaut d'innervation dans les parties de l'encé-
phale (lisez cerveau) qui président à la vie de rela-
tion ? ou faut-il croire pieusement avec les dévots
mewlevis et tant d'autres extatiques que le ciel s'entr'ouvre de lui-même pour l'âme dégagée des at-
taches terrestres, et lui permet de prendre part
d'avance à ses béatitudes ? C'est une question que
j'abandonne au jugement du lecteur ou à ses inclinations. Quoi qu'il en soit, l'impression produite
sur les assistants par ces étranges exercices de
piété, n'a rien de la mystérieuse terreur dont notre
imagination se plaît à entourer les extases des
voyants et des illuminés. C'est un effet tout maté-
riel agissant tour à tour sur les sens par la nou-
veauté du spectacle, l'attrait bizarre de la musique
orientale, la curiosité, l'étonnement, quelquefois
même une sorte de fascination, et se terminant
presque toujours par le dégoût. L'œil s'amuse d'a-
bord à suivre cette valse infatigable dont la chaîne
se déroule avec grâce sur le parquet de la salle et
finit par s'y attacher malgré lui. L'oreille enchaî-
née par le rythme à la redondance des mêmes sons
y puise peu à peu une sorte d'ivresse. Le corps s'é-
branle instinctivement en cadence comme s'il était
entraîné dans le tourbillon, et peu s'en faut, que le
spectateur lui-même charmé, ou si l'on veut, ensorcelé parce qu'il voit et ce qu'il entend, sentant la

tête lui tourner au milieu de tant de sensations qui
concourent au même but, ne s'abandonne au vertige général. Mais cette impression purement sensuelle laisse son esprit assez indifférent et ne tarde
pas à faire place chez lui à la répugnance ; car il
trouve un sujet de scandale bien plutôt que d'édifi-
cation dans ces scènes de convulsionnaires, où l'on
voit, en plein jour, sur une arène ouverte à la curiosité publique comme un théâtre, de soi-disant
religieux, étourdis et épuisés par un exercice si contraire à l'équilibre de la machine humaine, tomber
les yeux hors de la tête, le corps pantelant, la
bouche écumante comme des épileptiques, et bien
plus semblables à des possédés qu'à des hommes
éclairés de la lumière divine. Mais, tirons le rideau
sur ces aberrations religieuses trop communes
dans tout l'Orient et dont il n'y a guère plus d'un
siècle que nous sommes guéris nous-mêmes. Parmi
toutes les sectes de derviches, la dévotion des *mewlevis* est, sinon la plus raisonnable, du moins la
plus décente, et la nature humaine n'y est point
défigurée par les contorsions et les hurlements
d'énergumènes des *refaï* et des *enshakis*, ni par ces
momeries dégoûtantes où l'on voit quelques fanatiques se délecter comme nos convulsionnaires dans
l'application de certains instruments de torture
auxquels ils donnent l'agréable nom de *gul*, c'est-à-
dire *rose. Oh ! la belle langue que la langue turque !*

Revenons au digne Qodja-Hassan et à son ami
Hadgi Moustapha, le derviche maniaque, lequel
avait joué le principal rôle dans cette cérémonie ;
car je l'avais reconnu du premier coup d'œil, en tête
de ses confrères, à sa grande taille et à sa noble
figure. Il m'eût certainement été impossible de me
représenter sous des traits plus beaux que les siens
le fastueux ascétisme de l'Orient. Avec son *kulah*,
sa barbe hiératique et sa longue jupe blanche déployée en éventail autour de lui, il me rappelait ces
figures héroïques de rois et de pontifes demi-dieux,
détachés en bas-relief sur les murailles de Khor-
sabad et de Persépolis, dont la tête mitrée, le *cala-
siris* aux mille plis et les longs bras étendus vers
l'Orient et l'Occident semblent proposer encore à la
curiosité de notre siècle les énigmes du monde
antique.

Le *mouqabelé* étant terminé par les prières et les
cérémonies d'usage, Hadgi Mohammed nous fit descendre dans le jardin du *tekié*, où il nous montra
avec orgueil les plates-bandes de légumes qu'il y
cultivait lui-même ; car le bon derviche excellait
dans tous les arts où la main n'a pas besoin d'être
conduite par la pensée. Au bout d'une demi-heure,
Qodja-Hassan jugeant que son ami avait eu le temps
de se remettre un peu du premier accablement que
cause l'exercice du *djulvet*, et empressé de me le
faire connaître, me mena dans sa cellule. Malgré

son extrême fatigue, Hadgi Moustapha nous reçut
avec une politesse qui indiquait l'homme né ou
élevé dans les rangs supérieurs de la société; mais
il ne fit pas mine de me reconnaître et se contenta
de m'adresser quelques questions sur les circonstances politiques qui attiraient pour la première
fois une armée française en Turquie. Il se félicita
de cette alliance, tout en faisant de prudentes ré-
serves sur l'influence des idées et des institutions
étrangères qui menaçaient, disait-il, de troubler la
pureté de l'islamisme. Pendant qu'il me parlait, je
l'examinais à la dérobée — car regarder quelqu'un
en face passe chez les Turcs pour une incivilité —
et j'admirais dans sa personne le modèle le plus
parfait de la beauté orientale, beauté qui, sous l'apparence virile des traits du visage et des formes
robustes du corps a, si j'ose le dire, quelque chose
de moins mâle que la nôtre, et sans avoir rien d'ef-
féminé, présente dans sa physionomie un cachet
tout féminin. Des yeux à fleur de tête, découverts
et bien fendus; de longues paupières sous des sourcils arqués; un front pur, de belles joues, des
lèvres un peu épaisses, mais dont le vif incarnat
laisse apercevoir des dents blanches comme des
perles : tel est le type que le sang des femmes de
Circassie a infusé par la génération dans un grand
nombre de familles Osmanlis des classes supérieures,
et qui frappe surtout chez les adolescents, mais

dont beaucoup d'hommes gardent l'empreinte jusque dans leur vieillesse. En dépit des préjugés banals répandus sur le compte des Turcs, un observateur de bonne foi ne peut s'empêcher d'admirer ces nobles visages où la pureté du sang maternel a laissé la trace de charmes appartenant à un autre sexe et souvent une expression de douceur, de timidité, de candeur ingénue qui fait le plus étonnant contraste avec des mœurs brutales et des passions violentes jusqu'à la férocité. A l'âge d'environ cinquante ans Hadgi Moustapha conservait encore une assez grande partie de ces avantages de sa race pour faire deviner ce qu'il avait été dans sa jeunesse. Ses manières et son langage témoignaient en outre d'une excellente éducation et il paraissait familier avec toutes les connaissances qu'on peut acquérir dans les écoles mahométanes. Il parlait avec une exquise élégance la langue pompeuse des lettrés et possédait cette suavité d'accent dont on ne peut se faire l'idée tant qu'on n'a pas eu le bonheur de le surprendre derrière le voile des dames turques pendant leurs longues visites aux joailliers et aux parfumeurs arméniens du grand bazar. En un mot, malgré son froc grossier de derviche, son fanatisme extravagant et ses mœurs bizarres, Hadgi Moustapha eût passé partout ailleurs qu'en Turquie pour un homme fort distingué.

Qodja-Hassan qui l'avait écouté jusque là avec

déférence prit la parole pour lui rappeler discrètement notre première rencontre et lui exprimer le
vif désir que j'avais d'apprendre de sa propre bouche pour quelles raisons il était sorti de son caractère dans cette circonstance en maltraitant si cruellement son ânesse, ayant soin d'ajouter que l'intérêt
plus que la curiosité me poussait à lui faire cette
question; car j'avais déjà compris, sur quelques
paroles échappées à la rapidité de notre entretien,
que ce qui m'avait choqué dans sa conduite tenait à
des événements éloignés de son existence. Hadgi
Moustapha rougit, et après un moment de réflexion
me fit la réponse suivante : « Que votre seigneurie
veuille bien excuser la confusion de mes souvenirs.
Les malheurs dont ma vie a été traversée, semblables aux lueurs de la foudre pendant une nuit obscure, ne servent le plus souvent qu'à égarer ma
raison plutôt qu'à éclairer sa route. Mais si la mémoire me fait défaut en ce moment, il suffit que
mon illustre ami Qodja-Hassan me rappelle cette
circonstance pour me féliciter qu'elle ait attiré sur
moi l'attention d'un officier français, et je me ferai
un véritable plaisir, *sulthanem*, d'éclaircir vos doutes
et de lever vos scrupules au sujet de l'acte dont vous
avez été témoin; néanmoins, vous n'ignorez pas
que la vie humaine n'est qu'une longue chaîne
d'accidents enlacés les uns aux autres par la prévoyance du Grand Ouvrier, et dont on ne peut dé-

tacher un anneau sans détruire le mystérieux artifice qui le soude au reste de la chaîne. Frapper une bête domestique avec le poignard est sans doute une action cruelle et insensée si on la considère isolément; mais avant de la condamner, n'est-il pas juste de savoir à quel sentiment particulier il faut en attribuer la cause, et si ce sentiment se rattache à des événements ignorés, ne faut-il pas chercher à les connaître. Tout se tient dans notre vie et Allah tient tout dans sa main, en sorte qu'il n'est pas de secrets pour lui, au lieu que chaque événement est pour l'homme une énigme qu'il n'est jamais sûr de deviner.

— Eh bien, Hadgi Moustapha, dit en souriant Qodja Hassan, apprenez-nous le sens de cette énigme en nous racontant votre histoire. Nous l'écouterons religieusement. Vous savez combien j'aime à vous entendre. Et quant à ce noble étranger, quoique chrétien, il est digne qu'Allah scelle sa fin par la vraie foi; car il n'est pas de ceux dont il a été écrit : *Le rire du méchant et de l'insensé ne doit pas faire rougir l'homme de bien.* »

Hadgi Moustapha s'inclina, soupira profondément et, après s'être recueilli un instant, il commença à parler en ces termes :

L'histoire de ma vie, dit-il, est uniquement celle
de ma première jeunesse, et après tant d'années
écoulées dans la pénitence, il me semble aujour-
d'hui en la racontant que je parle d'un autre homme
que moi. Je suis né à *Istambol la bien gardée* (Constantinople), dans le faubourg d'*Eioup-Ensari*, d'une
famille pauvre et obscure. Mon père, Moustapha
Qalioundgi, après avoir été simple matelot sur la
flotte ottomane, puis *qaïkdji* (batelier) au service de
l'arsenal, était enfin parvenu à devenir *reïs* (patron)
d'une petite felouque, achetée de ses deniers, avec
laquelle il naviguait dans la mer Noire pour le
trafic des esclaves. Ma mère était fille d'un bey
circassien d'Anapa. Elle s'appelait Émineh. Sa
beauté merveilleuse eût suffi pour la rendre digne
du titre de sultane, si elle n'avait préféré à un
brillant esclavage la condition de libre épouse d'un
Osmanli. Elle possédait, d'ailleurs, un mérite au-
dessus de son sexe et tous les talents convenables à
la haute position pour laquelle elle avait été élevée.
Néanmoins, plutôt que d'imiter ses pareilles, en
consentant à servir de prix à l'ambition de sa fa-

mille, elle parvint à s'enfuir de la maison paternelle. Mon père, séduit par ses instances et plus
encore par sa beauté, lui donna un refuge sur son
navire parmi les jeunes filles qu'il venait d'acheter
pour le compte des marchands d'esclaves et l'em-
mena à Constantinople, où il ne tarda pas à l'épouser après avoir répudié sa première femme Aychah,
ne voulant pas avoir désormais d'autre maîtresse
de son cœur. Je suis l'unique fruit de ce mariage;
car ma mère mourut trois années après de la petite
vérole, en mettant au monde une fille qui ne sur-
vécut pas au mal qu'elle apportait en naissant.
J'avais néanmoins deux frères et une sœur, tous les
trois enfants d'Aychah et beaucoup plus âgés que
moi, dont l'aîné, Mehemmed, était déjà matelot à bord
d'un vaisseau de guerre, le cadet, Khalil, naviguait
avec mon père et la troisième, nommée Zeineb, a été
mariée depuis à un marchand de *Fondouq-Khané*.
Je reçus en naissant le nom de Moustapha, signe de
la prédilection que mon père avait conçue pour le fils
de son épouse favorite. C'était en effet le sien propre
qu'il voulait mettre ainsi sous l'ascendant du mérite
et des hautes vertus d'Émineh, espérant qu'il rega-
gnerait un jour le rang dont elle avait consenti à
descendre pour lui. Je savais à peine parler quand
ma mère mourut, laissant dans la maison un deuil
éternel, après m'avoir recommandé à l'affection et
aux soins de ma sœur Zeineb; cependant, malgré

notre pauvreté et notre humble condition, tout fut
sacrifié pour me rendre digne d'elle. Je reçus les
leçons d'un khodja (précepteur), nourri de la forte
manne du prophète et du miel délicieux distillé
par les abeilles de l'Iran. A l'âge où les autres enfants commencent à peine à balbutier la sainte parole, ma mémoire, comme un livre ouvert, faisait
passer à volonté sur ma langue les six mille six cent
soixante-six *aiets* (versets) du Coran et l'art du *qalem*
n'avait plus de secrets pour moi. Je maniais déjà un
cheval fougueux et j'aurais fait passer au galop un
djerrid (javelot) par la fuie d'un colombier. Mon père,
ne trouvant quelque consolation que dans tout ce qui
lui rappelait le souvenir de sa chère Émineh, avait
voulu me donner l'éducation d'un bey, et non content de me faire vêtir d'habits magnifiques, il poussait la faiblesse jusqu'à me traiter avec le même
respect que si j'en eusse réellement porté le titre.
Je dois sans doute rendre grâce à ma mère de l'heureux naturel qu'elle m'avait légué avec la ressemblance parfaite de son visage; car, cette aveugle
indulgence, loin de me faire oublier mes devoirs,
envers celui de qui je tenais la vie, m'engageait à
redoubler de soins et d'application pour combler
tous ses désirs. Néanmoins, j'ignore ce que le sort
eût fait de moi si un événement préparé par la
main d'Allah n'eût donné un essor imprévu à ma
destinée.

Un jour, le caïque du sultan portant sa Hautesse de la pointe du sérail à Dolma-Baghtché, avec une partie de son harem, il arriva qu'une fausse manœuvre des rameurs faillit le faire chavirer au milieu du port. La secousse fut si forte que le *qizlar-agassi* (premier eunuque noir) chargé de la surveillance des femmes, étant monté imprudemment sur la coursive pour les empêcher de se jeter par frayeur toutes d'un côté, fut lui-même précipité par-dessus le bord dans la mer et disparut en un instant sous la proue du caïque. Le sultan, qui aimait beaucoup cet officier, se leva aussitôt en commandant aux rameurs de hausser les avirons et promit vingt bourses (dix mille piastres) à celui d'entre eux qui risquerait sa vie pour le sauver. Les voyant hésiter, il héla lui-même la barque la plus proche de la sienne, et le hasard voulut que cette barque fût un petit caïque à deux paires de rames, conduit par mon père et mon frère Khalil qui revenaient ensemble d'*Uskudar* (Scutari). En trois coups d'aviron, mon père fit bondir sa nacelle comme un cheval de course dans le sillage du caïque impérial, et sans prendre le temps d'ôter ses *chalvars* (chausses) plongea dans les eaux profondes et rapides du détroit. Tous les cœurs cessèrent de battre pendant une minute d'attente et d'anxiété générale jusqu'à ce qu'on vit reparaître le brave marin, soulevant d'une main par le collet de son caftan le corps inanimé du qizlar-

agassi et nageant vigoureusement de l'autre vers le
caïque impérial, et un seul cri s'échappa alors de
toutes les bouches muettes de respect autant que de
terreur. On s'empressa de recueillir à bord la victime de cet événement, qui ne paraissait plus qu'un
cadavre, tandis que son sauveur, honteux d'avance
de voir mettre un prix à une action qui ne lui avait
rien coûté, profita du premier moment de confusion pour se dérober en plongeant de nouveau à la
vue des assistants et regagner ainsi son caïque, dans
lequel il s'éloigna à force de rames.

Cependant, mon père était trop connu des marins
et des bateliers du port pour que son nom ne parvînt
pas aux oreilles du sultan; car on n'aurait pu
trouver dans les îles un meilleur plongeur que Moustapha Qalioundgi et personne ne maniait un caïque
comme lui. Effectivement le soir même de cette
aventure, peu après la quatrième prière, il fut averti
par un *chatyr* (coureur) de la Sublime-Porte qu'un
officier désirait lui parler, et ma sœur Zeineb avait à
peine eu le temps de remettre son voile, quand un
capidgi-bachi entra dans la maison, suivi d'un
tchaouch portant un sac de cuir sur son épaule.
Mon père salua cet officier et devinant le motif
de sa visite le fit asseoir pour s'entretenir plus librement avec lui. Mais le capidgi-bachi, avant toute
explication, tira de son sein un firman revêtu du
thogra (seing du sultan) dont il fit la lecture et qui

décernait au reïs Moustapha Qalioundgi un mandat de dix mille piastres sur le trésor impérial, pour avoir au péril de sa vie sauvé le plus fidèle et le plus affectionné de ses serviteurs, Son Excellence le qizlar-agassi. Mon père, après avoir baisé le sceau du sultan, prit la parole en ces termes :

« Il n'appartient pas à un homme comme moi, effendim, de refuser les présents de Sa Hautesse (qu'Allah conserve ses jours et les comble de prospérités); cependant qu'elle veuille bien ne pas s'irriter de mon audace, si je déclare ici en votre présence que je n'accepte pas celui-ci à titre de récompense, mais comme une simple marque de sa libéralité; en sauvant Son Excellence le qizlar-agassi (puisse-t-il vivre longtemps!) je n'ai fait qu'acquitter sans aucun péril pour les miens une faible partie de la dette que j'ai contractée à son service. Depuis cette époque ma vie lui appartient tout entière comme mon âme appartient à Dieu et jusqu'à ce qu'il lui plaise d'en disposer, elle ne me doit rien. Car c'est à moi, que la mort a si longtemps épargné à son service, de payer ce bienfait de la dernière goutte de mon sang. J'accepte donc comme un pur don ce témoignage de sa sublime munificence et ma reconnaissance est d'autant plus vive qu'elle est sans nuages, puisque j'ai eu le bonheur de conserver à son affection le plus digne des serviteurs qui aient jamais franchi le *Seuil de la félicité* (la porte du harem). »

Le capidgi-bachi parut étonné de la fierté de ces paroles; mais elles étaient si sages qu'il ne put s'empêcher de les écouter favorablement. Il promit en souriant d'en rendre compte au sultan, puis après avoir prié mon père d'apposer son cachet au bas du firman et fait ouvrir par le tchaouch le sac dont il était chargé, il compta lui-même les vingt bourses en espèces d'or et nous quitta, nous laissant, ma sœur Zeineb et moi, émerveillés de tant de richesses. Nous ne nous lassions pas de regarder, de manier, de compter et de recompter cet argent comme si les *djinns* (génies) des *Mille et une nuits* arabes eussent tout à coup visité notre pauvre maison. Il y avait près de trois cents sequins d'or tout neufs. C'était presque une fortune pour mon père qui, n'ayant jamais pu économiser une pareille somme, se voyait ainsi en état de prendre un petit intérêt dans le trafic des esclaves. Mais comme la plupart des marins, il avait autant d'imprévoyance que de franchise et de loyauté. Dès le jour suivant, il se mit à parcourir de grand matin les bazars, dépensant çà et là presque tout son argent en étoffes, joyaux et autres bagatelles, dont il prétendait nous faire fête à ma sœur et à moi. Il acheta de plus un petit esclave noir pour me servir et un mouton gras dans le dessein d'en régaler le lendemain ses pa-

rents et ses amis. Pour la première fois, depuis la
mort de ma mère Emineh, on eût dit que la joie
rentrait dans la maison. Cependant avant la fin du
festin auquel on avait voulu que je prisse part, mon
frère Kalil, qui était sorti pour quelque commis-
sion, rentra précipitamment et tout hors de lui
comme s'il eût vu la maison en flammes, il nous
annonça qu'une troupe de gens à cheval, escortant
sans doute quelque grand dignitaire du sérail, venait de s'arrêter devant la porte. Il n'avait pas
achevé de parler que deux tchaouchs, leur baguette
à la main, entrèrent en effet dans la chambre où
nous étions rassemblés, précédant un officier du
sultan dont ils proclamèrent le nom en se rangeant des deux côtés de la porte. C'était le qizlar-
agassi. Quand je vivrais mille ans, je n'oublierais
jamais la figure de cet excellent homme que je
voyais alors pour la première fois, mais qu'aucune
autre image n'a pu dans la suite effacer de mon
cœur. J'ignore dans quelle contrée du Soudan il
avait pris naissance; mais quoiqu'il fût très-noir
et semblable pour les traits aux gens de son pays, il
avait néanmoins une physionomie douce et vénérable qui inspirait la confiance autant que le respect. L'aimable sérénité d'une âme à l'abri des
passions siégeait sur son front, et quand il parlait,
toutes les grâces d'Allah découlaient de ses lèvres.
Chéri du sultan qui avait en lui une confiance sans

bornes, on disait qu'il n'avait jamais cessé de la
mériter par l'importance de ses services privés. Il
gouvernait le harem en père, plutôt qu'en maître,
et dans un empire si difficile à exercer, il avait l'art
de ne tirer son autorité que de l'affection qu'il inspirait à tout le monde. Enfin à tant de rares qualités il joignait encore le mérite de la piété, d'une
instruction solide et du commerce le plus agréable.

A son entrée dans la chambre du festin, tous nos
convives s'étaient levés par respect; mais il les fit
rasseoir avec bonté, et, s'adressant à mon père qui
s'avançait vers lui pour le saluer :

« Approche, Moustapha Qalioundgi, lui dit-il, et
souffre qu'avant de te faire part du motif de ma visite, j'aie le plaisir de serrer dans mes bras celui à
qui je dois la vie. » En parlant ainsi, il saisissait des
deux mains la tête de mon père et la pressait avec
effusion contre sa poitrine.

« Je suis venu te voir, continua-t-il, non-seulement pour satisfaire le vif désir que j'avais de rendre
grâce à mon sauveur; mais encore pour obéir aux
ordres du sultan mon maître. Sa Hautesse veut bien
en effet dans cette occasion servir elle-même de garant aux témoignages de ma reconnaissance. Ta
réponse, loin de lui déplaire lui a inspiré la volonté
de te faire du bien; et pour mettre le comble à cette
faveur, c'est moi qu'elle charge de pourvoir à l'exécution de ses intentions bienveillantes. Mais ne

crains pas que j'abuse de mon autorité pour contraindre ton indépendance ou embarrasser ta fierté sous le poids de mes bienfaits. Je prétends te laisser le choix de la grâce que le sultan t'accorde d'avance par ma bouche ; parle hardiment, et pourvu que tes vœux ne dépassent pas les bornes de la raison et de la puissance humaine, tu peux les considérer dès cet instant comme accomplis. »

Mon père fut d'abord étourdi de ce discours, dont la conclusion inattendue donnait pour la première fois une existence palpable aux images de prospérité que son esprit avait caressées jusque-là comme des songes. Il croyait rêver encore et craignait même de parler, de peur de voir l'enchantement s'évanouir. Mais en ce moment, le souvenir de sa chère Émineh, auquel il avait toujours recours pour trouver un bon conseil dans les occasions importantes, vint sans doute le rendre à la raison en lui inspirant des sentiments plus dignes d'elle et de lui. Il me prit par la main, et se tournant vers le qizlar-agassi : « Que votre excellence, lui dit-il, veuille bien excuser l'hésitation d'un pauvre homme peu habitué à ces jeux de la fortune. En me tirant subitement de mon obscurité, son éclat m'a d'abord ébloui; mais à ce prodige de générosité, je reconnais maintenant notre magnanime sultan, et loin d'être aveuglé par sa faveur, je regrette que mon ignorance et la bassesse de ma

condition me rendent indigne d'en user pour son
service. Je ne suis qu'un marin grossier auquel on
ne refuse pas quelque habileté à manier un gouvernail ou un aviron, mais incapable de m'élever à
un rang supérieur au mien sans perdre toute ma
valeur. Votre excellence sait qu'on aura beau dorer
une piastre, on n'en fera jamais un sequin. De quoi
me servirait la richesse? Mon métier me suffit pour
vivre selon mes besoins. Je ressemblerais à la pièce
fausse qui éblouit un moment les yeux; mais qui,
en passant de main en main, ne tarde pas à rougir
de n'être qu'un morceau de cuivre. Eh! que ferais-
je de l'autorité si j'étais revêtu d'un emploi quelconque? Moi qui sais à peine conduire mes propres
affaires, irais-je me mêler de diriger celles des autres? L'âne porte le chamelier, mais ce n'est pas
lui qui mène la caravane. Ainsi ferais-je de ma
charge, si j'avais la présomption de m'en croire capable. La prudence et le bon sens m'interdisent
donc de sortir de l'humble condition où la sagesse
d'Allah m'a placé; car si je ne suis pas Moustapha
Qalioundgi, je ne suis plus rien. Le service que j'ai
eu le bonheur de rendre à votre excellence n'en est-
il pas la meilleure preuve? Que fût-elle devenue, si,
au lieu de faire mon métier, j'avais exercé en ce moment dans le sérail les fonctions de *capidgi-bachi* ou
d'*aga du harem*, ou celles de *qaimaqam* au fond de
quelque province? Qu'Allah écarte de nous cette fu-

neste pensée! Cependant, puisque Sa Hautesse a
daigné jeter les yeux sur moi et que votre excellence m'invite à former un vœu raisonnable, voici
la grâce que j'ose implorer d'elle. J'ai un fils chéri
qui est l'espoir de ma famille, dont la mère, si elle
eût épousé un autre que moi, aurait sans doute il-
lustré le nom par ses vertus et son mérite. Ce fils,
le voici ; je vous le présente, ou plutôt, je le confie
à vos soins. Il en est déjà digne par une éducation
au-dessus de sa condition et de son âge. Que Sa
Hautesse veuille bien l'admettre au nombre des fu-
turs serviteurs du sérail, et je n'aurais plus de
grâces à lui demander, car tous mes vœux seront
accomplis. »

Ainsi parla mon père, et j'aperçus sur le visage
du qizlar-agassi, pendant qu'il me considérait attentivement, un souris qui me parut de bon augure.
« Que tu es heureux ! Moustapha-Qalioundgi, dit-
il enfin en étouffant un soupir, et que j'envie ton
bonheur d'être le père d'un pareil enfant ! Je lis
déjà sur son front les plus hautes destinées. Ta demande est sage et loin de m'offenser, elle met le
comble à mon estime et à ma reconnaissance. Je
reçois au nom du sultan le trésor que tu me con-
fies, et pour mieux te répondre d'un dépôt si précieux, je prétends adopter cet enfant afin de lui
tenir lieu de père, si, ce qu'à Dieu ne plaise, il venait
à perdre ce dernier soutien. D'ailleurs, il est écrit :

*N'est pas orphelin celui dont le père et la mère sont
morts; orphelin est celui qui n'a ni savoir ni éducation.* Tu as prudemment agi, Moustapha Ga-
lioundgi, de munir de bonne heure ton fils de ces
armes spirituelles avec lesquelles l'homme peut
dompter le sort et l'assujettir à ses lois. Je démêle
sur sa physionomie le désir qu'il a déjà de me
plaire par sa sagesse et son application. Ainsi avec
l'aide de Dieu, tes soins et les miens porteront je
l'espère des fruits excellents que tu recueilleras
dans ta vieillesse; mais cet engagement ne m'ac-
quitte pas envers toi; car, en me conservant à l'affection de mon maître, tu as plus fait que me sauver
la vie. C'est un bien que j'estimerais peu si je n'a-
vais le bonheur de pouvoir la dévouer tout entière
à son service. Tant que j'en jouirai, je reste donc
ton obligé, et quoique j'approuve ton désintéresse-
ment, je ne veux pas être en reste de générosité
avec toi. Souviens-toi donc de la promesse que je
vais te faire ici en présence de cet enfant et que je
prie Allah de ratifier comme si elle était attestée
par un serment; car il est écrit : *La parole de
l'homme est sa religion.* Si jamais toi ou ton fils
dans les traverses que le sort peut vous faire subir
à l'un ou à l'autre, vous avez besoin du secours
d'un ami, adressez-vous à moi avec confiance.
Quelle que soit la chose que vous me demanderez,
fût-ce le sacrifice de ma propre vie, pourvu qu'elle

dépende de moi, elle vous sera accordée. J'en prends à partir de ce jour l'engagement solennel, et cette parole que je laisse entre nous, tant que je vivrai, sera exécutée avec autant de promptitude et de fidélité que si elle était écrite de la main du sultan et revêtue du *thoghra* impérial. Après cet acte de confiance qui me décharge de mon obligation envers toi, permets-moi, Moustapha Qalioundgi, de te demander ton amitié et de t'offrir la mienne. Songe que ton fils appartient désormais au sultan et qu'il a trouvé en moi un second père. Hélas! le ciel me force presque aujourd'hui à le remercier de m'avoir refusé une grâce qu'il accorde même au dernier des esclaves, puisqu'il offre à mon affection un enfant aussi accompli que le tien. »

Les paroles de cet homme vénérable me pénétrèrent de respect et de reconnaissance. Malgré la légèreté de mon âge, je compris l'importance de l'engagement qu'il venait de prendre envers nous et j'en sentis toute la sublimité. Mon père, ravi de son côté de m'avoir trouvé un tel protecteur, ne se possédait pas de joie et élevait déjà l'essor de ses espérances au-dessus du troisième ciel. Ne trouvant pas de termes pour remercier le qizlar-agassi de tant de bienfaits, il était presque tenté de le bénir comme un être surnaturel. Après avoir daigné prendre part pendant quelques instants au bonheur domestique, cet officier se retira bientôt, nous lais-

sant aussi éblouis que si nous eussions eu devant
les yeux le miroir magique de *Djem*.

Fidèle à ses promesses, il m'envoya au bout de
trois jours un kapidgi pour m'avertir de me préparer à paraître en présence du sultan. Ma sœur
Zeineb passa la matinée à me peigner, me parfumer
et me parer de mes plus riches habits, et peu après
la prière de midi, le qizlar-agassi suivi d'une escorte d'eunuques blancs et de *sipahis*, vint me que-
rir pour me conduire lui-même au sérail. On me fit
monter un petit cheval turcoman parfaitement harnaché que je pris plaisir à manier de façon à m'attirer tous les regards. Quoique j'eusse à peine atteint ma douzième année, j'étais déjà grand et
robuste pour mon âge, et je tenais de ma mère
Émineh ce don fatal de la beauté qui, en faisant
entrer de bonne heure la vanité dans le cœur de
l'homme, le laisse plus tard ouvert à toutes les passions. Arrivés à la mosquée d'Aia-Souphia (Sainte-
Sophie), nous entrâmes à cheval par la *porte Auguste* et ne mîmes pied à terre qu'à la porte inté-
rieure du Divan (Ortakapou), où nous fûmes reçus
par le kapou-aga (premier eunuque blanc), intendant
du sérail et le khass-oda-bachi, chef des *itchoghlans*
et des agas du harem. Mon protecteur me présenta à
ces deux officiers, les premiers dignitaires du sérail après lui, comme aux maîtres à qui je devais
désormais obéissance. Mais arrivés à la *porte de la*

Félicité (la porte du harem), nous en franchîmes
seuls le seuil redoutable et les eunuques noirs nous
conduisirent jusque dans les appartements privés
du harem. Là, nous trouvâmes Sa Hautesse occupée
à se délasser de la chaleur du jour en compagnie
de sa mère la sultane Validé. Mes yeux éblouis
crurent voir en entrant les merveilles du palais enchanté d'Alaeddin et je sentis mon cœur s'agiter
dans ma poitrine comme l'oiseau qui tente follement de briser les barreaux de sa cage. Néanmoins,
j'avais déjà une si funeste confiance en moi-même
que, loin de me laisser intimider par la présence
de ces deux augustes personnages, pendant que le
qizlar-agassi se prosternait jusqu'à terre devant
eux, je m'avançai hardiment vers le divan où ils
étaient assis pour leur baiser la main. Je me sou-
viens que la sultane Validé se mit à rire, ce qui
dérida tout à coup Sa Hautesse, et après avoir reçu
mon hommage enfantin, l'un et l'autre se plurent à
louer ma bonne mine et à me caresser à l'envi.
Sultan Mahmoud-khan (qu'Allah juge ses actions!) était un homme encore jeune, mais déjà accablé sous le fardeau des affaires que la faiblesse de
ses deux prédécesseurs avait laissé s'accumuler sur
l'empire comme un orage prêt à éclater. Ce dernier
rejeton de la race d'Osman aurait eu peut-être un
génie capable d'en conjurer les périls, s'il n'eût dès
lors médité le dessein qu'on l'a vu exécuter dans la

suite, de plier les mœurs de ses sujets sous des
lois étrangères, au risque d'altérer la pureté de l'islam. Sa mère qui avait sur son esprit un ascendant
sans borne, dirigeait ses conseils dans cette voie
qui avait déjà été si fatale à l'infortuné Sélim. Votre
seigneurie doit savoir qu'elle était de la même nation que vous, d'origine française et chrétienne et
née, dit-on, dans les îles au-delà de l'Océan. J'i-
gnore si la grâce d'Allah l'avait touchée; mais, au
milieu même du harem où elle régnait en souveraine, elle avait conservé la plupart des habitudes
de son pays. C'était d'ailleurs au moment où je la
vis pour la première fois une femme respectable
par son âge et ses vertus. Elle gardait à peine quelques traces de la beauté, ou plutôt des agréments
infinis qui, dans sa jeunesse, l'avaient élevée au
premier rang; mais elle avait encore dans ses paroles et dans ses gestes, une liberté et une vivacité
inconnues à nos femmes d'Orient. Sa Hautesse montrait pour elle une déférence mêlée à la fois de tendresse et d'admiration. Elle ordonna au qizlar-
agassi de leur raconter mon histoire, ce qu'il fit en
termes agréables. Je m'aperçus que, malgré sa
grande piété, ce digne officier avait eu l'art de s'in-
sinuer dans ses bonnes grâces par une ingénieuse
flatterie. Le sultan, dont l'instruction répondait à
ses hautes qualités, voulant mettre mon esprit à
l'épreuve, me proposa deux énigmes en vers per-

sans qu'il improvisait sur-le-champ avec la plus
grande facilité. Comme je l'appris dans la suite, il
aimait beaucoup ce passe-temps et sa mémoire était
ornée de toutes les fleurs de la poésie persane.
J'eus le bonheur de deviner ses énigmes et même
de répondre à la dernière par un distique emprunté
à un *gazal* (ode) d'Hafiz, ce qui lui plut infiniment.
Cependant, la sultane mère, qui ne comprenait pas
cette langue, ne tarda pas à nous congédier. Dès ce
jour même, je fus remis par le qizlar-agassi entre
les mains du khass oda-Bachi (chef des apparte·
ments privés) et installé dans le quartier des *itchoghlans* parmi une trentaine d'enfants à peu près de
mon âge appartenant presque tous aux plus illustres familles de l'Empire. Nous étions divisés en
trois *odas* (chambrées), présidées chacune par un
eunuque blanc chargé de nous gouverner sous l'autorité suprême du Khass-oda-bachi. Chaque *oda* recevait les leçons de plusieurs *khodjas* choisis parmi
les plus savants *oulemas* qui venaient successivement nous instruire dans le *Sounnat*, l'*Imamet* et
les commentaires. On nous enseignait en outre les
langues arabe et persane, ces deux sources de la
raison et de l'élégance; l'histoire, la géographie, la
science des nombres, le grec, l'italien et même le
français, la seule chose que je n'ai jamais pu apprendre. Sauf votre révérence, c'est un langage
trop bref pour notre pensée et où elle ne peut se

développer à l'aise sans choquer notre oreille par la répétition des mêmes mots. Nous avions dans les jardins du sérail un endroit réservé pour nos jeux et nos exercices où l'on nous faisait courir à cheval, lancer le djerid et manier le fusil au son du tambour à la façon européenne. Grâce à mon éducation précoce dans la maison paternelle, j'avais déjà fait tant de progrès dans la plupart de ces connaissances que je me distinguai sans peine de tous mes compagnons. Le bon qizlar-agassi, ravi de mes succès me traitait comme eût fait le père le plus tendre. La sultane mère, qui avait bien voulu se souvenir de moi, daignait me faire paraître de temps en temps en sa présence, d'où je ne me retirais jamais sans quelques marques de sa libéralité. Elle se plaisait à me faire conter les histoires du cheik Zady sur *la malice des femmes*, et après m'avoir demandé ce que j'en pensais, elle riait aux éclats de mes réponses ingénues. Sa Hautesse elle-même, pour se distraire, m'envoyait quelquefois des énigmes persanes écrites de sa main, auxquelles il fallait répondre sur l'heure, et paraissait fort satisfaite de mes petits talents. Une telle faveur ne tarda pas à exciter la jalousie des autres itchoghlans et à me mettre en butte à leur malignité. Ils ne m'appelaient plus par raillerie que Moustapha Qalioundgi pour faire allusion à l'humble profession de mon père; mais la vigueur précoce dont Allah

m'avait doué suffisait pour mettre un frein à leur
malice, et je trouvais de quoi m'en consoler dans
l'amitié d'un de mes compagnons qui, bien que de
basse extraction, comme moi, se faisait déjà distinguer parmi les enfants du sérail par ses talents et
sa bonne mine. C'était Mehemed-ali, aujourd'hui
séraskier du sultan Abdul-Medjid-khan (qu'Allah
lui soit propice), qu'on appelait également par dérision le *cafedgi* parce que son père avait exercé ce
métier près de l'arsenal. Le lien qui nous unissait
alors était si fort que ni le temps ni l'abîme qui sépare nos destinées n'ont pu le rompre, et jusque
dans mon indignité, je m'honore encore de pouvoir
m'appuyer sur cette solide colonne de l'empire
ottoman.

V

Je ne fatiguerai pas plus longtemps votre seigneurie du récit sans intérêt de ma première jeunesse.
Il lui suffira d'apprendre que pendant les dix années
qui suivirent mon entrée au sérail, loin de voir s'af-
faiblir la faveur extraordinaire qui m'y avait accueilli, je fis de tels progrès dans les bonnes grâces
du sultan mon maître et de sa mère la sultane Validé que, vers l'âge de dix-huit ans, les plus grands

dignitaires commençaient à saluer de leurs hommages l'astre naissant de ma fortune. Mais je ne dois point passer sous silence une particularité d'origine antérieure qui, toute indifférente qu'elle puisse d'abord vous paraître, a néanmoins décidé comme vous le verrez plus tard du reste de mon existence en fermant brusquement dès les premières pages le livre de ma destinée.

Il y avait parmi les *Odalik* (servantes du harem) une petite esclave muette attachée à la personne de la sultane Validé qui lui faisait faire dans le sérail mille commissions, et s'en amusait comme d'un animal familier. On la voyait circuler partout librement, à cause de son jeune âge et adresser à tout le monde les signes expressifs qui lui tenaient lieu de langage. On la rencontrait dans les cours, les jardins, les vestibules, dans les salles mêmes du divan et jusque dans les corps de garde de janissaires; mais surtout dans le quartier des itchoghlans où elle se plaisait à jouer, à courir et à faire d'autres espiègleries avec les enfants de son âge. Les agas du harem, les eunuques et les kapidgis étaient tellement habitués à la voir qu'ils ne faisaient plus attention à elle que pour s'en amuser en passant, et le kapou-aga lui-même, par respect pour la sultane mère et par compassion pour l'infirmité de cette malheureuse créature, tolérait sa présence parmi les hommes malgré les règles sévères du sérail.

Cette petite esclave avait la peau de couleur basanée comme les Mauresques et les femmes de Nubie. Cependant elle n'était point d'origine arabe, mais persane, ou plutôt elle appartenait à cette nation infidèle répandue comme celle des juifs dans tous les pays musulmans, que nous nommons en langue turque *tchinguiané* (bohémiens). Son père avait été un redoutable chef de voleurs de *l'Irak-adjemi*, appelé en persan *Kher*, c'est-à-dire l'âne, à cause de la difformité de ses oreilles. Les gens du pays ayant détruit sa bande, il avait été lui-même étranglé par l'ordre du *chah* après avoir vu vendre comme esclaves sa femme et ses enfants, à l'exception de la plus jeune de ses filles qui avait été donnée en présent à la mère du sultan Mahmoud comme une petite merveille. En effet, quoique muette de naissance, elle n'était point sourde et avait été douée par la nature de l'esprit le plus vif et le plus délié. Elle comprenait à demi mot tout ce qu'on lui disait et y répondait avec intelligence, tantôt par des gestes, tantôt à l'aide de tablettes d'ivoire où elle traçait des caractères aussi rapides que ses pensées. J'ignore si dans une vie presque sauvage on avait pu soigner son éducation, ou si comme d'autres êtres de son espèce elle avait suppléé par un génie naturel au défaut de la parole; mais elle écrivait dans les trois langues de l'islam comme nos plus savants oulémas, et sa mémoire retenait toutes choses. Pour sa figure

elle était aussi bizarre que sa personne, et l'on ne
pouvait rien voir de plus réjouissant ni de moins
semblable aux autres enfants de son âge que cette
petite créature. On lui avait donné le nom de *Kherzadé*, comme qui dirait en notre langue *petite ânesse*
par une allusion dérisoire à celui de son père, quoiqu'elle ne ressemblât à cette bête stupide que par
sa malice et son entêtement; car elle tenait de sa
race un esprit rebelle et entièrement porté au mal
comme l'instinct de ces animaux farouches qu'on ne
peut apprivoiser ni par les caresses ni par les coups.
Son humeur était si irritable que quand on la mettait en colère, elle poussait des cris aigus comme les
glapissements du chacal, et son corps devenait aussi
roide que celui d'un serpent à qui on a marché sur
la queue. J'étais le seul dans tout le sérail auquel
elle témoignât quelque attachement, parce que ne
pouvant souffrir qu'on se fît un jeu de sa faiblesse,
je l'avais prise sous ma protection. J'ai appris plus
tard que la pitié est un don de Dieu qu'il est im-
prudent de prodiguer aux êtres pervers. Je n'aimais
point cette petite esclave et je redoutais même sa
méchanceté; car elle avait les oreilles ouvertes sur
tout ce qu'on disait autour d'elle et un art diabolique
pour répéter par les gestes et l'écriture à défaut de
langue tout ce qu'elle avait entendu. Cependant soit
par désœuvrement, soit par cette curiosité inquiète
qui succède à l'insouciance du premier âge, je me

plaisais à lui faire raconter les intrigues secrètes du harem. Parmi les choses qu'elle m'apprenait, les unes étaient pour moi un simple sujet d'amusement ; mais le plaisir que me causaient les autres était mêlé d'un certain trouble plus attrayant néanmoins que le plaisir même. Elles me rappelaient les récits des nuits arabes que j'avais lus dans mon enfance, et où je n'avais vu jusque-là que des enchantements et des merveilles ; tandis qu'en écoutant Kherzadé ou plutôt en dévorant des yeux ses tablettes, d'autres souvenirs me revenaient en foule, et une nouvelle magie s'emparant de tous mes sens éveillait en même temps mille désirs au fond de mon cœur. Jusqu'à ma seizième année, j'avais vécu avec autant d'innocence et de pureté que le premier homme, conversant avec les anges dans le jardin d'Aden avant que l'être sorti de lui-même et créé à son image, eût offert à son admiration, sous le voile d'une mystérieuse ressemblance, une beauté supérieure à la sienne ; mais la perfide indiscrétion de Kherzadé, en ouvrant mes yeux sur les trésors que cache le rideau du harem, alluma dans mon sein le feu des passions, et je commençai dès lors à ressentir les tourments et les délices de l'homme.

Cependant de nouvelles années s'écoulèrent sans rien changer à ma position dans le sérail. A dix-huit ans, j'avais été admis parmi les quarante agas du harem, et j'atteignais à peine l'âge d'homme, quand la faveur du sultan m'éleva à la dignité de *bach tchoqadar agha* (deuxième valet de chambre). J'avais l'entrée dans les apartements privés, et mes fonctions ne consistaient qu'en un vain cérémonial dans les jours d'apparat. Mais à mesure que je m'élevais vers les honneurs et les prérogatives qui entourent le marchepied du trône sublime, je sentais de plus en plus peser sur moi la chaîne de ce brillant esclavage. Sultan Mahmoud khan (qu'Allah pèse ses actions) était un grand souverain, mais un maître capricieux et exigeant. Il n'avait aucune de ces qualités qui, dans les plus humbles conditions font le bonheur des hommes. Quoiqu'il me conservât ses bonnes grâces, j'avais souvent à supporter les inégalités de son humeur chagrine. Cette sujétion jointe aux ennuis du sérail me faisait quelquefois envier la destinée de mes anciens compagnons, en apparence moins favorisés que moi, et néanmoins beaucoup plus heureux. Je ne trouvais de consolation que dans la tendresse inaltérable du digne qizlar-agassi, qui désormais me tenait vraiment lieu de père; car j'avais perdu le mien depuis quelques années. Ma sœur Zeineb s'était mariée, et de mes deux frères, l'aîné ayant été tué dans une querelle avec des matelots lazes, Khalil resté maître de l'héritage paternel continuait de naviguer sur sa felouque dans la mer Noire pour le commerce des

esclaves. Néanmoins, je rencontrais encore de temps
en temps en divers endroits du sérail l'esclave
muette dont j'ai parlé. Kherzadé avait cessé comme
moi d'être un enfant. Sa taille avait grandi sans rien
perdre de sa souplesse et son visage, plus parlant
que jamais, aurait eu tout ce qu'il faut pour plaire
aux yeux, s'il n'eût repoussé les cœurs par des
signes de méchanceté que l'âge n'avait point effa-
cés. Elle aimait à se parer comme les femmes de
sa race, d'anneaux d'or et de vêtements de couleur
éclatante, et à provoquer les regards par des allures
effrontées. Cependant, par une longue habitude de
la voir depuis son enfance servir de jouet aux employés du sérail, on lui permettait encore de paraître partout sans voile selon la coutume de sa
caste infidèle, se contentant quand elle devenait
trop importune de la chasser ou de rire de son impudence. Pour moi, je la voyais toujours sans plaisir et sans répugnance, du même œil qu'on regarde
l'animal domestique familier dans la maison qu'on
habite en passant. Mais comme elle s'attachait de
préférence à mes pas, j'avais pour ses défauts une
sorte d'indulgence, et quoique insensible aux changements que l'âge avait produits dans sa personne,
je ne pouvais m'empêcher de ressentir quelque
pitié pour son âme disgraciée. Non-seulement
Kherzadé n'avait aucune religion, mais elle se
plaisait à blasphémer tout ce que les hommes ado-

rent, et si la main d'Allah n'eût paralysé sa langue,
elle aurait été pour eux un objet d'horreur et de
scandale. Élevée dans la perversité, elle ne recon-
naissait point d'autre Dieu que *Cheitan*, le génie
du mal que ses pères, disait-elle, lui avait appris
à évoquer par diverses opérations magiques. Elle
riait de toutes les choses saintes, et ne croyait ni à
la vertu ni à l'amitié, ni même à la pudeur des
femmes, si ce n'est comme au meilleur moyen de
séduire et de tromper les hommes. Cependant,
malgré cet état d'abjection, elle avait un orgueil
insensé et méprisait toutes ses compagnes, étant
prétendait-elle, fille d'un *Piravn* (Pharaon), c'est-à-
dire d'un roi de sa tribu. Ces bizarres confidences
me faisaient hausser les épaules; mais je l'écoutais
avec complaisance quand elle me parlait de ce qui
se passait dans l'intérieur du harem, des intrigues
des *cadines* (dames), de leurs jalousies, de leurs querelles et de leurs disgrâces. Quoique je ne doutasse
point que Kherzadé ne servît d'espion à sa maîtresse
la sultane Validé, ma curiosité l'emportait sur ma
méfiance; car elle savait tout, et ne rougissait point
de me faire part de détails auxquels j'eusse dû fermer l'oreille, mais que j'écoutais avec l'imprudence
de mon âge.

Un jour, entre autres, elle m'apprit qu'une jeune
fille vendue depuis peu à Sa Hautesse par un bey
circassien, venait en entrant au sérail d'y jeter

l'alarme par sa présence. C'était, disait-on, une
princesse lesghienne, la fille d'un émir du Daghestan, faite prisonnière par les Russes, et livrée par
eux comme rançon à un chef des montagnes dont
l'avarice en avait deviné le prix inestimable ; car,
après l'avoir lui-même conduite à Constantinople, il
n'avait eu besoin que de lever son voile devant le
qizlar-agassi, pour obtenir de ce dernier de quoi
devenir riche le reste de ses jours. Cette jeune
princesse se nommait Zehrah (Vénus), et quoiqu'elle
n'eût pas plus de quinze à seize ans, elle méritait
déjà ce nom par une beauté parfaite. Dès qu'elle
avait paru devant les yeux du sultan, il en avait été
si émerveillé, qu'on se disait déjà, qu'entrée au
sérail comme une esclave, elle ne tarderait pas à y
reprendre son rang en dépit des autres cadines qui
se disputaient la faveur du maître, et aspiraient à
l'envi au titre de sultane. Les confidences de Kherzadé m'intéressèrent cette fois plus que de coutume,
soit que, par malice contre les dames du harem,
elle exagerât les charmes de leur nouvelle rivale,
soit que, la destinée de cette jeune princesse captive
me rappelât involontairement celle de ma mère
Émineh, d'une naissance illustre comme la sienne
et d'un mérite inconnu à son sexe, mais que le
sort avait du moins laissée maîtresse d'elle-même,
tandis qu'il faisait tomber ici dans des mains avares
tant de trésors de jeunesse et de beauté. Pour la

première fois, les flèches de la jalousie pénétrèrent
jusqu'à mon cœur à travers le respect inviolable
que je devais à mon maître. Je fis plus que d'envier son bonheur; je poussai mes vœux indiscrets
jusqu'à souhaiter follement de pouvoir lui en disputer l'objet. Je regrettai de n'être qu'un homme, et
de ne pas avoir comme les princes des contes arabes
pour ministres de mes volontés, un de ces djinns
secourables, qui à travers toutes les distances et
tous les obstacles les transportaient en un clin d'œil
de leur couche solitaire dans la chambre de celle
qu'ils n'avaient encore vue qu'un songe. Eussé-je
même dû comme le prince *Qamar-ul-Zéman* ne
jouir de la présence de la belle Zehrah, qu'en plaçant entre nous deux un sabre nu, emblème du
droit inviolable de la pudeur, que j'aurais encore
été assez heureux de savoir cette barrière respectée
par le sultan lui-même. Kherzadé devina ce qui se
passait dans mon esprit; car quoique je n'osasse
l'interroger, mes yeux parlaient pour moi. Comme
si elle eût possédé à fond l'art diabolique du *méka-*
chefah, elle traça rapidement sur ses tablettes le
secret de ma pensée.

« La fille d'un émir du Daghestan vaut-elle moins
que celle d'un bey circassien? Le fils de Moustapha
Qalioundgi vaut-il moins que son père?

— Tais-toi, dis-je avec confusion en effaçant de la
main ces signes indiscrets et révélateurs. Tais-toi,

vipère maudite, et cesse de siffler à mes oreilles, si tu ne veux que je t'écrase la tête. »

Kherzadé se mit à rire et s'enfuit, laissant le trait enfoncé dans mon cœur. Je la rencontrai deux jours après dans un endroit écarté, et comme je la saluais elle mit devant mes yeux ses tablettes, où je lus l'énigme suivante en vers persans :

« L'étoile Zehrah (Vénus) s'est levée un matin dans le firmament du harem, et sa lumière naissante y a fait pâlir toutes les autres.

« Elle brille seule à l'horizon, parce que sa beauté n'a point de rivale; mais elle n'y brille pas long-temps :

« Elle commence le jour et ne l'achève pas.

« La belle des belles (Zehreh-i-Zehrah) redoute également l'ombre de la nuit et l'éclat dévorant du jour;

« Elle choisit ses heures et ne se montre qu'aux yeux qui savent l'attendre :

« Personne ne connaît sa marche dans le ciel, et ceux qui la cherchent parmi les autres astres ne l'y trouvent pas.

« Toi qu'on dit habile à deviner les énigmes, dis-moi de qui je veux parler.

« Et si ton cœur (Zehré) n'hésite pas à reconnaître sa souveraine, sois discret comme le crépuscule dont elle aime à former sa cour :

« Tu verras sans voile celle que les nuages

de la fierté et de la pudeur cachent à tous les yeux. »

Je rougis en lisant ces vers et restai un moment les yeux baissés, ne sachant que répondre.

« Écoute, dis-je enfin à Kherzadé; si tu te joues de moi, que la malédiction d'Allah pèse éternellement sur ta tête; mais si tu as pitié du mal inconnu qui me dévore le cœur, parle; car tu en as deviné le secret. Connais-tu celle que je n'ai point vue, mais dont je suis déjà la victime? As-tu toi-même le bonheur de la voir et de l'entendre? Quelle est sa place parmi les trésors du harem et dans la faveur du maître? Parle, parle au nom des saints anges qui entourent le trône d'Allah!... »

Pendant que je l'interrogeais ainsi, Kherzadé traçait en souriant sur ses tablettes la réponse suivante :

« Une fille des pharaons ne craint ni Allah ni aucun de vos *Khayals* (fantômes), bons pour effrayer les enfants. Je suis méchante, mais le bien et le mal qu'on m'a faits restent écrits à côté l'un de l'autre sur des tablettes secrètes d'où rien ne s'efface. Oui ! j'ai vu de mes yeux la belle des belles et je lui ai parlé avec le *Qalem;* car Kherzadé ressemble à la mouche qui vole partout où elle veut sans qu'on puisse la chasser. Je te dirai plus : je l'ai entendue, et ce que j'ai entendu, Moustapha-Qalioundgi en payerait chaque syllabe d'une goutte de son sang.

Cependant je lui donne ce secret pour rien ; car il
ne m'a jamais fait acheter ses bienfaits, et ce qui
entre dans le cœur en sort tel qu'il y est entré. L'é-
toile du matin a daigné abaisser ses rayons jusqu'à
toi. On t'a vu : ne me demande pas où ni comment. L'œil d'une femme est un *bézoard* qui per-
cerait une triple muraille. On a voulu savoir qui
tu es; si ayant la taille et la force de Roustem, fils
de Zal, tu en aurais aussi le courage. Tu as eu le
bonheur de plaire, n'en doute pas; mais ne t'en
enorgueillis pas d'avance. La fière Zehrah ne donnera son cœur qu'au héros qui saura le lui ravir.
C'est à toi de voir si tu veux être heureux à ce
prix. »

Que la parole est faible pour suivre dans leur
essor impétueux les premières passions ! Que la mémoire est stérile pour s'en retracer l'image ! A la vue
de ces lignes, un feu inconnu jaillit du fond de mon
cœur, fit bouillonner mon sang comme un fluide en
courroux, et m'embrasa tout entier d'une ardeur
dévorante. Il me sembla que je devenais un nouvel
être, et tout me parut changé autour de moi comme
moi-même. Je ne vis plus dans ces murs du sérail
où s'était paisiblement écoulée mon enfance que
l'odieuse prison qui me cachait la vue de ce que
j'aimais, et dans les serviteurs respectueux du sultan
que de vils esclaves complices de sa tyrannie. Semblable aux esprits rebelles, j'élevai tout d'un coup

mon orgueil au-dessus des lois qui gouvernent les hommes. Je sentis en moi l'audace effrénée que donne le mépris de toute chose, et une force capable de lutter avec celle du héros de l'Iran pour conquérir le prix offert à mon amour.

« Que faut-il faire, dis-je à Kherzadé ? ma vie est entre tes mains. Achève de me l'ôter ou de me la rendre. Dis-moi comment je puis parvenir jusqu'à elle sans courir à une mort certaine? Trace-moi une route que je puisse suivre jusqu'au bout. Je suis prêt à braver tous les périls, si ce n'est celui de mourir avant de l'avoir vue ou sans pouvoir du moins expirer à ses pieds. »

En entendant pour la première fois sortir de ma bouche ces paroles brûlantes, l'esclave muette me considérait avec des yeux où la malice avait fait place à l'étonnement. Cependant, au bout d'un moment de réflexion elle écrivit et me fit lire la réponse suivante :

« Tu verras la belle Zehrah sans voile comme tu vois en ce moment devant toi la fille des pharaons. N'offre point ta vie avant qu'on te la demande. Kherzadé sait tromper et tenir sa promesse quand il lui plaît. Trouve-toi demain, à la troisième heure du jour (9 heures du matin), auprès du kiosque des roses. Tu n'auras qu'à ouvrir les yeux pour voir l'étoile du matin sortir de ses nuages. Tu sauras alors si tu dois mourir pour elle. »

A peine achevais-je de lire ces derniers mots que Kherzadé, profitant de ma stupéfaction, m'enleva ses tablettes des mains et s'enfuit en riant comme un oiseau moqueur.

Je restai un moment dans le plus grand trouble, ne sachant que penser de ce singulier rendez-vous, et néanmoins bien résolu à m'y rendre, quoi qu'il pût en arriver. Ce n'était pas que je redoutasse quelque perfidie de la part de Kherzadé, car je ne lui avais jamais fait que du bien; mais je ne pouvais ajouter foi à ses promesses, connaissant moi-même les règles sévères du harem. Mes fonctions privées auprès du sultan me donnaient, il est vrai, la liberté de parcourir à toute heure les jardins du sérail, et il n'était pas rare que j'y rencontrasse tantôt une des sultanes se rendant avec ses femmes dans quelque kiosque impérial, tantôt des cadines débarquant de leur caïque au retour de la promenade; mais c'était toujours enveloppées de leur voile et sous la garde jalouse des eunuques noirs qui leur servent partout d'escorte. Mes regards timides ne s'arrêtaient sur elles que de trop loin pour pouvoir discerner leur rang, leur âge ou leur beauté. Par quelle ruse ou quel sortilége Kherzadé parviendrait-elle à faire tomber en ma faveur cette barrière de pudeur et de respect qu'aucune force ne peut rompre? C'était en vain que dans le désordre de mes idées je m'adressais cette question redoutable. Mon cœur

seul osait y répondre, ou plutôt, mettant de côté les
terreurs et les scrupules, il s'élançait en aveugle vers
le but qui lui faisait tout oublier.

Je passai la nuit suivante dans une agitation qui
chassa jusqu'au matin le sommeil de mes yeux.
Après avoir assisté au lever du sultan, lequel se
rendait au divan de fort bonne heure, je me glissai
dans le jardin et allai m'asseoir à l'endroit désigné
où se trouve en effet un kiosque entouré de buissons
de roses, dont la mer baigne les degrés. Un grand
caïque à six paires de rames y était déjà amarré,
attendant sans doute le départ de quelque personnage important du sérail. Effectivement, au bout
d'une demi-heure d'attente que l'anxiété me fit
paraître bien longue, j'entendis des voix de femme
qui se dirigeaient vers l'endroit où j'étais assis, et
presque au même instant je vis venir à moi des
dames du harem, accompagnés par le Qizlar-agassi
en personne et escortées de six eunuques noirs le
sabre nu à la main. Deux de ces femmes marchaient
en tête du cortége, l'une dont les pas un peu pesants
décelaient un âge déjà avancé, l'autre beaucoup plus
jeune, à en juger par sa démarche élégante et légère. Une esclave venait immédiatement derrière
elles, dont les vêtements bizarres et la figure dé-
pourvue de voile me firent reconnaître sans peine
Kherzadé. Sa présence ainsi que celle du Qizlar-
agassi ne me laissèrent pas douter que je n'eusse

devant les yeux la sultane Validé. Je me levai par respect, et j'allais m'éloigner, quand l'esclave muette me lança un regard d'intelligence qui me cloua à ma place. Je vis alors qu'elle portait sur le poing un gros perroquet gris qu'elle s'amusait à agacer en lui présentant des graines de *qaqoula* (cardamome). Elles n'étaient plus qu'à quelques pas de moi, lorsqu'une de ces graines, lancée sans doute à dessein dans les plis du *yachmak* qui recouvrait le visage de la plus jeune des deux dames, attira la convoitise du perroquet, qui battit des ailes et allongea le cou pour la saisir. Feignant de vouloir l'en empêcher, Kherzadé avança la main comme par mégarde, mais l'oiseau, aussi malicieux qu'elle, s'accrocha au voile avec une de ses serres et ne voulut point lâcher prise. La jeune dame, effrayée, poussa un léger cri et recula la tête, en sorte que le frêle tissu, brusquement arraché de son visage, le laissa un instant à découvert.... Ce que je vis alors, Seigneur, je ne puis, hélas! l'oublier, mais comment oserais-je le décrire!... Représentez-vous la beauté d'un ange de lumière sous les traits d'une femme: un front noble et pur, siège d'une céleste pudeur; des yeux faits pour servir de miroir à l'amour; une bouche semblable à la noix parfumée d'Alep, distillant la volupté à travers ses lèvres entr'ouvertes; une blancheur plus transparente que les premières lueurs de l'aube; des cheveux pareils à un bouquet d'hyacinthes noires, et des

joues fleuries comme un buisson de roses; telle
m'apparut la belle Zehrah sortant de derrière son
voile dans tout l'éclat de sa jeunesse et de ses charmes, et vraiment comparable à l'astre du matin dont
elle portait le nom. Elle rougit en rencontrant mon
regard; mais sa confusion ne fut pas de longue durée,
et, restant maîtresse d'elle-même, tandis que je bais-
sais les yeux malgré moi, elle rajusta adroitement
son voile en mêlant son rire argentin aux exclamations de la sultane mère, qui semblait s'amuser
beaucoup de l'espiéglerie de son oiseau favori. Cette
scène plut beaucoup moins au vénérable qizlar-
agassi, inquiet sans doute de ma présence, car il
adressa à Kherzadé une assez rude réprimande
mais l'audacieuse esclave riait plus fort que les autres, tout en feignant de châtier le coupable; et les
eunuques, qui avaient d'abord froncé le sourcil en
m'apercevant, contenus par le respect, mêlèrent
bientôt leurs chuchotements à ceux des femmes de
la suite.

Pour moi, je demeurais interdit à la même place,
les sens encore ravis de cette divine apparition et
pouvant à peine en croire mes yeux, tant elle dépassait non-seulement tout ce que j'avais vu jusque-là, mais encore tout ce que j'avais rêvé de plus
beau dans mes songes. La belle Zehrah, car je ne
doutais point que ce ne fût elle, n'eût-elle pas été
digne par sa naissance d'occuper un trône, était

faite du moins pour régner sur les cœurs, et, dès
ce moment, le mien se reconnut son esclave. Je ne
vis plus qu'elle au monde, et en attendant que
je pusse lui sacrifier ma vie, je lui dévouai mon
âme tout entière; je n'eus plus une pensée, un
désir, qui ne fussent pour elle. Son image effaça de
mon esprit jusqu'au souvenir de ma mère; et dans
mon idolâtrie j'allai jusqu'à mêler son nom à mes
prières. Car l'amour est pour l'homme un abîme
de tentations où il perd sa raison et sa vertu avant
de s'y perdre lui-même.

VI

Votre Seigneurie doit juger combien j'étais impatient de revoir Kherzadé pour apprendre d'elle
les suites de cette aventure et la supplier d'inventer
en ma faveur quelqu'autre stratagème, car j'ignorais encore si je devais m'applaudir du succès de
sa première ruse. Mais ce fut en vain que je la cherchai, les jours suivants, dans les endroits du sérail
où j'avais l'habitude de la rencontrer. Ne l'y voyant
point reparaître, je craignis un moment que pour
la punir de sa hardiesse ou réprimer désormais
ses écarts on ne la contraignît à observer la clôture

et les autres règlements du harem. Cependant il
n'en était pas ainsi, car elle se présenta à moi quelques jours après, avec la même liberté et les
mêmes allures effrontées. Dès que nous fûmes
seuls, elle tira de son sein ses tablettes et les mit
devant mes yeux. Les lignes qu'elles contenaient
n'étaient pas cette fois de sa main, mais tracées en
taaliq (cursive) de la forme la plus élégante. Je
pâlis en regardant autour de moi comme si j'allais
commettre un crime, et je lus ces mots d'une voix
tremblante :

« Pourquoi t'appelle-t-on Qalioundgi? (le matelot) Es-tu de ceux qui ont appris à dompter la
mer et à s'y diriger où ils veulent au milieu des
écueils et des tempêtes? Sais-tu orienter la voile
et faire bondir un caïque sur les vagues comme
un coursier fougueux? Ton bras aurait-il la force
de manier longtemps une rame, et ton cœur ose-
rait-il affronter à toute heure les périls de la nuit,
de la poursuite et de la vengeance d'un maître irrité?

« Préfères-tu la sévère indépendance de l'homme
maître de lui-même à la molle oisiveté de la servitude? Te sens-tu capable de marcher droit au but
que ton cœur cherche en secret à atteindre? Au-
rais-tu assez de courage pour entreprendre la route
dangereuse qui doit t'y conduire, et assez de persévérance pour la suivre après y être entré? Réponds,

et si ton âme est celle que je cherche pour servir d'appui à ma faiblesse, sache qu'elle en recevra le prix. »

L'huile pure que l'on verse dans la lampe vacillante n'en ranime pas plus promptement la flamme que les paroles de cette noble et courageuse jeune fille ne réveillèrent en moi l'ardeur de mes premières résolutions. Je compris le sacrifice que sa pudeur alarmée arrachait à sa fierté, et ne prévis pas sans frémir le moment où les obsessions dont elle était entourée feraient place à la volonté d'un maître exigeant. Je devinai l'importance redoutable du service qu'on implorait de moi, mais le prix en était si grand qu'il élevait mon âme au-dessus des forces humaines. Enlever Zehrah de ce palais qui n'était pour elle qu'une odieuse prison, la délivrer des indignes liens qui la retenaient captive, sauver sa fierté du déshonneur et sa vertu des piéges du harem, une pareille entreprise eût paru sans doute insensée à d'autres yeux qu'à ceux d'un amant; mais le roi Suleiman, le plus sage des hommes après notre saint Prophète, n'a-t-il pas écrit : « L'amour est fort comme la mort ? »

Pendant que je gardais le silence, roulant en moi-même d'indomptables désirs et des projets incertains, Kherzadé me regardait fixement, et comme si elle eût deviné une à une toutes mes pensées, elle les exprimait aussitôt par des gestes rapides.

Montrant d'une main les appartements secrets du
harem et frappant de l'autre son sein à coups précipités, elle me faisait comprendre les palpitations
de l'attente. Puis elle étendait le bras du côté de la
mer et soulevait deux fois la main vers l'horizon,
m'indiquant ainsi le chemin de la fuite. Tantôt elle
se serrait contre moi en se couvrant le visage des
deux mains, comme pour implorer ma protection ;
tantôt elle s'en éloignait en baissant les yeux d'un
air languissant, comme pour mettre sa pudeur sous
la sauvegarde de mon amour. Enfin, elle joignait
les mains et élevait vers le ciel un regard d'action
de grâce, signe d'une délivrance inespérée. Puis elle
se mit à rire aux éclats et à danser autour de moi
avec une joie sauvage. Mais me voyant froncer le
sourcil, elle s'arrêta court, reprit de mes mains ses
tablettes, et en effaçant les caractères, elle y écrivit
ces mots dont je suivais le sens à mesure qu'elle
les traçait par-dessus son épaule.

« Je lis sur ton visage, Moustapha Qalioundgi, la
passion qui t'aveugle. Tu cherches ton chemin à
tâtons et ne le trouves pas. Laisse-toi donc conduire
par Kherzadé. N'a-t-elle pas tenu ses promesses ?
Tu as eu le bonheur de contempler sans voile cette
beauté digne d'orner le trône des sultans. La fière
Zehrah a rougi devant toi ; mais elle m'a pardonné
ma ruse. Elle a plus fait : elle m'a découvert le fond
de son cœur. La fille de l'émir se meurt dans sa

prison dorée, comme l'oiseau *suweik* (espèce de ramier) dans la cage où on l'a enfermé. Née libre comme lui, elle ne voit dans les soins qu'on lui rend que les marques de son esclavage. A l'honneur de régner sur le cœur d'un maître exigeant, elle préfère le bonheur de tout donner au serviteur fidèle qui régnera sur le sien. C'est à toi, Moustapha Qalioundgi, de mériter cette faveur, puisqu'on t'en juge digne. Mais rappelle-toi ces vers du rossignol persan (Hafiz) : *Le chemin de l'amour est un chemin sans limites; avant d'y pénétrer il faut renoncer à la vie.* Arme-toi donc désormais de courage et de prudence, car ce que je vais te proposer n'est plus un jeu d'enfant. Tu connais Vartouhi-Khanem (dame Rose), la riche marchande arménienne qui fournit à mon auguste maîtresse des parfums et des essences. Tu sais qu'elle entre librement au sérail, où l'on est habitué à la voir à toute heure et à rire de sa grande taille et de sa grosse voix. Cette fille des *dives* (géants) a le corps gigantesque et l'esprit faible. Elle aime l'or comme les mouches aiment le sang ; il ne nous a donc pas été difficile de la séduire. Grâce à elle, voici le stratagème que j'ai inventé pour te faire entrer sans péril dans les appartements secrets du harem. La prochaine fois que l'Arménienne viendra offrir ses essences à la belle Zehrah, elle sera vêtue sous son *feredgé* d'un autre vêtement noir semblable à celui qu'elle porte, et elle y cachera de plus un *yachmak* en *dulbend* (linon) grossier, tout pareil au sien, ainsi qu'une boîte à parfums comme celle qu'on lui voit habituellement sous le bras. Une fois dépouillée de ces habits, qu'elle nous laissera avec le reste, elle pourra repasser devant les eunuques sans éveiller leurs soupçons, et elle a promis de ne reparaître au sérail que le jour convenu entre nous. En attendant, je trouverai le moyen d'introduire ces vêtements dans ta chambre. Ne crains pas l'indiscrétion de Djelloul, ton esclave. Sache que ce noir effronté ose aussi se dire l'esclave de Kherzadé et qu'il ne voit pas par d'autres yeux que les miens. Avant trois jours tu trouveras caché sous ton divan tout ce qu'il faut pour te déguiser en femme arménienne, et quand j'aurai arrangé ton voile, tu passeras aisément pour Vartouhi-Khanem; car elle est presque aussi grande que toi; elle a la voix rude et marche comme un homme. Je t'introduirai moi-même dans le harem, comme je fais toujours pour elle, et de là auprès de celle que tu aimes. Tu seras plus heureux que sultan Mahmoud khan, que vous appelez si follement l'ombre d'Allah sur la terre. Pourtant ne te dissimule pas que la moindre imprudence peut nous perdre tous deux. La fille des pharaons envisage la mort sans crainte. C'est le destin commun aux hommes et aux bêtes, de cesser d'être après avoir vécu. Pour toi, Moustapha Qalioundgi, si tu redoutes de mourir, parle; tu sais maintenant à quel prix tu peux conserver la vie. »

Je ne fus pas le maître d'achever cette lecture sans témoigner à Khersadé, par mes transports, combien j'étais ravi de son stratagème, qui, tout périlleux qu'il était, promettait de mettre sitôt le comble au triomphe de mes désirs. Je n'en voyais d'ailleurs que le succès, et mon cœur, enivré d'avance de la félicité qui l'attendait, ne laissait place ni à la réflexion, ni à la crainte, ni aux scrupules. Après avoir fait à l'esclave muette toutes les protestations que la passion suggère en pareil cas et pris avec elle toutes les mesures propres à faire réussir notre projet, je confiai à ses tablettes la réponse suivante :

« Celui qui est votre victime, ô belle Zehrah ! n'est point familier avec les tempêtes de l'Océan ; mais, depuis le jour où il vous a vue, il a appris à connaître les orages du cœur, cent fois plus terribles, et auxquels le calme ne succède jamais. Il ne sait manier ni la rame ni le gouvernail, mais son bras, armé du sabre ou du poignard, peut faire respecter la faiblesse, venger la pudeur outragée et servir de sauvegarde à la vertu.

« Du sein de l'esclavage où il a langui si longtemps, il n'aspire à reconquérir l'indépendance de l'homme que pour la sacrifier tout entière à celle qui est la maîtresse de sa vie. Si l'amour peut combler l'abîme qui nous sépare, ne craignez point

d'avoir fait un choix indigne de vous, ô divine
Zehrah! L'âme que vous cherchez n'a-t-elle pas
dans la vôtre le plus sublime des modèles? »

Kherzadé lut ces vers en souriant, les mit dans
son sein, et me quitta après m'avoir donné à comprendre que je n'attendrais pas longtemps de ses
nouvelles. Effectivement, l'Arménienne, ayant servi
comme à souhait mon impatience, vint au sérail le
jour même, et je trouvai le soir, sous mon divan,
un paquet contenant ses vêtements, qu'on avait eu
l'adresse d'introduire dans ma chambre comme par
la main invisible des Djinns. Ne pouvant dormir, je
passai le reste de cette longue nuit à les essayer
l'un après l'autre, à me laver, me parfumer, et à
épuiser tous les moyens possibles de tromper mon
agitation. Le matin, après le lever de Sa Hautesse,
je rentrai précipitamment chez moi, et, comme
nous en étions convenus, je me mis en devoir de
me travestir en marchande arménienne. Il ne me
fut pas difficile de chausser les larges *chalvars* et
d'endosser le *féredgé* par-dessus mes habits ordi-
naires; mais, quand ce fut le tour du voile, j'y fus
plus embarrassé, et tous mes efforts n'auraient
peut-être servi qu'à déceler la supercherie, sans le
secours de Kherzadé, qui s'était glissée, pour m'attendre, jusqu'à la porte de mon antichambre, d'où
elle avait réussi à écarter momentanément les esclaves. Elle battit des mains, en me voyant, avec une

maligne gaieté qui marquait bien le génie de sa
race trompeuse. A l'aide d'une boîte de collyre‾
dont elle avait eu soin de se munir, elle teignit rapidement mes sourcils de *wesmé* et mes paupières
de *surmé;* puis ses doigts agiles eurent bientôt
donné au voile et au reste de mes vêtements une
apparence féminine, en sorte qu'aux yeux mêmes
des eunuques, je pouvais aisément passer pour
Vartouhi-Khanem. D'un geste me recommandant la
prudence, l'esclave muette marcha sans hésiter devant moi. Arrivés à la porte de la Félicité, nous en
franchîmes le seuil redoutable, et, me conduisant
à travers les détours du harem, elle atteignit la
porte de l'appartement magnifique que Sa Hautesse
avait donné pour logement à la belle Zehrah, en la
revêtant du titre de première cadine. Le cœur me
battit lorsque j'entrai dans le vestibule, où ses
jeunes esclaves quittèrent tout à coup leurs jeux
pour m'entourer et me houspiller à l'envi; mais
Kherzadé les fit taire sans peine. Nous pénétrâmes
de là dans une antichambre où plusieurs femmes,
occupées à divers ouvrages, attendaient les ordres
de leur maîtresse; elles se mirent à rire en me
voyant, et à me faire des compliments ironiques,
auxquels Kherzadé répondit de son côté par des gri-
maces de raillerie adressées à chacune d'elles de
façon à distraire leur attention; et, comme elles re-
doutaient sa méchanceté, elles s'empressèrent de

m'introduire dans une chambre plus superbe que
toutes les autres, où je me trouvai seul en présence
de la belle Zehrah. Vous dépeindre le trouble et le
ravissement dont je fus à la fois saisi à sa vue serait
aujourd'hui, Votre Seigneurie doit le comprendre,
une tâche au-dessus de mes forces. Mes cheveux
ont blanchi dans la pénitence, et mon cœur, trop
longtemps déchiré par l'adversité, palpite à peine à
ces souvenirs lointains des voluptés et des tourments de ma jeunesse. La fille de l'émir, debout
près d'une fenêtre qui donnait sur la mer, essayait
sans doute de se distraire, en pensant à sa patrie,
des agitations de l'attente. Semblable au jeune cyprès qui croît au milieu des fleurs dans le parterre
des sultans, sa taille élégante et majestueuse paraissait faite pour régner sur les richesses dont elle
était entourée. En me voyant entrer, elle s'assit
comme une reine qui s'apprête à recevoir des hommages ; mais son attitude languissante trahissait les
combats de son cœur. Pour moi, livré à mille sentiments tumultueux et ne trouvant pas une parole
pour les exprimer, je restais debout comme si
j'eusse été enchaîné à ma place par un invincible
respect, les yeux timidement baissés vers la terre.
Un long soupir s'échappant du sein oppressé de la
jeune fille rompit enfin cette pénible contrainte.
J'osai lever la tête et contempler en face celle que
j'aimais ; nos regards se rencontrèrent. La pourpre

de la pudeur monta aussitôt à son front, et se répandit sur ses belles joues et jusque sur son cou d'albâtre. Pour cacher sa confusion, elle couvrit ses yeux de ses deux mains, plus blanches et plus pures que des rayons de lune. Bientôt son sein se souleva, et quelques larmes ne tardèrent pas à scintiller et à glisser entre ses doigts effilés, comme les perles d'un collier qui s'égrène. Arrachant à cette vue le voile de mon visage et dépouillant rapidement le *féredgé* de Vartouhi-Khanem, indice menteur d'un autre sexe, je me précipitai vers elle avec transport; je me prosternai à ses pieds, et je frappai la terre du front devant l'idole de mon cœur. Cependant le trouble de Zehrah ne dura qu'un instant, et, recouvrant la première toute sa présence d'esprit :

« Lève-toi, me dit-elle d'une voix claire et mélodieuse comme les sons du luth, lève-toi, Moustapha Qalioundgi; daigne t'asseoir et m'écouter avec calme. La démarche que je fais auprès de toi doit te paraître bien hardie, et, s'il t'était permis d'en juger avec un dévouement moins aveugle, peut-être trouverais-tu qu'elle choque les bienséances de la modestie et de la pudeur; mais, dans la triste captivité où le sort m'a réduite, je suis forcée de recourir aux ruses des prisonniers pour trouver la pitié et les secours dont j'ai besoin. Entourée uniquement de personnes de mon sexe, dont la jalou-

sie et les soins ne font que me faire sentir plus vivement mon infortune; livrée à moi-même, sans
expérience et sans conseils, que pouvais-je faire,
sinon chercher au dehors un ami, un protecteur,
et, si la grâce d'Allah est propice à ma délivrance,
j'ose dire plus encore, un époux? car je serais bien
ingrate de refuser ce titre à celui qui m'aurait
sauvé plus que la vie. Te l'avouerai-je? c'est à toi,
Moustapha Qalioundgi, que mon cœur m'a con-
seillé de l'offrir d'avance. En te voyant pour la première fois, quelque chose m'a dit d'avoir confiance
en toi, et, quand j'ai su l'histoire de ta mère, j'ai
bien vu qu'Allah bénissait mes inclinations, car elle
ressemble à la mienne. Et puisse-t-il me rendre
aussi heureuse qu'elle! Elle était fille d'un bey circassien, et mon père était un des plus puissants
émirs du Daghestan ; mais la guerre que nous sou-
tenons depuis si longtemps ensemble pour défendre
notre indépendance a fait de nous un même peuple.
Moins infortunée que moi, ta mère échappa à l'esclavage et put disposer d'elle-même, tandis qu'arrachée à mes parents, j'ai passé des mains brutales
des Russes dans les mains rapaces d'un transfuge
indigne de son nom et de sa race, et, pour comble
d'ignominie, j'ai vu un vil eunuque me marchander
comme une bête de somme et payer en pièces d'or
le prix de ma jeunesse et de ma faible beauté.
Hélas! que te dirai-je de plus? Je n'ai pu même

profiter de mon abjection pour me cacher à tous les yeux dans la foule des autres esclaves. Une faveur que je déteste m'en a tiré malgré moi et me menace du plus grand des malheurs, celui de servir de jouet aux caprices d'un maître ; mais, rassure-toi, je suis trop fière pour le subir, et je reste maîtresse de mon honneur tant que je le suis de ma vie. Grâce à la mère du sultan, qui veut bien m'honorer de sa protection, j'ai échappé jusqu'ici aux piéges de l'infamie ; malheureusement, malgré tous ses mérites, cette illustre étrangère a l'esprit léger et les mœurs libres des femmes de son pays ; elle rit de tout et semble se faire un jeu de la vertu de son sexe, en sorte que sa bienveillance est pour moi un outrage de plus. Victime de tout ce qui m'entoure, j'étais menacée de succomber sans que ma voix pût percer les murs du harem, si je n'eusse trouvé quelque commisération chez une esclave infidèle, que sa destinée bizarre rapproche de la mienne. C'est à elle que je dois la seule consolation qui me fasse supporter mon infortune ; c'est elle qui m'a donné l'espoir de trouver en toi une âme noble et secourable, dévouée à mon sort et prête à le partager tout entier. S'il est vrai que la vue seule de la triste Zehrah ait suffi pour t'inspirer de si grands sacrifices, elle te doit plus sans doute que de légères faveurs qui ne sauraient l'acquitter envers toi ; ce n'est que dans la possession de son cœur que tu en trouveras le prix. Mais pardonne à la timidité de mon âge le trop faible aveu de sentiments nouveaux pour moi, et que ma bouche n'a pas encore appris à exprimer. J'ai eu un père et une mère dignes de toute mon affection, un frère l'orgueil de ma famille et que je chérissais plus tendrement encore ; tous trois sont morts : il ne m'en reste plus qu'un souvenir de douleur. Si tu consens à les remplacer auprès de moi, apprends-moi, Moustapha Qalioundgi, comment tu veux que je t'aime. Hélas! peut-être n'en ai-je point dit assez pour satisfaire ton cœur et le mien ! »

Zehrah avait fini de parler que j'écoutais encore sa voix, semblable au suave écho du chant que les anges font entendre autour du trône d'Allah ; et ses paroles, pénétrant jusqu'à mon âme par mes oreilles ravies, l'inondaient de cette volupté céleste qu'il promet à ses élus.

« Maîtresse de ma vie! m'écriai-je enfin dans mon délire, parle, oh! parle encore ; fais-moi oublier que je ne suis qu'un homme. Rends-moi digne de toi. Emporte-moi loin du monde dans le paradis des pures délices, où ta vertu règne sur le trône de l'innocence et de la candeur. C'est de ta bouche, ô divine Zehrah, que je veux recevoir la loi de mon amour. Daigne toi-même apprendre à ton esclave à t'adorer et à te servir.

— On m'avait bien dit, reprit Zehrah en souriant, que les paroles des hommes brûlaient comme ces

grains de parfum qui font tourner la tête de celles
qui les respirent avec trop de complaisance. Les
tiennes, Moustapha-Qalioundgi, sont trop flatteuses
pour ne pas me plaire ; mais en même temps elles
me font peur. Cesse de me parler comme à une divinité. Je ne suis qu'une simple mortelle, une fille
des montagnes peu habituée au langage des cours.
Dans mon pays, les hommes ne se font pas à tout
propos les esclaves des femmes, pour s'arroger en-
suite le droit de les traiter en maîtres. La chaîne
qui les unit est plus digne de l'autorité des uns et
moins pesante pour la faiblesse des autres. Si tu
veux que je me fie à toi, parle-moi donc sérieusement, et laisse toutes ces figures aux poëtes, qui ne
repaissent nos oreilles que de fictions. Je ne doute
point de ton courage, puisque tu oses braver pour
l'amour de moi des périls auxquels je ne puis songer
sans frémir. Mais j'attends de ta vertu de plus
grands témoignages. Montre-moi que l'air empoisonné qu'on respire ici n'a pas amolli ton âme, et
que tu sais préférer l'honneur et le repos de celle
que tu aimes à l'attrait passager d'une beauté qui
peut causer son malheur et le tien.

— Belle Zehrah, lui dis-je en soupirant, comment
ne pas se rendre à la raison que votre bouche fait
si bien parler ! Pardonnez à un malheureux élevé
à l'ombre du sérail, dans l'ignorance des vrais biens
de ce monde, le ravissement qu'il ne peut contenir

en votre présence. Semblable à l'aveugle dont les
yeux s'ouvrent tout d'un coup à la lumière, et qui
demeure un moment ébloui des merveilles qui l'entourent, je n'ai pu contempler tant de charmes
nouveaux et inconnus pour moi sans exprimer mon
admiration par un langage digne de leur éclat incomparable. Ne vous en offensez pas, ô dame de
beauté, mais daignez plutôt vous mettre à la place
de votre humble serviteur. Jamais le regard d'une
femme n'a pénétré jusqu'à son cœur. Jamais le sien
ne s'est arrêté sur ces trésors qu'Allah a prodigués
à la créature faite pour l'attrait et le bonheur de
l'homme. Comment pourrait-il résister au torrent
de voluptés qui l'entraîne vers l'objet de son premier amour ? Sous quel astre malfaisant ne serait-il
pas né, s'il pouvait vous voir sans adorer en vous
toutes les perfections dont ses songes timides cares-
saient secrètement l'image? Dites, ô trop belle Zehrah, vous qui avez le don d'embraser les âmes
comme un flambeau qui brûle et ne se consume pas,
dites de quelle vertu surhumaine vous exigez de
moi le témoignage. Faut-il me précipiter avec vous
dans les abîmes de la mer pour y chercher à notre
salut un chemin qui n'ait pas de traces? Faut-il
tenter de vous arracher par la force de ces murs
abhorrés, et périr sous vos yeux en illustrant mon
trépas par celui de cent autres victimes? Dois-je
aller droit au tyran dont l'œil sacrilége profane

d'avance la proie réservée à ses passions, et lui plonger mon poignard dans le sein? Sous quelle forme m'ordonnez-vous de braver la mort qui nous environne? Dites un mot, faites un geste, je suis prêt à vous obéir; mais tant que vous me laisserez vivre, ô Zehrah, laissez-moi du moins goûter auprès de vous les délices de la vie. »

Pendant que je lui parlais ainsi, la fille de l'émir, comme pour me prêter une oreille plus attentive, avait baissé la tête sur son sein, et de temps en temps elle jetait timidement sur moi un regard furtif où je voyais encore à travers son sourire scintiller quelques larmes.

« Je t'écoute, Moustapha-Qalioundgi, me dit-elle ingénûment, et je commence à sentir que l'amour est une espèce d'ivresse dont le trouble est contagieux, et qui atteint même ceux qui n'ont fait qu'effleurer de leurs lèvres la coupe enchantée. Les choses que tu me dis ressemblent au délire de la fièvre. Cependant elles me charment malgré moi, et je voudrais pouvoir y répondre; car je vois bien que tu m'aimes plus que ta vie. Écoute : mon père était naguère, hélas! un des plus puissants *naïbs* du Daghestan. Du haut de sa forteresse, bâtie comme un nid d'aigle sur la cime d'un rocher, aussi loin que sa vue pouvait s'étendre, il comptait jusqu'à vingt *aoules* (villages) soumis à sa loi. Il était entouré de vassaux obéissants, de serviteurs dévoués,

et ses nombreux troupeaux couvraient la montagne.
La nation infidèle des Russes, en portant la guerre
chez nous comme un fléau dévastateur, a ravagé la
contrée, brûlé les villages, et après s'être emparée
par trahison de notre château, n'y a laissé que des
ruines pleines de deuil et d'horreur. Mais je ne
doute pas que nos braves *murides* n'aient aujour-
d'hui purgé nos montagnes de ce troupeau de loups
ravisseurs, et rendu à la piété publique, sinon à la
vie, les dépouilles sacrées de ma famille et de mes
ancêtres. Pour moi, en dépit du sort qui me retient
captive dans ce sérail, j'ai conservé tous leurs droits
comme unique héritière de leur sang, de leur nom
et de leur puissance. Eh bien, te l'avouerai-je? si
jamais mon étoile me ramenait dans ma patrie, c'est
à toi, Moustapha-Qalioundgi, que je voudrais devoir
ce bonheur; c'est toi que je serais fière de choisir
de préférence pour époux et pour maître de tout ce
qui m'appartient. Hélas! que puis-je te dire encore?
Ne possèdes-tu pas déjà plus que je ne devrais te
donner, puisqu'avant de gouverner ma destinée tu
disposes de mon cœur? »

La belle Zehrah rougit de pudeur en prononçant
ces derniers mots et détourna la tête pour verser
quelques larmes. O puissances célestes, quel don
sublime et fatal vous avez fait à l'homme en le soumettant à l'amour! Quel est donc ce maître qu'on
ne voit pas, mais dont on sent la présence dans le

regard, le sourire, les larmes d'une femme adorée?
Ce tyran impitoyable des sens, ce ravisseur des âmes
qui nous entraîne où il lui plaît par les chaînes du
plaisir, et nous tourmente quand il veut avec l'aiguillon de la volupté? En entendant l'aveu que sa
force arrachait à une bouche trop fière, seigneur,
je ne me possédai plus moi-même. Une flamme dévorante et subtile comme la foudre du ciel traversa
mon corps, embrasant jusqu'à la moelle de mes
os. Mes yeux, voilés jusque-là par la timidité et le
respect, s'ouvrirent tout à coup sur les trésors livrés
à leur convoitise, et enveloppèrent pour la première
fois de regards ardents l'objet de ma passion. La
ravissante fille, la tête penchée sous le poids de la
crainte, de la honte et du désir, s'inclinait languis-
samment comme un lis chargé de rosée. Son corps,
plus souple et plus élégant que celui de l'antilope,
joignait encore les grâces de l'enfance à tous les
attraits de son sexe, et chacun de ses mouvements
trahissait mille charmes. Son front avait le pur éclat
de l'étoile du matin, dont elle portait le nom. Hafiz
eût comparé ses yeux à deux narcisses épanouis sur
la même tige, et sa bouche à la goutte de vin géné-
reux laissée au fond de la coupe de cristal. Les
tresses de ses cheveux, noirs et parfumés comme le
musc du Khotan, semblaient faits pour servir de
chaînes à l'Amour. Il s'était plu à semer ses piéges
sur des joues dont le coloris, plus suave que la fleur

de pêche, appelait les baisers, et à revêtir de toutes
ses richesses une taille voluptueuse qu'eussent en-
viée les séduisantes filles de Nauchad et du Cache-
mire, délices des harems; tandis qu'il établissait le
siége de son magique empire à la naissance d'un
cou d'albâtre, où des trésors plus secrets, soulevant
à demi la gaze transparente, ressemblaient à un
couple de blanches colombes se pressant toutes pal-
pitantes d'effroi dans le même nid.... Mais la parole est trop profane pour révéler ces mystères de
la beauté que l'œil seul devine sans les comprendre; car la main d'Allah a marqué de son sceau la
créature faite à l'image de l'homme, en mettant
dans une ressemblance si parfaite je ne sais quel
attrait divin qui naît de ce qui les distingue l'un de
l'autre, comme pour réunir plus sûrement les deux
moitiés de notre existence. Non! jamais les vierges
immortelles réservées pour les délices des élus n'ont
promis une félicité comparable à ces prémices de
l'amour, où l'esprit, aussi séduit que les sens, trouve
dans chaque volupté nouvelle une nouvelle merveille. Tout y est inconnu et ravissant à la fois; tout
y provoque en même temps l'étonnement, l'admiration et le désir. Tels étaient, seigneur, les transports que je ressentais pour la première fois auprès
de cette fille enchanteresse, et que j'exprime si faiblement aujourd'hui; car il n'est pas toujours
permis à la langue d'être la fidèle interprète de l'âme.

Cependant Zehrah, muette, confuse, et partageant peut-être à son insu les émotions qu'elle me faisait éprouver, n'osait plus lever sur moi ses yeux timides, et son sein oppressé trahissait le trouble de son jeune cœur. Déjà je l'avais saisie dans mes bras, déjà j'imprimais sur ses joues des marques brûlantes, et ma bouche avide cherchait la sienne pour y sceller mon triomphe, quand elle me repoussa tout à coup d'un air sérieux mais non irrité, et avec un geste qui avait la douceur d'une caresse : « S'il est vrai que tu m'aimes, me dit-elle, je te conjure, Moustapha Qalioundgi, par tout ce que tu as de plus sacré, au nom d'Allah qui voit notre amour, de notre saint Prophète et des purs esprits gardiens de sa sublime loi, par la mémoire de ta mère Emineh dont j'invoque avec confiance les vertus, de respecter l'engagement que nous venons de prendre devant ces témoins redoutables. Sache bien qu'il n'aura de prix à leurs yeux comme aux miens que si tu t'y montres fidèle en me respectant moi-même. N'en profane donc pas d'avance la sainteté en faisant rougir ma pudeur. Ne tente pas un cœur qui t'appartient déjà tout entier. Toi qui m'offres ta vie pour me soustraire aux indignes obsessions d'un maître, ne serais-tu point honteux de me traiter en esclave et de faire de celle que tu aimes le jouet de tes caprices? Serais-tu assez faible pour tenter d'abuser de ma propre faiblesse? Je ne

suis qu'une fille sans expérience; mais il me semble
que l'amour n'est plus qu'un mensonge quand on
lui ôte la liberté de donner ou de refuser à son gré
ses faveurs, et que celui qui ne sait pas les attendre
se juge lui-même indigne de les obtenir. Tu le sais,
j'ai fait choix de toi pour époux, et je tiendrai ma
promesse; mais de ton côté crains d'enfreindre la
foi jurée en cherchant à me dérober ce que je t'ai
promis, car il est écrit : « *L'homme n'usera envers
la femme ni de fraude ni de violence.* » Souviens-
toi de celle qui t'a donné le jour et dont je serais
fière de suivre l'exemple. Ta mère Emineh était,
dit-on, un prodige de beauté, d'esprit et de vertu.
Cependant, plutôt que de soumettre son cœur à d'autres lois que les siennes, elle préféra le donner
librement à l'homme qui, en connaissant tout le
prix, sut le mériter par son amour et son dévouement. Rappelle-toi que tu es le fruit de cette union
qu'Allah a bénie dans ta personne, et tu sentiras
mieux les devoirs qu'une telle grâce t'impose envers
moi. Quoique inférieure en mérite à ta mère, je suis
de race noble et de sang libre comme elle. J'ai la
fierté de rester, ainsi qu'elle, maîtresse de moi-
même, fût-ce dans la condition la plus humble,
plutôt que de régner sous le nom de sultane dans
l'esclavage d'un sérail. Enfin, Moustapha Qalioundgi,
s'il faut t'en dire davantage, tu m'és déjà trop cher
pour que je ne mette pas ton estime au-dessus

même de ta tendresse, et c'est entre tes mains que je serais heureuse de remettre le soin de ton propre honneur. »

La voix d'une femme, seigneur, a la puissance d'allumer ou d'éteindre le feu des passions. Son amour peut également ravaler l'homme ou l'élever au-dessus de lui-même. En entendant ces paroles si nobles, si tendres et si sages, je me sentis comme inondé d'une lumière céleste qui rafraîchissait mes sens, éclairait mon esprit et faisait brûler mon âme d'un feu plus pur, source de la vertu. « O fille incomparable! m'écriai-je, sublime Zehrah! comment, ayant la beauté des anges, n'en auriez-vous pas aussi la pureté? Comment les désirs que vous inspirez ne se changeraient-ils pas en adoration et les caresses en hommages? Ordonnez; soyez obéie; disposez de celui qui ne vit que pour vous et qui préférerait la mort au malheur de vous déplaire; mais si, pour mériter de vous posséder, il faut d'abord vous rendre à vous-même, dites, dites par quel stratagème ou quel prodige d'audace nous pouvons tromper la vigilance des gardiens du sérail et braver les périls ou échapper aux piéges qui nous entourent.

— Hélas! je l'ignore encore moi-même, dit Zehrah; mais comptons sur le secours d'Allah qui se sert de tous les moyens pour tirer ses serviteurs de l'affliction. Ne nous a-t-il pas déjà donné pour con-

seillère cette esclave infidèle qui, grâce au mépris
qu'on a pour elle, jouit dans le sérail d'autant de
liberté que le sultan lui-même ? Quoique muette,
Kherzadé a l'esprit rusé et trompeur des femmes
de sa race. Elle paraît m'être attachée à cause de
toi, car tu es le seul dans tout le sérail qui aies su
dompter par ta bonté sa méchanceté naturelle.
Fions-nous donc à son habileté et à son adresse
pour trouver les meilleurs moyens de servir notre
amour. Rien de ce qui se passe ici ne lui est caché.
La faveur de la sultane Validé, dont elle est le jouet
favori, semble tout lui permettre, et les vils gardiens du harem eux-mêmes, aux yeux desquels elle
passe pour sorcière, redoutent sa malveillance. Le
succès de ses premières ruses nous répond d'elle et
de ce qu'elle va tenter pour notre délivrance. En
attendant, afin d'éloigner tout soupçon, nous sommes convenues de faire entrer ici alternativement
la vraie et la fausse Varsouhi-Khanem, jusqu'au
moment, hélas! bien incertain encore, qui doit décider de notre sort.... Mais je ne puis t'en dire
davantage. Il est temps de nous séparer. Adieu !
reste fidèle à Zehrah, qui de son côté ne quitte qu'à
Regret celui auquel elle a donné toute son âme. »

Je repris en soupirant les vêtements de la marchande arménienne. Les belles mains de Zehrah
arrangèrent elles-mêmes autour de ma tête le voile
protecteur de notre amour; puis, les frappant l'une

contre l'autre, elle fit venir à ce signal une de ses
femmes qui sur son ordre introduisit Kherzadé.
L'esclave muette, après avoir fixé sur nous ses yeux
effrontés, se mit à rire, et tirant de son sein ses
tablettes, elle y traça le distique suivant, qu'elle
nous fit lire à l'un et à l'autre.

« L'ange Gabriel montra, dit-on, au Prophète les
« merveilles des sept cieux avant que l'eau eût fini
« de s'écouler de sa cruche renversée. Le temps
« est un mystère. En veux-tu une image plus éton-
« nante encore? Vois fuir les heures comme des
« minutes sur les lèvres de deux amants. »

VII

Je ne lasserai pas les oreilles de votre seigneurie
du récit trop complaisant de notre seconde entrevue.
Elle ne fut pas moins heureuse que la première,
grâce à la supercherie de Kherzadé, laquelle avait
eu soin, dans l'intervalle, d'introduire au harem la
véritable Vartouhi-Khanem et de la livrer à visage
découvert aux railleries habituelles des eunuques
et des femmes, en sorte que mon apparition suivante, sous le voile supposé de l'Arménienne, ne
donna lieu de leur part à aucun soupçon. En outre,

l'esclave muette, comme elle me l'apprit elle-même, avait eu l'audace de suborner un de ces gardiens incorruptibles à l'aide de la fourberie la plus impudente que l'esprit de mensonge pût lui suggérer, c'est-à-dire en flattant sa crédulité par la promesse de certains philtres dus à l'art magique dont on la croyait douée. Cet eunuque, nommé *Rihhan*, était chargé de remettre chaque soir entre les mains du qizlar-agassi les clefs des kiosques et des appartements du harem. Sa faiblesse lui faisant oublier toute prudence, il avait promis à Kherzadé les empreintes de cire de deux de ces clefs, l'une donnant entrée dans un passage secret connu de la seule sultane Validé et de sa confidente, par lequel on pouvait à toute heure, sans être aperçu, se rendre dans les jardins, l'autre ouvrant le kiosque des roses près de la pointe du sérail. A l'aide de ces empreintes, il m'était aisé de trouver dans Constantinople un ouvrier habile qui fabriquerait deux fausses clefs semblables aux premières. L'une devait rester dans les mains de Kherzadé pour en user pendant la nuit où Rihhan ferait sa ronde devant les appartements de Zehrah. Il s'était en effet engagé, peut-être témérairement, à fermer les yeux sur la présence à une heure indue de la première cadine chez la sultane Validé. Après le départ du sultan, cette bonne dame retenait souvent à souper la belle Lesghienne, et durant leur conversation, la pesanteur de l'âge ou les fumées du vin dont elle buvait volontiers, ne tardaient pas à l'assoupir. C'était le moment que Kherzadé devait mettre à profit pour favoriser l'évasion de la fille de l'émir. Elles n'avaient à redouter pendant ce trajet dans un couloir souterrain aucune fâcheuse rencontre ; mais une fois dans les jardins il fallait toute l'adresse de Kherzadé pour guider la fugitive et la soustraire à la vigilance des eunuques noirs chargés de garder les abords du harem. Il était convenu que je les attendrais caché au fond du kiosque des roses, où je me serais introduit dans la journée à l'aide de la seconde clef, et dont je leur ouvrirais la porte à un certain signal. Là nous ferions approcher un caïque nolisé à l'avance et ayant pour consigne de stationner toutes les nuits en vue du kiosque, à une petite distance de la pointe du sérail, et nous confiant à cette frêle barque, nous tâcherions de gagner les *îles Rouges* (îles des Princes), d'où nous saisirions la première occasion favorable pour passer en Anatholie. Tel fut le plan d'évasion que nous formâmes ensemble, et qui, malgré ses chances périlleuses, laissait du moins une porte ouverte à l'espoir au milieu des anxiétés de l'attente. Comme c'était sur moi que reposaient les premiers et les derniers moyens d'exécution, dès que Kherzadé m'eut remis les empreintes, je me hâtai de les porter chez un habile ouvrier franc du faubourg de Pera, lequel,

sans me questionner sur les motifs de cette contre-
façon, eut bientôt fabriqué deux fausses clefs qui
s'y adaptaient avec autant de perfection que le cachet à la cire. De là je me rendis à la maison paternelle, dans le dessein d'y consulter mon frère
Khabil sur les moyens de trouver parmi les bateliers du port un homme dévoué, brave et discret.
Tout semblait conspirer au succès de notre dangereuse entreprise; car mon frère, que sa profession
retenait des années entières éloigné de moi, et que
je ne voyais que fort rarement, se trouva chez lui
en ce moment, prêt à appareiller pour Anapa, où il
avait une cargaison commanditée d'avance par les
courtiers d'esclaves. C'était un homme prudent,
loyal et entreprenant. Il avait presque toutes les
qualités de notre respectable père, et conservait
même, par une habitude d'enfance, ses préventions
trop favorables envers le fils d'Emineh, qu'il considérait comme l'honneur de la famille. Je crus pouvoir me confier entièrement à lui, et je lui fis part,
sous le sceau du serment, de l'aventure qui me for-
çait de recourir à son assistance. Il en fut si violemment affligé qu'il demeura un instant sans pouvoir
proférer une parole; mais au lieu de me faire des
remontrances inutiles, en homme aveuglément dévoué à toutes mes volontés, il s'offrit lui-même sans
hésiter pour me rendre un service dont aucun prix
n'aurait peut-être décidé tout autre que lui à braver

le péril. Il fit plus : poussant le dévouement jusqu'au bout, il me proposa de recevoir et de cacher
à bord de sa felouque la personne que nous devions
enlever du sérail, après avoir jeté l'ancre, pour plus
de sûreté, dans les parages des îles Rouges, d'où
nous pourrions directement faire voile vers Anapa.
Je ne pus entendre sans des transports de joie arrêter si résolûment un projet qui mettait le comble à
mes espérances ; car on eût dit que la main d'Allah,
non contente de bénir notre entreprise, nous ménageait par des faveurs singulières toutes les circonstances propres à en assurer le succès. J'embrassai
mon frère Khalil comme un libérateur envoyé du
ciel. Il fut convenu entre nous qu'il irait dès le soir
même explorer les abords du sérail dans un caïque
à une seule paire de rames ; car il avait appris de
mon père à manier comme lui toute espèce de bar-
ques, et il aurait suivi à la surface de la mer le sillage d'une dorade. Après avoir pris avec lui les derniers arrangements, je le quittai et rentrai au sérail,
impatient de revoir Kherzadé pour la charger d'annoncer à Zehrah le résultat inespéré que nous pouvions nous promettre de ces nouvelles mesures. Je
lui remis en même temps la clef du passage secret,
et j'appris d'elle que Rihhan (c'était le nom de l'eunuque noir) devait faire le lendemain soir, qui était
jour de *djumaa*, la ronde devant l'appartement des
cadines. Pour mettre à profit une occasion si favo-

rable et ne pas perdre le temps en projets, il fut
arrêté que notre tentative d'évasion aurait lieu la
nuit suivante, et en attendant je me préparai à
jouer pour la dernière fois le rôle de Vartouhi-
Khanem. Avant l'instant qui allait décider de notre sort, je voulais revoir celle que j'aimais, porter à ses pieds le suprême hommage d'un cœur
prêt à braver tous les périls pour elle, et dérober
encore un moment de bonheur aux caprices de la
fortune.

Les heures qui me séparaient du lendemain s'é-
coulèrent avec la lenteur de l'anxiété, et il n'y eut
pas une minute qui ne fût comptée par les battements de mon cœur. Après avoir revêtu mon déguisement, auquel, comme de coutume, Kherzadé
vint donner la dernière main, je pénétrai, pour la
troisième fois, sous sa conduite, jusqu'à l'appartement de Zehrah. Mais là, par un contre-temps fâcheux, nous apprîmes de la bouche de ses femmes
que leur maîtresse venait d'être mandée par la sultane mère. Il était à craindre que je ne restasse
exposé, en l'attendant, à leur curiosité indiscrète, si
Kherzadé, avec sa liberté habituelle, ne m'eût introduit elle-même dans sa chambre, où elle s'enferma avec moi. Je me débarrassai aussitôt de mon
voile, sous lequel je respirais à peine, et m'approchai d'une des persiennes donnant sur la mer. La
chaleur était étouffante, et le ciel, que j'interrogeais

du regard avec inquiétude, semblait annoncer pour
le soir un orage. En me retournant dans le dessein
de faire part de mes craintes à Kherzadé, j'aperçus
l'esclave muette à demi couchée sur le sopha où la
belle Zehrah avait l'habitude de s'asseoir, mais dans
une posture bien différente de son attitude modeste,
qui me considérait avec des yeux dont l'expression
singulière m'étonna et me déplut en même temps.
Néanmoins, habitué à ses familiarités et trop reconnaissant de ses services pour avoir le courage de
la gronder, je m'avançai vers elle, et lui prenant
les mains :

« Chère Kherzadé, lui dis-je, parmi toutes les
énigmes que tu m'as tant de fois proposées depuis
notre enfance, il en est une seule que je n'ai pu encore deviner. Dois-je te l'avouer ? C'est toi-même
qui es demeurée, pour mon esprit, une énigme vivante ; car en te vantant de ne croire qu'au mal,
tu n'as pas cessé de me faire du bien. Je t'ai toujours vue rire de la vertu, et cependant tu portes le
dévouement envers moi jusqu'au sacrifice de toi-
même. Enfin, en invoquant à tout propos les maximes de Cheïthan, tu rends témoignage à Allah par
ses actions, comme il est écrit : *Ce qui vaut mieux
que le bien, c'est de le faire.* Aussi je ne puis
m'empêcher de te regarder comme un être tout à
fait incompréhensible. En ce moment même je lis
dans tes regards des questions écrites en caractères

étranges et dans une langue que je n'entends pas.
Ils semblent m'interroger, mais je ne puis y répondre. Explique-toi donc clairement, et si tu as
quelque faveur à me demander, n'oublie pas que
tu parles à un ami. »

Pour la première fois, depuis tant d'années que
nous nous entretenions librement ensemble, Kherzadé baissa ses yeux hardis devant les miens. Une
vive rougeur, semblable à celle dont le soleil revêt
l'écorce de la grenade mûre, perça subitement à travers la teinte sombre de son visage, et je sentis frémir sa main dans la mienne. Je remarquai seulement alors l'éclat bizarre et inusité de sa parure, à
laquelle je n'avais fait nulle attention jusque-là. Au
lieu du *serpoch*, elle était coiffée, à la façon des femmes de sa tribu, d'un mouchoir de soie rouge en-
tortillé aux longues tresses de ses cheveux. Son
corps, souple et mince comme celui d'une couleuvre,
était serré dans un *antheri* en brocart d'or et enveloppé d'un pagne de mousseline bariolée. Sous ce
costume, avec ses bras et ses pieds nus, chargés de
lourds anneaux d'or, elle ressemblait à ces idoles
de cuivre que les marchands de Séréndib étalent
dans nos bazars, parmi les curiosité de l'Hindostan.
Vous l'avouerai-je, seigneur ? je me plus à considérer un moment cette étrange créature dont la beauté
n'avait jamais frappé mes yeux, et à savourer, malgré moi, la volupté qui s'exhalait de sa personne et

saisissait les sens, comme l'âcre parfum du musc s'attache aux mains qui le touchent.

« Par notre saint Prophète, m'écriai-je avec étonnement, dis-moi ce qui se passe en toi, fille inconcevable. Tu es devant mes yeux telle que je te vois tous les jours, et cependant tu n'es plus la même. Qu'y a-t-il en toi qui te change à ce point? Il me semble que je ne te connaissais pas encore, ou plutôt je ne m'étais jamais aperçu que tu fusses aussi belle!»

En entendant ces paroles, Kherzadé frémit de plaisir et d'orgueil. Comme l'*haye* (serpent à lunettes) fasciné par la baguette du jongleur, elle se redressa et darda sur moi un regard dont je sentis la flamme au visage. Puis tirant ses tablettes de son sein, pendant que je la considérais avec stupéfaction, sa main, volant sur l'ivoire, y traça les lignes suivantes :

« Tu me demandes, Moustapha-Qalioundgi, ce qui me change à tes yeux; demande-le plutôt à toi-même, car c'est toi qui es le magicien dont les philtres puissants ont amolli le cœur de Kherzadé. Tu daignes me trouver belle; mais à qui voudrais-je plaire, si ce n'est à toi qui as fait cette métamorphose. Apprends donc ce que ma bouche ne peut dire, mais ce que mes yeux n'ont pas su te cacher : oui, tu l'as deviné, je ne suis plus la même. En présentant tous les jours à une autre la coupe enchanteresse de l'amour, je n'ai pu me défendre de la porter en secret à mes lèvres. J'ai bu à longs traits de

ce poison, dont l'ivresse, bien plus perfide que celle
du vin, nous ôte à la fois la raison, la volonté et la
force. Depuis ce moment, hélas! je me sens vraiment
esclave: car j'ai trouvé en toi le maître de mon
âme. Tu me plaisais, Moustapha-Qalioundgi, mais en
te rendant le bien pour le bien, je croyais assez
m'acquitter envers toi; et maintenant, que tout est
changé! c'est moi qui cherche à te plaire. Tu ne
m'appartiens plus; une autre m'a enlevé ton affection. Cependant, quelle honte pour moi qu'un pareil
aveu! je serais heureuse et fière de t'appartenir
comme le chien appartient à son maître. Emmène-
moi donc avec toi, je t'en conjure par les puissances
mystérieuses qui ont enchaîné nos destinées. Je te
suivrai partout. Je serai ton esclave soumise et fidèle.
Je servirai, j'aimerai s'il le faut à cause de toi celle
que tu aimes. Elle est plus belle que moi; mais ne
m'as-tu pas dit aussi que tu me trouvais belle? Qu'elle
soit donc, j'y consens, la sultane de ton harem; j'en
serai la servante. Car c'est toi seul qui régneras sur
mon cœur. La fille des pharaons ne sera pas même
humiliée de dresser la couche de la fille d'un émir,
si tu lui donnes l'espoir de pouvoir la partager quelquefois avec elle. »

Je lus la rougeur au front cet aveu insensé d'une
passion que tout en moi repoussait avec force, mais
dont je devais craindre néanmoins de soulever en
ce moment les orages, et je gardai le silence, ne sa-

chant comment y répondre. Plus il était inopiné, plus il prenait mes sentiments au dépourvu. Je n'aimais point Kherzadé, mais après tout ce qu'elle avait fait pour moi, il m'était impossible de la traiter durement sans ingratitude. D'ailleurs, jamais ses services ne m'avaient été plus nécessaires qu'en cette circonstance, et je ne pouvais y renoncer un seul instant sans en perdre tout le fruit. D'un autre côté, mon cœur se soulevait d'indignation contre la hardiesse de son langage, où perçait toute l'impudeur de sa race infidèle, et en la voyant tenter effrontément d'y prendre place à côté de la chaste et tendre Zéhrah, son amour même me la faisait haïr davantage, comme si j'eusse vu la vipère et la colombe venir ensemble se réchauffer dans mon sein.

Dans cette pénible alternative, balancé entre l'aversion et la crainte, et ne sachant quel parti prendre, je restais debout devant Kherzadé sans pouvoir proférer une parole. Se trompant sans doute sur la cause de mon trouble, et abusée par mon silence, elle se leva tout à coup et m'enlaça dans ses bras. Je sentis le contact ardent de son corps, et sa bouche impudique parla trop clairement sur la mienne pour me laisser le temps de la réflexion. J'oubliai alors toute prudence. Je repoussai avec colère et dégoût l'audacieuse créature en lui adressant les plus rudes paroles.

« Laisse-moi, lui dis-je, fille d'Eblis, misé-

rable infidèle. N'espère pas par tes artifices tenter
un cœur qui ne saurait t'appartenir. Ne souille pas
ce que l'amour de Zéhrah a purifié. Je ne redoute
point tes piéges, car l'appât en est trop grossier pour
me séduire, et je méprise une affection qui fait
rougir la pudeur; mais j'ai pitié de ton âme, qu'Allah
semble punir de son endurcissement en l'abandonnant à la perdition. Cesse donc de m'obséder de tes
impures caresses, si tu ne veux que ma commisération se change en horreur. »

Comme si elle eût été piquée par un serpent,
Kherzadé, en entendant ces paroles, bondit de son
siége, en proie à une frénésie qui me rappela les
accès de fureur où je l'avais vue tant de fois dans
son enfance. Ses yeux hagards semblaient vouloir
jaillir de leurs orbites; sa bouche écumait comme
celle d'un épileptique, et elle tournait sur elle-même
en raidissant ses membres et en grinçant des dents
dans des convulsions plus affreuses à voir que celles
des sorcières de Livadia livrées aux démons qu'elles
ont évoqués par leurs enchantements.

Muet de terreur, je restais immobile à ma place,
attendant avec anxiété l'issue de cette horrible scène
et osant à peine penser à tout ce qu'elle me présa-
geait de funeste. Près d'atteindre le paradis de la félicité, je m'en voyais à jamais repoussé par l'arrêt
inexorable du sort. Je connaissais trop Kherzadé
pour ne pas tout craindre de son ressentiment si les

effets de la jalousie et de l'orgueil offensé venaient
se joindre chez elle au désir de la vengeance. En
songeant que l'existence de Zehrah, la mienne,
notre amour, notre destinée tout entière, étaient
entre ses mains, je demeurais atterré devant les
infortunes irréparables qui menaçaient de fondre
sur moi, comme le condamné à mort attend le coup
du sabre suspendu sur sa tête.

Cependant, après avoir épuisé sa rage impuissante,
l'esclave muette s'était arrêtée, les mains crispées
sur son sein haletant. Ses yeux secs et ardents s'é-
taient fixés sur moi, et comme si elle eût voulu me
parler, sa bouche faisait entendre des sons rauques
et inarticulés ; mais dans l'agitation convulsive où
elle était encore, ne pouvant trouver de signes qui
répondissent à la violence de ses passions, elle finit
par avoir recours à ses interprètes habituels. Arrachant un feuillet de ses tablettes, elle parvint à y
tracer quelques mots, le jeta à terre devant moi et
sortit précipitamment de sa chambre. Malgré la
stupeur où j'étais plongé, je ramassai le frêle morceau d'ivoire tombé à mes pieds. Il ne contenait que
ces mots mal tracés par la colère :

« En repoussant mon amour, Moustapha-Qalioundgi
s'est payé de ses propres mains le bien qu'il m'a fait.
Je ne lui dois plus rien ; mais il y a une personne dont
le bonheur est un outrage pour Kherzadé. C'est
à lui d'éviter le sort qui la menace, ou de le partager.

J'avais à peine eu le temps de lire ces lignes dont
le sens terrible faisait passer devant mes yeux une
sorte de vertige, quand Zehrah elle-même parut
sur le seuil de la chambre. Son doux visage exprimait l'étonnement et l'inquiétude; mais à ma vue
les roses du plaisir refleurirent sur ses joues. Néanmoins, s'apercevant aussitôt de mon trouble, elle
me conjura vivement de lui en dire la cause, de ne
rien lui cacher de ce qui concernait notre périlleuse
entreprise, et surtout de lui apprendre ce qui s'était
passé pendant son absence entre moi et Kherzadé,
qu'elle venait de rencontrer sur son passage en revenant de chez la sultane Validé, et dont l'air et les
regards sinistres l'avaient remplie d'effroi. Je me
jetai à ses pieds et, le cœur serré d'angoisses, je fis
à ma bien-aimée ce pénible récit qui fut souvent en-
trecoupé de mes larmes. Par respect pour ses chastes
oreilles, je déguisai ce qu'il y avait de plus odieux
dans la conduite de Kherzadé. J'avouai mon imprudence; j'en implorai le pardon et j'offris tout mon
sang pour en expier les suites funestes. Cependant
la noble et courageuse jeune fille, conservant dans
cette nouvelle infortune la sérénité de la vertu, ne
parut ni effrayée ni irritée de ce qu'elle venait d'entendre. Attachant sur moi ses beaux yeux où brillait toute son âme :

« Cesse de t'acuser de notre malheur, Mous-
tapha-Galioundgi, me dit-elle; car aux yeux de

Dieu comme aux miens tu as fait ce que tu devais faire, et loin de m'en plaindre je suis heureuse de voir que tu es vraiment digne de mon amour. C'eût été en profaner la pureté que de condescendre par prudence à flatter les désirs de cette misérable esclave; au lieu qu'en y restant fidèle aux dépens même de notre bonheur, tu me prouves par ce sacrifice que c'est Zehrah que tu aimes, et non la fragile beauté qui a pu d'abord te séduire. Dès ce moment tu es vraiment mon maître, puisque tu renonces à me posséder plutôt que d'avilir ce que tu possèdes par une seule faiblesse. et moi je suis désormais plus fière d'être à toi que de m'appartenir à moi-même. Va, quoi qu'il arrive, rien ne pourra briser le nœud qui nous unit. Tu viens de le rendre indissoluble, et nous vivrons ou nous mourrons ensemble.»

En disant ces mots, Zehrah jeta ses bras autour de mon cou, et sa bouche scella par un baiser chaste comme ceux des anges ces douces chaînes de l'amour.

« Oui! mourons ensemble, m'écriai-je, ô ma bien-aimée! Délices de ma vie! Délices de ma mort! prévenons les mains barbares qui s'arment déjà pour nous arracher l'un à l'autre. Qu'elles ne trouvent plus à s'acharner que sur les dépouilles périssables de nos corps pendant que nos deux âmes, unies pour l'éternité, s'envoleront ensemble dans le sein d'Allah.

— Calme ton délire, ami, me dit Zehrah, et re-

viens à la raison. Ignores-tu qu'Allah n'accepte un
tel sacrifice que lorsqu'il sert à lui rendre témoignage devant les hommes? Moi-même, faible femme,
je n'ai le droit d'y avoir recours que pour sauver
mon honneur de la dernière infamie. Mais pourquoi désespérer de sa protection? Rien n'est peut-
être perdu encore, et il nous tient en réserve des
moyens de salut dont il a seul le secret.

— Hélas ! tu ne connais pas Kherzadé, lui dis-je.
J'ai cru comme toi à son attachement; mais c'est
un être malfaisant enfanté par le démon sous les
traits d'une femme, le rebut d'une race sauvage et
infidèle, semblable à ces animaux qui déchirent la
main qui les nourrit. Tiens, lis les paroles mena-
çantes écrites sur ces tablettes; c'est le coup de poignard qu'en partant elle a laissé dans mon cœur.
C'est moi qui l'ai offensée, et c'est toi qu'elle hait
comme la rivale de son détestable amour; c'est toi
dont en ce moment peut-être elle conjure la perte.

— Eh bien, reprit Zehrah, essayons de lutter de
ruse avec elle et de déjouer, s'il se peut, sa vengeance; mais ne perdons pas le temps, de peur de
rendre le mal irréparable. A la faveur de ce déguisement, qui assure encore ta sécurité, tâche de
sortir du harem et de regagner ton logement. Moi,
je cours me jeter aux pieds de la sultane mère, qui
a déjà pour toi quelque bienveillance, et, après lui
avoir tout avoué, je lui demanderai sa faveur, ou du

moins son secret inviolable, pour une entreprise
d'où dépendent ma vie et la tienne. Kherzadé sera
forcée de se taire, ou, si elle parle, elle ne sera pas
crue, et quand tu auras fait disparaître les vêtements de Vartouhi-Khanem, il ne restera aucune
autre trace de nos entrevues qu'un bruit de femmes
qui ne parviendra pas même aux oreilles du sulthan.

— O trop confiante Zehrah! lui dis-je, c'est là, je
te l'accorde, un moyen douteux de sauver notre
vie; mais peux-tu oublier que, soit qu'il réussisse
ou qu'il échoue, il nous sépare à jamais l'un de
l'autre? Si je t'obéis, si je repasse le seuil de cette
porte, qui a été vraiment pour moi, celle de la *Félicité*,
elle va se refermer sur mes pas pour la dernière fois.
Je ne te verrai plus; tu n'entendras plus parler de
moi. Une absence, un silence éternels étendront
entre nous une nuit plus profonde que celle qui sépare les âmes nées à la lumière du jour des âmes
restées dans le néant. Ne te flatte pas d'éluder par
de nouveaux stratagèmes les lois du harem. La
Providence nous avait ménagé dans Kherzadé une
confidente, une messagère, un guide que personne
dans le sérail, ni homme ni femme, ne pourrait
remplacer. Nous serons seuls désormais, livrés chacun de notre côté à la douleur du souvenir, aux
angoisses du désespoir, regrettant, appelant peut-
être de tous nos vœux cette mort que nous voulons
éviter aujourd'hui et que nous n'aurons même pas

la consolation de subir ensemble. O Zehrah! si
c'était là notre destinée, n'en retardons pas l'instant, de peur de le perdre à jamais.

— Tu as raison, mon âme, dit Zehrah avec tendresse, oui, tu as raison de me désabuser de ce dernier
espoir, plus perfide que notre malheur même. Mais
c'est pour toi que je regrette la vie; toi si jeune, si
beau, si chéri d'Allah, et déjà semblable aux anciéns
héros de l'Iran par ta force et ton courage. Pourquoi faut-il que mes yeux t'aient rencontré et que
l'astre fatal qui pèse sur ma destinée ait enveloppé
la tienne dans le même désastre? Hélas! que je suis
funeste à tous ceux que j'aime! J'ai vu mon père et
mon frère combattre jusqu'au dernier soupir pour
m'arracher aux mains brutales des Russes. J'ai vu ma
mère tomber égorgée dans mes bras en me défen-
dant. Et toi, l'époux de mon choix, toi, l'unique et
dernier refuge de mon cœur, dois-je te voir aussi
mourir pour l'amour de moi? Va, fuis pendant
qu'il en est temps encore; abandonne à son sort
l'infortunée Zehrah. Ne crains pas que des mains
infâmes attentent à un honneur qui est désormais
le tien. Vois-tu cette bague? c'est la dernière arme
qui m'ait été laissée pour le défendre par ma mère
expirante. Le poison qu'elle contient donne en un
clin d'œil la mort et le salut. Laisse-moi expier
l'arrêt inexorable qui condamne tout ce qui m'approche. Fuis, je t'en conjure par les mânes sacrés

qui m'attendent dans la tombe, où le destin veut
que j'aille seule remplir la place que j'espérais partager avec un époux.

— Moi, t'abandonner! m'écriai-je. Moi, fuir en
un pareil moment le sort qui te menace! Eh! que
m'importe la vie sans toi, ô pure lumière de mes
yeux! Est-il aucun bien sur cette terre qui pût, si
tu m'étais ravie, me tenir lieu de toi? En te donnant à moi, Allah ne m'a-t-il pas fait épuiser, dans
un premier et dernier amour, les suprêmes délices
de l'homme? Il ne me doit plus rien. J'ai assez
vécu, puisque je peux mourir avec toi.

— Écoute! » dit tout à coup Zehrah en m'interrompant, et, d'un air alarmé, elle posait sa main
sur ma bouche. Nous prêtâmes l'oreille, n'entendant d'abord que les battements de nos cœurs;
mais il s'y mêla bientôt un bruit distinct de pas et
de voix partant de l'intérieur du harem.

« Dieu est grand! dit Zehrah en levant les yeux
au ciel. Si ce sont eux, nous sommes perdus.

— Qu'ils viennent! m'écriai-je. Je suis prêt à
mourir pour toi, mais ce ne sera pas sans t'avoir
d'abord sacrifié bien d'autres victimes. »

Et, tirant un long poignard que je portais toujours sous le féredgé de Vartouhi-Khanem, j'allais
me débarrasser de ce vêtement, lorsque Zehrah m'en-
toura précipitamment de ses bras :

« Tais-toi, me dit-elle à voix basse, et, au nom

de notre amour, n'expose pas ta vie tant qu'il reste
quelque espoir de la sauver. Garde ce déguisement
qui peut la protéger encore. »

En même temps, elle couvrait ma tête du voile
de l'Arménienne, enveloppant soigneusement mon
visage dans ses plis épais ; puis elle s'assit, posant
à côté d'elle, sur le divan, la boîte à parfums. Mais
elle avait à peine eu le temps de l'ouvrir d'une main
tremblante, quand une esclave, soulevant la por-
tière, annonça la présence de Sa Hautesse.

Sulthan Mahmoud khân entra presque aussitôt d'un
air de maître, accompagné des trois principaux officiers du harem, le Qizlar-agassi, le Qapou-aga et le
Khass-oda-Bachi, et suivi d'un grand nombre d'eunuques noirs, qui se rangèrent derrière eux, le
sabre nu à la main. Il jeta d'abord sur moi un coup
d'œil équivoque ; puis, s'avançant vers Zehrah, qui
s'était levée par respect pour le saluer, il la fit asseoir et s'assit lui-même à côté d'elle.

« Ne soyez point surprise, madame, lui dit-il, de
me voir entrer chez vous dans un appareil qui ne
convient guère, je l'avoue, aux mystères du harem ;
mais, comme on ne saurait rendre trop d'hommages à la beauté, j'ai voulu vous annoncer les gracieux desseins que j'ai formés sur vous en présence
de ces trois fidèles serviteurs, qu'on appelle ici à
juste titre les trois piliers du pavillon de ma faveur.
Je vois déjà avec plaisir que vous prenez au sérieux

votre nouvelle dignité de première cadine, qui était
du reste bien due à la supériorité de vos charmes,
puisque vous vous occupez d'assurer leur empire
sur les cœurs par les soins accessoires de la toilette.
Tous les ornements appartiennent de droit à la
beauté, même quand elle n'en a pas besoin. — Mais
voici, je crois, Vartouhi-Khanem, l'honnête pour-
voyeuse des sultanes. Ma mère ne peut se passer de
ses services, dont elle se trouve fort bien depuis
vingt ans. Approche, Vartouhi-Khanem, et que la
présence de tant de monde ne t'intimide point. Ote
ton voile et débite-nous toi-même ta marchandise
sans cérémonie. »

En prononçant ces mots avec un enjouement iro-
nique, le sulthan nous regardait alternativement
l'un et l'autre. Zehrah devint plus pâle et plus tremblante que la feuille du saule. Pour moi, je restais
immobile, hésitant encore à me trahir, quoique
ébranlé dans tout mon être par la violence de mes
émotions. Voyant que je ne faisais pas mine d'obéir,
le Gapou-aga, en sa qualité d'intendant général du
sérail, crut de son devoir de m'adresser rudement
la parole devant son maître :

« Fille de giaour, me dit-il, n'as-tu pas entendu
les ordres de Sa Hautesse? Ignores-tu qu'aucune
femme dans le harem n'a le droit de rester voilée
devant ses yeux! »

Comment vous dépeindre, seigneur, l'effet pro-

duit sur moi par la vue de ma bien-aimée à demi
morte de terreur et d'angoisses, ainsi que par la
contrainte, l'humiliation, la colère, qui me conster-
naient et m'agitaient tour à tour? J'allais peut-être
céder au désespoir sans un incident inopiné qui
vint suspendre un moment sur ma tête le coup
prêt à me frapper. Le Qizlar-agassi s'était jeté aux
pieds du sulthan, et, après avoir imploré sa grâce,
il lui parla en ces termes :

« Que Votre Sublime Hautesse veuille bien prêter
l'oreille à la voix du plus indigne de ses esclaves,
qui lui demande cette fois justice et non faveur.
Elle seule ici peut commander, et les plus grands
doivent obéir; mais je la supplie de maintenir l'autorité qu'elle m'a déléguée sur la direction et la police du harem, et de faire connaître qu'après elle,
nul autre que moi, dans cette enceinte, n'a le droit
de donner des ordres en sa présence.

— Tu as raison, dit sulthan Mahmoud en fronçant les sourcils, et l'aga de ma porte a manqué par
excès de zèle à son devoir, qui était de garder le
silence devant toi. Relève-toi, et que l'Arménienne
conserve son voile, puisqu'elle n'ose aujourd'hui
soutenir nos regards. C'est à toi que je laisse le
soin de la réprimander et de lui faire connaître ce
qu'il faut qu'elle fasse pour se conformer à mes volontés. Quant à vous, madame, continua-t-il en se
tournant vers Zehrah, voici la nouvelle que j'avais

à vous annoncer, et j'espère qu'elle vous sera agréable. La sultane ma mère, à laquelle je n'ai rien à refuser, a voulu qu'avant de vous élever au rang de sultane, je vous laissasse libre, à la mode française, de préparer votre cœur à recevoir mes hommages. Vous devez l'avoir fait sans doute de façon à combler tous mes vœux; c'est pourquoi j'ai résolu de vous conférer le titre de sultane, avec tous les honneurs et toutes les prérogatives attachés à cette haute faveur. La kiahia-cadine (grande-maîtresse) de mon harem est chargée de vous offrir de ma part des présents trop peu dignes de vous, mais que vous daignerez agréer comme les arrhes de notre union prochaine. »

Incapable de me contenir plus longtemps, j'allais m'élancer au-devant de la mort pour venger Zehrah de l'outrage fait à notre amour, et j'eusse peut-être porté sur mon maître une main sacrilège; mais elle me prévint en se levant tout à coup avec la majesté d'une reine offensée.

« Je suis l'esclave de Votre Hautesse, dit-elle fièrement. Elle m'a fait acheter comme une marchandise, et elle a payé dans les mains d'un vil ravisseur le prix de ma personne; mais je suis née libre, et mon âme ne reconnaît d'autre maître que celui qu'elle a seule le droit de choisir. Aucune autorité, si ce n'est celle de Dieu, ne peut la contraindre à faire ce choix malgré elle, ni la forcer de changer celui qu'elle a fait. Votre Hautesse peut donc disposer à son gré de mes services, mais non de mes sentiments, qui dépendent d'une puissance supérieure à la sienne. Tout le respect que je dois au successeur des califes, à l'ombre d'Allah sur la terre, ne saurait lutter contre les devoirs qui me sont imposés par Allah lui-même. Que Votre Hautesse l'apprenne donc, puisqu'il le faut : Je ne m'appartiens plus. Je ne puis promettre ce que j'ai déjà donné à un autre, ni consentir à le frustrer par un nouveau contrat de ce que je lui ai donné ; car il est écrit : *La parole de l'homme est sa religion.* Je supplie donc Votre Hautesse de me retirer des faveurs auxquelles il m'est impossible de répondre, et de réserver le titre de sultane pour celles qui, étant libres de l'accepter, le mériteront mieux que moi.

— Fort bien, madame, dit le sulthan en se levant à son tour. Vos paroles du moins n'ont rien d'équivoque. Elles m'apprennent assez clairement que si vous refusez mes faveurs, c'est que vous avez déjà disposé des vôtres. Mais nous mettrons fin à toutes ces intrigues qui déshonorent le harem, et ni le rang, ni les services, ni la beauté, ne désarmeront notre juste rigueur. Si ce que je suppose est vrai, tous ceux qui sont ici méritent la mort. Emmène cette femme, dit-il au Gizlar-agassi en me désignant de la main, je te charge d'examiner sa conduite et de m'en répondre sur ta tête. »

VIII

Ces dernières paroles, seigneur, où je devais voir
l'arrêt irrévocable de notre perte, firent jaillir dans
mon esprit une lumière soudaine qui m'y montra
celui de notre salut. Dans la position désespérée où
je me trouvais, je remerciai intérieurement la Providence d'Allah de la nouvelle grâce qu'elle faisait
luire devant mes yeux, et au lieu d'en détruire les
effets par une inutile résistance, obéissant au signe
du Qizlar-agassi, je le suivis jusque dans son appartement, où, après avoir congédié les esclaves, il
s'enferma avec moi. Debout devant lui, l'incerti-
tude, la honte, l'espoir, tinrent un moment mon
cœur palpitant et ma bouche muette. Cependant, il
me considérait lui-même avec un air de compassion,
et de grosses larmes roulaient dans les rides de son
visage vénérable. « Quitte ce déguisement, mon fils,
me dit-il enfin; il ne saurait plus tromper mes
yeux : car je sais maintenant ce que je n'aurais jamais voulu apprendre, et tu me fais regretter pour
la première fois d'avoir trop vécu. Que les décrets
d'Allah sont incompréhensibles ! Quand je t'ai tiré

de ton obscurité pour te faire asseoir sur le marchepied du trône sublime, comment aurais-je pu
prévoir que ce serait toi qui porterais la première
atteinte à l'honneur de ma vieillesse ? Toi, en qui
j'avais mis plus que mon affection ; car j'avais toute
confiance dans ta sagesse, et c'est par là que j'ai été
trompé! Une passion funeste a détruit en un jour
le fruit de dix années de soins et de prévoyance.
Non-seulement elle t'a rendu criminel envers ton
maître, mais encore envers moi ton protecteur et
ton père, en te faisant attenter sur le trésor confié à
ma garde. Je ne veux pas savoir par quels moyens
tu as réussi à ternir la pureté de cette perle d'innocence et de beauté que j'avais choisie moi-même
pour être le plus bel ornement du trône impérial.
Les artifices de Kherzadé ne me sont que trop connus ! Cette fille d'Éblis ferait tomber dans ses piéges le tentateur lui-même. Mais apprends comment
sa délation est parvenue aux oreilles du sulthan.
C'est la sultane mère qui, instruite la première de
cette intrigue dont elle avait déjà deviné une partie, a jugé prudent, pour conjurer de plus grands
malheurs, d'en faire part à Sa Hautesse sous des
noms supposés et de ne lui révéler les vrais coupables qu'après avoir obtenu leur grâce. Mais dans
les premiers éclats de sa colère, semblable à celle
du lion, il a mis à cette grâce une condition que je
ne dois pas te cacher : c'est moi qu'il rend respon-

sable de ton crime, et il exige de moi, sous le plus
redoutable des serments, l'assurance qu'il ne s'est
rien passé entre toi et la belle esclave lesghienne
dont son front impérial ait à rougir. C'est à toi, mon
fils, à me dire si je puis prêter ce serment qui engage à la fois mon salut et le tien, non-seulement
dans ce monde-ci mais encore dans l'autre.

— O mon père, lui dis-je, je le jure au nom d'Allah qui m'entend, par la sainte Kaaba et le tombeau du Prophète, dans mes entrevues avec la belle
Zehrah, les anges mêmes n'ont pas eu à rougir.

— Je te crois, mon fils, me répondit-il en soupirant, et cette assurance me comble de satisfaction ;
mais elle ne saurait me consoler, car j'ai la douleur de t'apprendre que ta grâce est un exil. Le sulthan te prive de tes fonctions auprès de sa personne,
et il t'envoie à Van avec le grade de *qaimaqam* (ma-
jor) dans l'armée du Kurdistan. Dès ce moment
tu ne fais plus partie du sérail, et il ne t'est accordé
qu'une semaine pour t'équiper et préparer ton départ.... Cependant, malgré la faute que tu as com-
mise et qui a failli nous être si funeste, tu restes
mon fils d'adoption, et mon cœur te suivra partout ;
mais, hélas ! mes yeux ne te reverront plus. »

Pendant que le bon vieillard me parlait, j'avais dépouillé lentement mes vêtements empruntés, et une
idée inspirée par le désespoir obsédait mon esprit,
mais sans m'éclairer encore sur ce que je devais

faire. « Mon père, lui dis-je, ce n'est point la disgrâce
du sulthan qui m'afflige. Je trouve sa grâce cent fois
plus cruelle. Que m'importe en effet la vie, si je ne
puis la partager avec celle que j'aime? Au lieu de
l'accepter à ce prix, je voudrais pouvoir racheter de
tout mon sang un seul de ces moments de félicité,
plus précieux que des siècles d'existence, dont Allah
m'a fait jouir auprès d'elle. Mais il ne permettra
pas qu'une contrainte barbare sépare des cœurs
qu'il a créés l'un pour l'autre, et attente aux lois
inviolables de la justice et de la pudeur.

— Jeune insensé, répondit le Qizlar-agassi en couvrant ses yeux de ses mains, comme pour voiler la
confusion où le jetait un pareil langage, comment
oses-tu blasphémer le saint nom d'Allah en l'invoquant au secours de tes passions criminelles? Qu'es-
pères-tu de lui, et qu'attends-tu des serviteurs incorruptibles, garants de l'ordre qu'il a lui-même
établi sur la terre!

— O mon père! m'écriai-je en me jetant à ses
pieds, c'est vous sans doute que la main d'Allah a
marqué pour être en tout temps l'arbitre de ma destinée. De mon humble condition vous m'avez fait
monter dès l'enfance à un rang que les plus illustres brûlent d'atteindre. Vous n'avez pas cessé de
guider mes pas dans cette périlleuse carrière de la
faveur, qui est pour la plupart un chemin semé d'é-
pines. Vos conseils et votre protection m'y ont éga-

lement soutenu jusqu'à ce jour. Enfin, dans ma disgrâce même, c'est encore à vous que je dois la vie.
Eh bien ! que je passe s'il le faut à vos yeux pour un
fils ingrat et dénaturé ! mais ma conscience me crie
que vous n'aurez rien fait pour mon bonheur, tant
que vous ne scellerez pas mes obligations envers
vous par le dernier et le plus grand des bienfaits.
Je n'essayerai pas d'émouvoir un cœur qu'Allah
a rendu inaccessible aux passions humaines ; je ne
tenterai pas d'ébranler par des raisons indignes de
vous les engagements auxquels vous lient des fonctions redoutables ; mais il en est un plus sacré encore
que j'ose vous rappeler ici pour la première fois, car
c'est le seul recours qui me reste contre les rigueurs
du destin : c'est l'unique bien que mon père m'ait
laissé en mourant ; c'est le prix de son dévouement
et le témoignage ineffaçable de votre générosité.
Souvenez-vous du jour où vous entrâtes dans notre
pauvre maison les mains pleines de grâces, appor-
tant à ma famille la richesse, le bonheur et l'espoir
des plus hautes prospérités. Jaloux d'illustrer votre
reconnaissance, vous voulûtes promettre à mon père,
par un engagement solennel, de payer au besoin de
tous les services en votre pouvoir, fût-ce du sacrifice de votre propre vie, celui qu'il venait de vous
rendre en l'arrachant à la mort ; et en lui laissant
votre parole, vous l'assurâtes que quels que fussent
le lieu, le temps, les circonstances, elle serait exé-

cutée avec autant de promptitude et de fidélité que
si elle était écrite de la main du sulthan et revêtue
du thoghra impérial. Eh bien, mon père, c'est cette
dette que je viens réclamer aujourd'hui. Ne vous
récusez point. Vous avez le pouvoir de l'acquitter,
puisque après le sulthan il n'y a point ici d'autre
maître que vous et que tout y obéit aveuglément à
vos ordres. Sauvez celle que j'aime de l'esclavage
auquel son noble cœur ne veut pas se soumettre.
Sauvez-moi moi-même du désespoir. Rendez-moi
Zehrah avant que notre amour ait été empoisonné
par le souffle impur de la servitude. Je sais que tous
les yeux se baissent devant vous, que toutes les
portes s'ouvrent sur votre passage, qu'une seule
de vos paroles désarme les plus redoutables gardiens du harem. Vous tenez dans vos mains la vie
et la mort de tous ceux qui l'habitent. Faites un
geste, dites un mot, et de l'abîme d'afflictions où je
suis plongé, vous pouvez m'élever encore au comble
de la félicité.... Écoutez, ô mon père, et ne pensez
pas que j'aie l'affreuse ingratitude de méditer mon
salut au prix de votre perte. Tout était prêt pour
notre évasion quand la perfidie de Kherzadé a fait
éclater comme un coup de foudre le danger suspendu sur nos têtes. Nous avions en notre possession les clefs des secrètes issues du harem, et un
caïque apposté par moi veille toutes les nuits en
vue du kiosque des roses. Mais, hélas! c'est le jour

même où nous allions tenter cette périlleuse entreprise que la fortune, jusque-là favorable à notre
dessein, a tourné toutes ses chances contre nous.
Cependant le même chemin reste encore ouvert à
notre fuite. La felouque de mon frère Khalil nous
attend toujours mouillée devant les îles Rouges,
prête à faire voile avec nous vers la Circassie. Pour
moi, je quitte dès ce jour le sérail pour la dernière
fois ; mais loin de renoncer au dessein que le sort a
fait échouer dans mes mains, c'est vous, mon père,
que j'ose adjurer maintenant de l'exécuter. Vers la
septième heure de la nuit je serai moi-même devant le kiosque des roses, et là, s'il est vrai qu'Allah
soit garant des serments de l'homme pur, vous
viendrez aussi vous délier de votre parole envers
le fils de Moustapha-Qalioundgi, en remettant entre
ses mains le trésor qui doit acquitter votre dette,
celle dont tous les trônes de l'univers ne sauraient
payer l'amour. C'est votre vie que je vous demande,
je le sais ; mais puisqu'elle nous appartient, laissez-
nous le droit d'en disposer en vous emmenant avec
nous. Ne nous quittez pas. Partagez notre destinée ; et
permettez-nous d'entourer vos derniers jours d'une
partie du bonheur que vous nous aurez donné. »

Le vieillard m'avait écouté sans m'interrompre ;
mais à mesure que je lui parlais, l'attendrissement
et la sollicitude faisaient place sur son visage à une
austère résignation.

« Mon fils, me dit-il enfin, tu viens d'invoquer
dans un but téméraire une parole plus téméraire
encore et que je croyais à jamais oubliée. Elle m'a-
vertit trop tard que la bonté même est un crime
quand elle ne sait pas garder la juste mesure qu'Allah a imposée à la vertu. Mais si j'ai mal fait de la
donner, que la faute en retombe sur ma tête. Ma
première punition sera de la tenir. Ne parle pas de
serments, ne me presse pas davantage sur les suites
d'une action que ma conscience réprouve, mais à
laquelle elle se soumet. L'homme qui s'est fourvoyé
dans un chemin dangereux ne doit pas se plaindre de
ses chutes. Va, mon fils ; sois satisfait. Je ferai ce que
tu me demandes. Je me trouverai à l'heure indiquée
dans le kiosque des roses avec l'esclave lesghienne,
et si toutes tes mesures sont bien prises rien ne met-
tra obstacle à l'accomplissement de vos désirs. »

Pénétré de vénération pour cet homme sublime,
j'embrassai ses genoux avec des transports de joie
et de reconnaissance ; mais il y parut en ce moment
moins sensible que d'habitude, soit que sa conscience fût alarmée du sacrifice qu'elle ne me faisait
qu'à regret, soit qu'elle eût besoin pour le consommer avec plus de fermeté de se recueillir en elle-
même. Après avoir pourvu libéralement à tous mes
besoins, il me congédia pour se rendre à la mosquée. Je rentrai chez moi ; et sur l'ordre qui me fut
bientôt apporté par un officier du sulthan avec le

firman de ma nomination, je quittai le sérail, me contentant de me munir de mes armes et de ce que j'avais de plus précieux. Je me rendis à la maison paternelle, où je trouvai mon frère Khalil, que j'instruisis de ce qui venait de se passer. Il rendit grâce au ciel de me voir sortir sain et sauf d'une de ces aventures que la mort cache ordinairement sous le sceau du secret, et jura qu'il en partagerait jusqu'à la fin tous les périls. Vers minuit, nous nous embarquâmes dans un petit caïque à une paire de rames, au fond duquel je me plaçai et que mon frère fit voler jusqu'à la pointe du sérail. Là nous nous arrêtâmes. La nuit était très-noire, et les eaux du détroit, refoulées par le vent d'est, faisaient dériver lentement notre caïque vers la terre. En face de nous, au-dessus des *Sept tours*, la constellation du Trône, s'élevant vers le nord, annonçait que nous avions dépassé la moitié de la nuit. Nous gardions le silence, attendant avec anxiété le moment désiré. Nous n'étions plus qu'à deux ou trois brasses des degrés du kiosque quand nous entendîmes marcher dans le jardin, et une voix que je reconnus pour celle du Qizlar-agassi sembla adresser quelques mots aux eunuques du guet. Mon cœur cessa un instant de battre; mais, peu après, le bruit d'une serrure qu'on ouvrit et qu'on referma aussitôt nous apprit qu'on venait d'entrer dans le kiosque. Une des persiennes ne tarda pas à se soulever, et la per-

sonne qui y parut, après avoir jeté les yeux sur la
mer, frappa trois fois dans ses mains. Nous abor-
dâmes alors sans bruit les degrés de pierre, sur lesquels je m'élançai tandis que mon frère y tenait
accosté son caïque bord à bord. La porte du kiosque
s'ouvrit devant moi, et malgré l'obscurité je reconnus la présence d'une femme voilée que je saisis
dans mes bras. C'était Zehrah elle-même; je n'en
pouvais douter, et pourtant je restais muet, immobile et tremblant, en croyant à peine mes sens,
comme l'homme qui retrouve les douceurs de sa
couche au réveil d'un songe pénible. Cependant la
voix du Qizlar-agassi vint me rappeler le pressant
besoin de nous arracher aux dangers de la situation.
« Hâte-toi, mon fils, me dit-il en posant sa main
sur mon épaule, hâte-toi de gagner la felouque
avant le jour qui s'approche. Dans une heure on
sera peut-être à votre poursuite, et chaque minute
de retard vous ôte une chance de salut. »

J'enlevai aussitôt ma bien-aimée dans mes bras,
et sentant renaître mes forces sous ce précieux fardeau, je descendis rapidement les degrés et la déposai toute tremblante sur les coussins du caïque;
puis, voyant que le vieillard, au lieu de nous suivre,
était resté immobile sur le seuil du kiosque, je revins sur mes pas pour soutenir sa marche chance-
lante. Mais repoussant avec douceur mes instances,
il me jeta par sa réponse dans de nouvelles per-

plexités. « Pars, mon fils, me dit-il, et cesse de me presser de te suivre ; car en tenant une promesse que ma conscience ne pouvait ratifier d'avance, j'ai fait pour toi plus que tu n'avais le droit d'exiger. Pour obéir à un serment téméraire, j'ai trahi mes devoirs les plus sacrés. Mais il m'en reste un à remplir auquel je ne veux pas me soustraire : c'est de porter témoignage de ma faiblesse en subissant la peine due aux serviteurs infidèles. C'est dans ce sérail que j'ai été élevé, que j'ai vu naître le sultan mon maître, que j'ai été pendant vingt ans le gardien de son honneur. C'est ici que je dois mourir, pour expier le crime d'avoir failli dans mes derniers jours à la tâche qu'il m'avait imposée. Va, fuis, éloigne-toi de ces lieux redoutables. Ne perds pas à me conjurer plus longtemps des moments précieux. Dieu seul est maître de nos destinées ! »

Navré de douleur, de remords, d'épouvante, je me jetai à ses pieds, que j'arrosai de mes larmes. J'employai, pour le persuader de nous suivre, tout ce que les supplications d'un fils au désespoir ont de plus touchant. J'essayai même de l'entraîner malgré lui ; mais il demeura inébranlable. Un long combat s'engagea alors entre nous, où, pendant que je faisais parler tour à tour la pitié, les regrets, les alarmes, sa froide résignation opposait à mes prières la sérénité du martyr et les conseils réitérés de la prudence. J'ignore combien de temps il eût duré, si mon frère Khalil ne fût venu nous avertir précipitamment qu'on avait probablement donné l'alarme au sérail, car les jardins se remplissaient de gens qui les parcouraient en tous les sens avec des torches. Au même instant des bruits de voix et des pas précipités se firent entendre à la porte du kiosque, qu'on commença même d'ébranler par des coups violents.... Il fallait fuir, et cependant, déchiré par les sentiments contraires qui se disputaient mon cœur, j'hésitais encore, lorsque mon frère Khalil, dont la force égalait la résolution, me saisit à l'improviste dans ses bras robustes, m'enleva et m'emporta presque sans résistance jusque dans le caïque, qui faillit chavirer sous notre double poids. Se jetant aussitôt sur son banc, il saisit ses deux avirons, et du premier coup fit bondir en arrière le léger esquif de plus de dix brasses. La porte du kiosque venait d'être enfoncée, et à la lueur des torches, parmi les gens armés qui se précipitaient sur les degrés, mes yeux reconnurent avec terreur Kherzadé, plus semblable en ce moment à un démon qu'à une femme. A peine vêtue, les cheveux épars et agitant frénétiquement les bras vers la mer, elle poussait de rauques hurlements de rage dont les sons effrayants vinrent glacer nos oreilles. Cependant, mon frère, courbé sur ses rames, faisait voler notre caïque à la surface de la mer avec la rapidité d'un cheval de course. En quelques minutes, nous

eûmes tourné la *Pointe du sérail*, laissé derrière
nous les *Sept tours, Uskudar*, les *jardins du Fanal*
et pris la pleine mer, nous dirigeant vers les *îles
Rouges*. Pendant les premiers moments, ni Zehrah,
ni moi, n'avions eu la force de proférer une parole.
Couché au fond du caïque, dans une confusion d'esprit qui ressemblait à de l'égarement, j'étais encore
hors d'état de démêler les pensées dont il était
assailli, et mon cœur oppressé ne pouvait ni contenir mes sentiments, ni leur donner issue. Partagé
entre la joie et la douleur, les espérances et les remords, consterné par l'affliction, effrayé de mon bonheur même, il me semblait être en proie à un de ces
songes bizarres qui se disputent la possession de
notre âme pendant le délire de la fièvre. Mes yeux
se portèrent vers le ciel blanchissant déjà sous les
pâles lueurs de l'aube. Une étoile s'y levait au couchant, sortant des brumes de la mer. Je reconnus
l'étoile Zehrah, l'astre dont ma bien-aimée portait
le nom. Sa pure lumière volait jusqu'à moi comme
pour dissiper les ténèbres de mon existence et me
servir de guide dans une route nouvelle. « Zehrah ! »
m'écriai-je ; et ce nom expirait sur mes lèvres quand
je sentis les bras de Zehrah elle-même, m'enlaçant
doucement, attirer sur ses genoux ma tête brûlante,
et cette caresse comme une rosée céleste calma tout
d'un coup mon délire. Les larmes vinrent alors
amollir la dureté du désespoir et ouvrir mon cœur

aux consolations de l'amour. J'écoutais les paroles
que ma bien-aimée murmurait à mon oreille, comme
si j'eusse entendu la voix des anges.... mais ce
qu'elle me disait ne peut se répéter dans aucune
langue. Il y a des souvenirs qui s'attachent à l'âme
et la suivent au delà du tombeau sans laisser de
traces dans la mémoire, semblables aux parfums
dont la cassolette conserve toujours l'odeur même
quand elle est vide.

Cependant mon frère Khalil venait tout à coup
de suspendre ses rames et paraissait prêter l'oreille
à des bruits éloignés, confondus pour nous dans le
profond silence de la nuit.

« Nous sommes poursuivis, nous dit-il au bout
d'un moment ; mais ne vous alarmez point. La mer
est bonne, et nous avons une grande demi-heure
d'avance. Si je ne me trompe, deux caïques nous
donnent la chasse, dont l'un ne doit pas avoir moins
de six paires de rames. Il y a encore trois lieues
d'ici aux îles Rouges ; nous ne pouvons joindre la
felouque avant le jour, et nous courons risque d'être
signalés aux croiseurs du port. Pour les dérouter,
mettons le cap sur Silivri, et demain je viendrai
mouiller dans ces parages, d'où je vous conduirai
à bord sans éveiller aucun soupçon. »

En disant ces mots, Khalil virait de bord d'un
coup de rame et lançait son caïque dans la direction
opposée à celle que nous avions suivie jusque-là.

Je me fiais trop à son expérience pour m'opposer
à cette nouvelle diversion, et nous continuâmes,
Zehrah et moi, de nous entretenir à voix basse des
projets que nous formions pour notre bonheur
futur. Cependant le jour commençait à poindre, et
je ne tardai pas à remarquer quelque inquiétude
sur le front de Khalil, tandis que son bras robuste
redoublait d'efforts pour atteindre la terre. L'ayant
interrogé à ce sujet, il m'avoua qu'il avait lieu de
craindre que nous n'eussions été aperçus, et nous
conseilla de changer encore de plan. Son projet
était de prendre de l'avance pour pouvoir nous dé-
barquer, en rangeant la côte, dans quelque endroit
du rivage propre à nous mettre à couvert de ceux
qui nous poursuivaient, et de leur donner le change
en continuant seul sa route sur Silivri, où il lui
serait facile de se confondre, en arrivant, parmi la
foule des bateliers du port. Nous choisîmes, pour
descendre à terre, un lieu désert et ombragé par
des taillis de caroubiers et de lentisques, sous lesquels nous pouvions trouver en même temps un
abri et un refuge. Cela fait, Khalil repartit en nous
recommandant à Dieu et en jurant qu'avant la fin
du jour suivant sa felouque serait mouillée sur la
côte d'Europe, prête à appareiller pour le départ.
Effectivement, à peine l'avions-nous perdu de vue
qu'un grand caïque à six paires de rames, portant le pavillon impérial, passa à une assez grande

distance en mer, comme pour lui couper la route, et nous eûmes le plaisir de voir à sa marche que mon frère gagnerait le port une heure au moins avant lui. Le lieu où nous nous trouvions jetés était sûr, mais aride et incommode. Nous devions y passer tout un jour dans l'attente, et malheureusement nous n'avions aucun moyen d'y pourvoir à nos premiers besoins, pas même une goutte d'eau pour étancher notre soif. Zehrah était à la vérité plus forte et plus courageuse que nos filles turques élevées dans la mollesse des harems; néanmoins je redoutais de la laisser seule pendant que j'irais chercher dans les environs les objets nécessaires à notre subsistance. Je lui fis un divan d'herbe sèche, sur lequel je m'assis à côté d'elle; et là, depuis le lever du soleil jusqu'à la troisième prière, le temps s'écoula, sans nous faire sentir sa longueur, dans un de ces entretiens dont le cœur seul peut comprendre les jouissances, parce qu'il ne s'épuise jamais. Cependant la seconde moitié du jour, et tirant vers sa fin, nous avertit que, depuis la ville, nous n'avions pris aucune nourriture, et je me décidai, quoiqu'à regret, à aller jusqu'au prochain village, dont j'ignorais également le nom et la situation, n'ayant jamais visité, dans le voisinage de Constantinople, que les rives enchantées du détroit. Après avoir recommandé ma bien-aimée à la providence d'Allah, je la quittai, sans oublier de laisser

partout des brisées sur mon passage, afin de ne
point m'égarer au retour. Au bout d'une heure de
marche dans des lieux déserts, je me trouvai tout à
coup avec joie sur la route impériale qui va de
Constantinople à Silivri. Je la suivis, espérant
qu'elle me mènerait à quelque endroit habité ; mais
je ne rencontrai qu'un convoi d'Arabadgis, composé
de villageois grecs et osmanlis, qui furent d'abord
effrayés de ma présence, car je portais encore le
costume d'officier du Nizam, richement brodé sur
ma poitrine. Cependant ils se rassurèrent quand je
leur dis qu'après avoir perdu mon cheval, que je
venais de chercher inutilement dans les bois envi-
ronnans, pressé par la faim, j'avais regagné la
route pour tâcher de trouver quelques vivres dont
j'avais le plus grand besoin. Ces bonnes gens me
crûrent, et, tout en me faisant part à l'envi de leurs
minces provisions, auxquelles ils joignirent une
petite cruche d'eau, ils me demandèrent si j'appar-
tenais à l'escorte d'un grand officier du sulthan
qu'ils venaient de rencontrer campé à une lieue de
là, sur la route de Silivri, et qu'on disait être le
Bostandji-bachi à la recherche d'une femme de Sa
Hautesse échappée du sérail. Saisi d'effroi à cette
nouvelle, j'eus néanmoins assez d'empire sur moi-
même pour cacher mon trouble, et, après leur avoir
répondu d'une manière évasive, je me hâtai de rebrousser chemin, en proie aux plus sinistres appré-

hensions. J'avais, en effet, lieu de craindre que la
soldatesque du sérail n'eût déjà reçu l'ordre de
battre la contrée, et je frémissais de colère et
d'épouvante en songeant que ma bien-aimée avait
pu être arrachée pendant mon absence à son dernier refuge. J'ignore le temps que je mis au retour
pour franchir la distance qui me séparait d'elle; car
je marchais, ou plutôt je courais comme un insensé,
maudissant mes forces rebelles à suivre l'essor ardent de ma pensée. J'arrivai enfin à demi mort de
fatigue à l'endroit où j'avais laissé Zehrah, et je l'y
retrouvai livrée de son côté à toutes les anxiétés de
l'attente. Je tombai à ses pieds en bénissant le ciel,
et nos âmes se confondirent dans une caresse semblable à celles qui réveilleront, au jour du jugement,
les froides dépouilles des époux appelés à comparaître ensemble devant le trône d'Allah. Puis mon
premier soin fut d'étancher la soif sur ses lèvres
brûlantes. Elle se désaltéra, mais refusa toute nourriture. Je lui appris le nouveau danger que nous
courions : « Il faut fuir, lui dis-je, ô pure lumière de mes yeux; il faut chercher un asile moins
exposé que celui-ci à être découvert par la meute
affamée que le sultan a lancée sur nos traces. Suivons jusqu'au jour les bords de la mer; peut-être
y apercevrons-nous la felouque de mon frère
Khalil, et la première barque de pêcheur nous ai-
dera à le rejoindre. »

Zehrah se leva aussitôt, déclarant qu'elle était prête à faire tout ce que la nécessité exigerait pour notre salut commun, et nous commençâmes à suivre les sentiers mal frayés qui longeaient la lisière des taillis un peu au-dessus du rivage. La nuit était déjà venue, et nous n'avancions qu'avec peine dans un chemin rocailleux. Zehrah s'appuyait sur moi, et je la soutenais quelquefois de mon bras; mais après trois heures de marche, je m'aperçus qu'elle chancelait de souffrance et de lassitude. Ses pieds délicats, endoloris, par les cailloux, qui avaient déchiré sa mince chaussure, trébuchaient à chaque pas et ne pouvaient plus la soutenir. Je la pris alors dans mes bras et je trouvai la force de la porter ainsi jusqu'aux premières lueurs de l'aube. Enfin, succombant à l'épuisement, je m'arrêtai sous un arbre où nous nous assîmes pour attendre le jour, tous deux dans un état digne de pitié. J'étais exténué et j'avais la douleur de voir que ma jeune maîtresse, ne pouvant résister plus longtemps à tant d'émotions et de fatigues, était sur le point de perdre connaissance. J'essayai de la ranimer par mes caresses; mais elle n'y répondait plus que faiblement, et ses yeux seuls témoignaient qu'elle ne séparait pas sa destinée de la mienne. Avant le lever du soleil, il passa près de nous un bon villageois à barbe blanche, menant un âne devant lui. C'était la première figure humaine que nous eussions ren-

contrée depuis la veille. Le vieillard s'arrêta pour
nous considérer, et parut étonné de voir dans ce
lieu et à une pareille heure deux personnes si
jeunes dont l'état de détresse démentait la mine et
les vêtements. Ému de compassion, il nous offrit
ses services. Ne songeant qu'à la nécessité de fuir
devant les satellites du sultan, je lui demandai
s'il consentirait à me vendre son âne. Il réfléchit
un, moment et devina sans peine que nous étions
des fugitifs, car il déchargea aussitôt le bât de son
âne du sac qui y était placé, et m'en remettant le
licou à la main : « Prends cette bête, me dit-il, et
puisse-t-elle porter cette jeune dame aussi loin que
tu auras besoin de la conduire. Mais je ne te la
vends pas, je te la donne au nom d'Allah qui a seul
le droit de payer l'homme du bien qu'il fait en se-
courant son prochain. » Je remerciai le bon Osmanli
et je voulus récompenser sa générosité; mais il s'y
refusa avec dignité, et chargeant son sac sur ses
épaules il s'éloigna d'un pas déjà appesanti par
l'âge. Je soulevai Zehrah, défaillante encore, la plaçai sur le bât et me remis en marche devant elle,
conduisant l'âne par le licou. Le soleil n'était pas à
moitié de sa course quand nous atteignîmes les
ruines d'un ancien *Yali* (villa) abandonné, dont les
jardins, devenus par le défaut de culture un champ
couvert de broussailles, s'étendaient sur le rivage
jusqu'à la mer. Je jugeai que nous pourrions y

trouver pour le reste du jour un asile sûr et un abri contre la chaleur sans perdre de vue notre unique voie de salut. Après avoir déposé Zehrah au pied d'une roche qui s'élevait isolément à l'extrémité du jardin, du côté de la mer, et dont la pierre disparaissait sous la végétation des plantes sauvages qui l'avaient envahie, je cherchai parmi les décombres un endroit couvert propre à nous servir de retraite, mais ce fut inutilement! Plein de tristesse, je revenais vers Zehrah pour lui proposer de continuer notre route, lorsqu'en appuyant la main sur le rideau de plantes grimpantes qui pendaient du rocher au-dessus de sa tête, je m'aperçus qu'il cédait sous le poids de mon corps, et en les écartant je découvris une espèce de grotte, ménagée anciennement dans le roc par l'art du jardinier, qui recevait l'air et le jour de quelques crevasses pratiquées à la voûte. Grâce au travail qu'y avait ajouté la nature, cet abri offrait assez de sécurité pour que nous pussions y attendre la nuit suivante. J'y préparai pour Zehrah une couche d'herbes et de feuilles sèches ramassées dans le jardin, sur laquelle je la déposai avec la sollicitude d'une mère pour son enfant malade. La noble jeune fille, vaincue mais non abattue par une fièvre ardente, conservait au milieu de tant de souffrances et d'alarmes la sécurité des élus. Elle ne proférait pas une plainte, et loin d'accuser le sort, elle me consolait de ses rigueurs par de douces paroles, tandis que son œil cherchait dans le mien la force et le courage. Pour dérober à nos persécuteurs tout indice de notre refuge et nous conserver un secours précieux, je fis entrer l'âne dans la grotte, en ayant soin de ne pas déranger les plantes qui en fermaient l'entrée. A l'abri de cette clôture naturelle, nous pouvions sans être vus observer d'un côté le jardin et les ruines du Yali, de l'autre étendre nos regards sur la mer jusqu'à l'horizon. Hélas! pas une voile n'y parut pendant cette longue journée d'attente, et la nuit tombante ramena avec elle nos transes et nos angoisses. En proie aux redoublements de la fièvre, Zehrah murmurait de temps en temps des paroles incohérentes qui tenaient du délire. Brisé moi-même de fatigue et de douleur, je me penchais quelquefois sur sa couche pour les recueillir ou interroger dans les ténèbres sa respiration convulsive, et chacun de ses soupirs, comme si c'eût été le dernier, faisait passer dans mon corps les frissons de l'agonie.

« Dors-tu, lui disais-je, ma bien-aimée?... » Mais elle ne me répondait pas, et mon cœur cessait de battre, pendant qu'un horrible silence, semblable à celui du tombeau, laissait régner autour de nous l'éternel murmure de la mer. On eût dit que l'ange Hazrael, nous enveloppant de ses ailes, venait d'arrêter de sa main glacée sur notre bouche le souffle de la vie. Une fois seulement elle prononça mon nom, et reconnaissant ma présence, elle attira ma tête sur son sein. « Ame de mon âme, me dit-elle, est-ce toi? D'où vient que je ne puis te voir? Cette nuit n'aura-t-elle point de fin?... Oh! que la mort serait sombre et cruelle, si tu n'étais là pour m'en faire oublier les douleurs.

— Reviens à toi, lui disais-je. Ce n'est pas la mort qui nous attend, mais la vie, le salut, la délivrance. Quelques heures encore, et le jour reparaîtra plus brillant que jamais. Il nous rendra des forces pour continuer notre route. Mon frère Khalil, ne nous retrouvant point, côtoiera le rivage avec sa felouque jusqu'à Silivri. Quelques heures encore, et nous serons sauvés !

— Que dis-tu? me répondit Zehrah en étouffant ma voix de ses lèvres brûlantes. Que parles-tu de felouque, de Silivri, de ton frère Khalil? Pourquoi emporter au delà du tombeau le souvenir de nos infortunes? Il n'est plus temps de regretter la vie, car cette nuit j'ai vu s'asseoir à mon chevet *Munkir* et *Nekir*, les deux anges gardiens de la mort, les juges incorruptibles des âmes. Ils étaient beaux comme toi, mais la majesté d'Allah brillait sur leurs fronts sévères. Ils ne parlaient pas, et cependant leurs yeux perçants interrogeaient au fond de nos consciences le passé et l'avenir, et ils pesaient nos actions en eux-mêmes, comme le marchand, à la fin de sa journée, repasse dans sa mémoire le compte

de ce qu'il doit et de ce qui lui est dû. Sans doute
notre amour a trouvé grâce devant eux, car quand
ils m'ont quittée, j'ai senti le vent de leurs ailes qui
rafraîchissait mon sommeil, et un instant après je
me suis réveillée dans tes bras. Est-ce un présage?
Est-ce un songe? je ne sais; mais tout me dit que
notre arrêt a été inscrit cette nuit dans le livre des
jugements d'Allah, et que nos âmes, déjà justifiées
devant son tribunal, ne tarderont pas à quitter la
terre.... »

Pardonnez, seigneur, si j'achève maintenant en
peu de mots ce funeste récit. Quelques heures après
le coucher du soleil, au moment où le déclin de la
fièvre laissait goûter à ma bien-aimée un pénible
repos, le jardin du Yali, depuis si longtemps désert,
fut envahi par une foule tumultueuse d'hommes
armés et portant des torches, parmi lesquels je distinguai un certain nombre de capidgis, de bostand-
gis et d'autres serviteurs du sérail. Ils y dressèrent
à la hâte un pavillon en coupant les herbes tout autour, et enfoncèrent çà et là des piquets pour les
chevaux, ce qui me fit juger que le Bostandgi-bachi
allait camper pendant la nuit en cet endroit. Effectivement cet officier arriva un moment après avec
le reste de son escorte. Parmi les personnes qui
l'accompagnaient se trouvait, à ma grande surprise,
une femme. Dès qu'on lui eut aidé à mettre pied à
terre, elle se débarrassa brusquement du voile qui

lui couvrait le visage, et je vous laisse à juger de la
stupéfaction, de l'horreur, de l'épouvante qui gla-
cèrent mes sens quand j'eus reconnu dans cette
femme l'esclave muette du harem, Kherzadé elle-
même. Je crus voir le démon sortir de l'enfer pour
consommer notre perte, et je faillis tomber à la renverse en me reculant pour fuir sa présence. Réveillée par ce mouvement, Zehrah poussa un léger soupir. A genoux près d'elle, je l'entourais déjà de mes
bras, et ma voix tremblante murmurait ces mots
comme un souffle à son oreille. « Tais-toi, tais-toi,
ma bien-aimée; ils sont là, ils nous entourent, ils
nous cherchent. Pas une parole, ou nous sommes
perdus ! » Zehrah demeura immobile et muette de terreur, pendant que je rampais à tâtons jusqu'à l'endroit où j'avais attaché l'âne, dont je garrottai solidement les pieds de devant avec un mouchoir, pour
l'empêcher de bouger. Puis je me tins debout, collé
à l'entrée de la grotte, mon sabre nu à la main, prêt
à faire payer de l'existence d'un de nos persécuteurs chaque goutte de mon sang. Deux ou trois
heures s'écoulèrent ainsi entre la vie et la mort. Je
ne voyais plus que confusément ce qui se passait
dans le jardin à la lueur d'un feu à demi éteint, et un
murmure indistinct de voix arrivait à mon oreille....
Mes cheveux blanchirent pendant cette terrible nuit.
Enfin le jour se leva; je vis les soldats lever le campement, et le Bostandgi-bachi ne tarda pas lui-même

à remonter à cheval avec son escorte. Une demi-
heure après, le jardin était redevenu silencieux et
désert comme la veille..... « Nous sommes sauvés!
dis-je à Zehrah en tombant près de sa couche, l'âme
et le corps également épuisés par ces cruelles alter-
natives, sauvés!... » et je m'évanouis.

J'ignore combien de temps dura cet état d'insen-
sibilité qui ressemblait à la mort. Plût à Dieu qu'il
n'eût pas eu de fin! Quand je revins à moi, mes
yeux furent blessés par l'éclatante lumière du jour,
et je sentis mes membres comme enchaînés à mon
corps par une invincible contrainte. En soulevant la
tête, je m'aperçus avec étonnement que j'étais couché sur le pont d'un navire, et entouré d'hommes
au rude visage qui me considéraient avec curiosité,
mais dans un morne silence. « Où suis-je? m'écriai-
je, où est Zehrah? où est mon frère Khalil? Pourquoi ne les vois-je pas auprès de moi? La felouque
est donc enfin arrivée, et nous sommes sauvés! sauvés!... Mais vous, mes amis, qui êtes-vous? Appre-
nez-moi de grâce comment je vis encore et d'où
vient que je ne puis remuer mes membres engour-
dis? Parlez, parlez, au nom d'Allah, de notre saint
Prophète et du ciel qui brille au-dessus de nos têtes.

— Tu es prisonnier du sultan, Moustapha Qalioundgi, me répondit un vieillard à barbe blanche
qui parut tout à coup devant moi.... » Cet homme,
dont la voix, la figure, les insignes ne m'étaient que

trop connus, était le Bostandgi-bachi. En le voyant,
en entendant ses paroles qui étaient le dernier arrêt
de ma destinée, comme si j'eusse été frappé par la
foudre du ciel, je retombai de nouveau privé de tout
sentiment.

Hélas! mon second retour à la vie fut en même
temps un retour à la raison. Je compris cette fois
toute l'horreur de ma situation. Je me retrouvai
sous le pont de la felouque, les membres étroite-
ment garrottés et hors d'état de faire un seul mouvement, soit pour fuir, soit pour hâter le sort qui
m'attendait. Deux soldats me gardaient à vue. Je
demandai à parler au Bostandgi-bachi. Ce vieil officier du sultan était un homme nourri dans le sérail et aussi imbu de ses maximes que de celles du
Coran, mais un véritable Osmanli, intègre, religieux
et humain. Il daigna condescendre à mes désirs, et
me rendit compte en peu de mots de ce qui s'était
passé depuis le moment où il avait quitté le *yali*
avec son escorte.

« J'espérais, me dit-il, qu'Allah continuerait
jusqu'à la fin à nous fermer les yeux sur ta retraite. C'est cette fille d'Eblis, cette esclave muette
que la faveur de la sultane mère a rendue maîtresse de tout faire dans le sérail, qui, courant sur
ta piste comme une louve affamée, a retrouvé dans
les environs du *yali* une perle détachée de la chaussure de l'esclave lesghienne et nous a obligés de

rebrousser chemin pour suivre les empreintes de
tes pas. Voyant qu'elles étaient entremêlées aux
traces d'un sabot d'animal, elle nous a fait comprendre par ses gestes que les dernières étaient celles
d'un âne, sur lequel tu avais dû faire monter la
jeune dame, et que tu conduisais toi-même par
le licou. Nous sommes revenus au *yali*, où, après
d'inutiles recherches parmi les ruines, nous avons
trouvé l'herbe foulée autour de la roche dans laquelle tu t'étais réfugié, ce qui nous a fait présumer que tu avais fait halte en cet endroit. Cependant, j'allais de nouveau commander le départ,
quand, par une ruse diabolique, Kherzadé s'est fait
apporter le chaudron des soldats de l'escorte, prétendant se servir d'un artifice employé, disait-elle,
dans sa tribu infidèle, pour retrouver les ânes fugitifs. Je ne sais que penser de cette espèce de magie, mais à peine a-t-elle commencé à frapper l'intérieur du chaudron avec un bâton, de la même
manière que pour rappeler un essaim d'abeilles
envolées de leur ruche, que ton âne, se mettant à
braire du fond de la grotte, a trahi ta présence.
Tu devines le reste.... Et maintenant, qu'Allah te
donne la résignation, comme il t'avait donné le courage. N'as-tu rien de plus à me demander?

— Rien pour moi, mon père, lui dis-je en frémissant, car je connais mon sort et je l'attends.
Mais cette jeune fille avec qui je n'ai pu le partager

jusqu'à la fin, cette infortunée victime de mon amour.... dites-moi ce qu'elle est devenue et quelle destinée lui est réservée. Est-elle morte? Ah! plût à Dieu qu'elle m'eût précédé dans la tombe; mais si elle est encore vivante, ô mon père, jurez-moi, du moins, que rien d'impur ne souillera sa dernière heure.

— Écoute, Moustapha Qalioundgi, me répondit l'honnête vieillard. Tu sais que j'avais de l'estime pour toi, et que je te distinguais entre tous les agas du harem. Malgré mon âge et mon dévouement sans borne aux intérêts du sultan (qu'Allah comble ses jours de bénédiction), ton crime est excusable à mes yeux, car l'amour des femmes est pour la jeunesse une puissance aussi implacable que le destin. Mais je ne puis te faire part d'une mission qui m'a été confiée sous le sceau du secret. Chargé d'exécuter les ordres émanés du trône sublime, je dois être muet comme si la main d'Allah avait paralysé ma langue. Sache seulement qu'au fond de mon cœur j'ai pitié de votre sort; et s'il m'est permis de prendre sur ma conscience le serment que tu me demandes, reçois cette dernière satisfaction : Je te jure que l'âme de celle qui a tout sacrifié pour toi sera reçue pure de toute autre souillure dans les bras d'Hazraël. »

N'exigez point de moi, seigneur, que je vous rapporte ici les impressions qui suivirent cet entretien. Déjà détaché de ce monde, une telle assurance m'aida du moins à attendre avec plus de calme le moment qui devait mettre un terme à tous les maux que j'y avais soufferts. J'offris à celle que je ne devais plus y revoir le reste de mes pensées mortelles. Je ne sais à quelle heure de la nuit quatre hommes vinrent me saisir et m'ensevelir vivant dans un sac de cuir, cercueil ordinaire des victimes du sultan. Je me sentis enlevé et porté comme un ballot sur le pont du navire. L'air me manqua bientôt. Ma respiration haletante s'arrêta comme étouffée par le poids d'un affreux cauchemar, et je fermai les yeux, croyant que j'allais mourir. Au même instant, je sentis tout à coup l'air de la mer pénétrer dans le sac par la large fente que venait d'y pratiquer, avec le poignard, une main amie, et le froid d'une lame fouillant entre mes membres pour y couper les liens dont ils étaient garrottés. Mais j'avais à peine eu le temps de me reconnaître et de boire à longs traits à la source de vie qui m'était rouverte, que mon corps, enlevé et balancé dans l'air par des bras invisibles, fut précipité dans la mer. Étourdi de ma chute, j'enfonçai d'abord sous l'eau comme une pierre; mais les angoisses de la mort me rendirent la force de me débarrasser de la lourde peau qui m'enveloppait encore, et dès que je fus libre je revins à la surface de la mer, où je me soutins un moment pour

achever de reprendre mes sens ; car dans mon enfance j'avais appris, à l'école de mon père, à nager
et à plonger comme un pêcheur des îles. Je respirai
profondément en levant les yeux au ciel, que je
n'espérais plus revoir ; puis les reportant autour de
moi, je ne vis que la solitude des flots se succédant
sans fin jusqu'aux brumes de l'horizon, vers lequel
fuyaient rapidement les blanches voiles de la felouque.... Mais à peine rendu à la vie, un affreux désespoir s'empara de moi en songeant tout à coup à
une autre agonie dont la mer recélait peut-être le
secret.... Poussant un cri de détresse qui dut monter jusqu'aux étoiles, je plongeai comme un insensé, étendant à tâtons les bras pour tâcher de ravir à ses gouffres avares un objet dont je n'osais
même plus prononcer le nom.... J'épuisai jusqu'au
jour le reste de mes forces à cette tâche lugubre et
inutile, semblable à l'oiseau vorace qui cherche à
arracher sa proie aux filets du pêcheur.... Ne voulant plus vivre et ne pouvant mourir, je me laissai
enfin dériver aux flots, dont le courant, irrésistible
dans ces parages, me porta et me déposa à demi
mort sur une plage inconnue. C'était l'île *Kinali*,
une des quatre îles Rouges, situées à l'entrée de la
mer de Marmara. Un bon derviche, qui passait de
grand matin sur la grève en allant recueillir des
aumônes, m'aperçut, lava mon corps souillé et défiguré par le sable, et me porta sur son âne dans

une maison du voisinage, où ses soins me rendirent encore à la vie. N'ayant pas d'autre moyen de
lui témoigner ma reconnaissance, je me confiai à
lui et lui racontai mon histoire. Il me dit que, puisque Allah m'accordait la grâce qu'il refuse à la plupart des hommes, celle de me faire vraiment mourir au monde, c'était sans doute pour m'appeler à
la vie religieuse, dans laquelle j'avais fait le pas le
plus difficile, et il m'exhorta à le suivre dans le pèlerinage qu'il allait faire au tombeau du Prophète.
Il était de la sainte règle de Mewlana. Déjà détaché
par un sort sans exemple de tout ce qui peut émouvoir les passions humaines, je ne tardai pas à l'em-
brasser moi-même. Le reste de ma vie, seigneur,
n'a été qu'une longue pénitence. Mais mille années
d'austérités ne pourraient expier les malheurs qui
pèsent encore sur ma conscience, si je n'espérais
mon pardon de la grâce ineffable d'Allah, qui dirige
comme il lui plaît nos destinées par des voies incompréhensibles.

Voilà, seigneur, toute mon histoire. Quoique vous
soyez chrétien et étranger, je n'ai pas hésité à vous
la raconter, l'amitié que Qodja Lassan a pour vous
étant un titre suffisant à ma confiance. Cependant,
ajouta Hadgi Moustapha, non sans hésitation, je
vous dois encore l'explication de certaines bizarre-
ries de ma conduite, dont le hasard vous a rendu
témoin. Je ne puis, en effet, vous cacher que ma

raison, ébranlée par d'aussi violentes secousses, est restée sujette à quelques manies. J'ai conçu, entre autres, pour cette bête rétive et maligne que vous m'avez vu maltraiter avec tant d'inhumanité, une aversion qui ressemble presque à de la haine; car c'est sa stupidité qui a été la cause de ma perte. C'est le seul être vivant qui puisse exciter ma colère, et dans certains moments, mon esprit s'égare malgré moi jusqu'à confondre la brute sans raison, qui regimbe sous mes coups, avec la créature perverse qui a fait tous mes malheurs : l'abominable Kherzadé. Ce nom détesté provoque en moi une sorte d'illusion dont je ne suis pas le maître, et cette illusion, en fascinant mes yeux comme par magie, entraîne trop souvent ma langue à maudire et mon bras à frapper.... Mais vous n'en avez que trop vu pour qu'il soit besoin de vous en dire davantage....»

En cet endroit, Hadji Moustapha baissa les yeux et cessa brusquement de parler. Nous gardions nous-mêmes le silence. Qodja Hassan, se levant doucement, nous fit signe qu'il ne fallait pas troubler son pieux ami dans ses réflexions, et nous sortîmes de la cellule sans qu'il parût s'apercevoir de notre départ. En quittant l'honnête marchand, je rentrai dans mon quartier, l'esprit plein des aventures que je venais d'entendre, et me promettant bien de les écrire un jour sous ce titre : *Histoire d'un Derviche tourneur*. La vie orientale, qu'on croit si dénuée d'incidents et de passions, m'eût fourni aisément plus de vingt récits du même genre ; mais de ces *Mille et une Nuits* de ma façon, le lecteur trouverai sans doute avec raison que c'est beaucoup trop.

FIN.

TABLE.

PARIS. — IMPRIMERIE DE CH. LAHURE
rue de Fleurus, 9

Paris. — Imprimerie de Ch. Lahure, rue de Fleurus, 9.

www.ingramcontent.com/pod-product-compliance
Lightning Source LLC
Chambersburg PA
CBHW070329030726
47505CB00004B/1142